Sanspareil

Frankenkrimi

ISBN 978-3-943160-12-3

Jacqueline Reese

Sanspareil

Frankenkrimi

ISBN 978-3-943160-12-3

KRIMYTHOS

Bibliografische Information der Deutschen Nationalbibliothek
Die Deutsche Nationalbibliothek verzeichnet diese Publikation in der Deutschen Nationalbibliografie; detaillierte bibliografische Daten sind im Internet über http://dnb.d-nb.de abrufbar.

Umschlaggestaltung:
Christa Helwig-Hallenberger - Kommunikationsdesign

Krimythos Verlag, Prof. Dr. Clemens Lorei
Eschersheimer Landstraße 508 • 60433 Frankfurt
Telefon/Telefax 0 69/51 37 54 • verlag@krimythos.de
www.krimythos.de

Printed in Germany

Personen und Handlungen in diesem Roman
wurden frei erfunden.
Ähnlichkeiten mit lebenden oder verstorbenen
Personen sind rein zufällig.

Das Fränkische in diesem Buch, eine Erklärung:

Dieses Buch ist keine wissenschaftliche Arbeit über den fränkischen Dialekt. Die Sprache der Protagonisten variiert je nach Gestaltung der Figur und ist so gehalten, dass auch ein Nichtfranke mal hinein schnuppern kann und ein echter Franke sich vielleicht hier und da erkennt. Ich erhebe selbstverständlich, was das „Fränkische" in dieser Geschichte angeht, keinen Anspruch auf Vollständigkeit und möchte schon gar nicht behaupten, dass ein jeder Kulmbacher oder Mainleuser mit der Interpretation des hier auftretenden Dialektes einverstanden ist. Also, liebe „Einheimische", seid bitte nachsichtig und verzeiht mir, wenn es nicht immer gar so bassd. Das Fränkische ist so wunderbar vielfältig und ja sogar von Dorf zu Dorf wieder annerschd, dass man dem nicht wirklich gerecht werden kann. Übersetzt hat übrigens eine echte Oberfränkin. Denn, was wäre ein Frankenkrimi ohne das „Fränkische"? Die Sprache ist Teil der Kulturlandschaft und gehört dazu. Und, sie gefällt mir gut, genauso wie die vielen anderen schönen Dinge, denen wir auch im dritten Fall von Kommissar Lux begegnen. Tauchen wir also ein in die wunderschöne Landschaft Oberfrankens, erleben wir die neuen Abenteuer unseres ersten Kulmbacher Hauptkommissars Fritz Lux in seinem neuen Fall „Sanspareil".

Die Autorin

Danksagung

Ein herzliches Dankeschön an alle naturverbundenen, heimatliebenden Oberfranken,
an alle, die mich ermutigt, oder mich sonst in irgendeiner Weise, sei es in Form der Bereitstellung von Rezepten oder der Weitergabe von Informationen und Geschichten unterstützt haben.

Ein besonderer Dank an Familie Bär aus Danndorf, an Alexandra für die Übersetzungshilfe und an Gundi und Tessie fürs Korrigieren.

Danke!

1

Der Neubeginn der Natur um ihn herum versetzte ihn in Hochstimmung. Noch lag das feuchte und etwas modrige, alte Blattwerk auf den Waldwegen des Spitzberges, doch das frische Grün drängte immer weiter gegen die milde Frühsommersonne und trotzte den zum Teil immer noch kalten Nächten hier droben auf dem Spitzberg. Der Boden war schwer und vollgesogen mit dem Tauwasser des letzten Winters und hätte er nicht seine alten wasserfesten Stiefel angehabt, so hätte er wohl nicht trockenen Fußes zu seinem Waldbauernhäuschen in der Nähe von Schimmendorf zurückkehren können.

Auch Connor, sein Landseer war wie er selber guter Laune. Übermütig lief dieser immer wieder in den Wald hinein und verfolgte Wildspuren, bis der Schriftsteller ihn zurückrief.

Sein Hund, der dann wie ein Blitz durch das Untergestrüpp geschossen aus dem Wald auf ihn zu sprang, trug dabei immer wieder allerlei kleine Zweige und nunmehr verdorrte Baumfrüchte des letzten Herbstes in seinem Fell. Heusinger ahnte, dass er wieder eine ganze Weile mit dem Fell seines treuen Begleiters zu tun haben würde.

„Mensch Connor. Wir müssen doch heute noch fort. Wie du wieder aussiehst!“

Heusinger versuchte nun vergeblich, ein paar pflanzliche Mitbringsel aus Connors Fell zu pflücken.

„So, komm mein Freund, wir müssen uns beeilen. Fritz kommt gleich, wir machen heute einen Ausflug und du darfst mit!“
Der Schriftsteller war gerade an seinem alten fränkischen Bauernhäuschen angekommen, als er auch schon den kleinen Bus sah, der sich den Spitzberg hinauf bewegte.
„Guten Morgen John, ich hoffe das Wetter bleibt so“, begrüßte ihn Sabine Hopfner, die gut gelaunt von der Beifahrerseite her ausstieg und sofort stürmisch von Connor begrüßt wurde.
„Guten Morgen Sabine. Alles Gute zum Geburtstag“, gratulierte John der Lebensgefährtin seines Freundes Fritz Lux.
Auch der erste Hauptkommissar und Leiter der Polizeidienststelle Kulmbach war nun ausgestiegen und umarmte den Schriftsteller herzlich.
„Na da haben wir uns ja den richtigen Tag ausgesucht. Ein wunderschönes Wetter für unseren Geburtstagsausflug in die Fränkische Schweiz. Ich hoffe es bleibt so.“
„Kommt noch kurz rein auf einen Tee. Ich muss mich schnell noch umziehen. Dann kann es losgehen.“
„Lass dir Zeit. Wir müssen eh noch Lisa und Johanna aus Danndorf abholen. Wir haben uns nur schon ganz früh den Bus ausgeliehen. So können wir alle zusammen in einem Fahrzeug sitzen und uns während der Fahrt unterhalten“, erklärte Lux.

„Ich freu mich so richtig auf diesen Tag“, ließ Sabine Hopfner die anderen wissen, als sie eine Weile später in Heusingers Wohnküche zusammensaßen. „Endlich mal keine Polizeiarbeit, einfach nur ein paar Tage ausspannen. Seitdem ich hier unten bin, hatte ich noch nicht viel Gelegenheit mir alles anzuschauen. Es steht ganz viel auf dem Programm: der Felsengarten Sanspareil, das Fränkische Schweiz-Museum in Tüchersfeld, die Teufelshöhle bei Pottenstein, die Burg Rabenstein und noch Einiges mehr. Ich glaube das schaffen wir alles gar nicht an einem Tag.“

„Das hört sich gut an. Ich freu mich drauf. Wird Zeit, dass ich meine Einsiedelei hier mal verlasse. Und Christian kommt nicht mit?“, richtete der Schriftsteller seine Frage an Lux, denn er hatte sich seit seiner Zusammenarbeit mit dem Sohn des Kulmbacher Kommissars in der Klärung des Herrensteinmordes angefreundet und hätte ihn gerne wieder gesehen. Es war für alle Beteiligten nicht nur eine aufregende, sondern auch eine gefährliche Zeit gewesen. Der Schriftsteller hatte eng mit Christian zusammengearbeitet und zum Bedauern seines Freundes Fritz war es auch eine nicht ganz ungefährliche Zeit für alle gewesen.

„Nein. Christian ist für ein paar Tage mit Freunden in den Bergen zum Klettern und Wandern“.

„Na dann ist ja gut. Ich vermisse unsere Gespräche. Du warst auch schon länger nicht mehr zum Schach spielen da.“

„Ich hoffe das klappt in den nächsten Tagen. Ich habe mir eine Woche frei genommen. Doch heute ist erst mal unser Geburtstagskind dran“, antwortete der Kommissar und drückte seiner Freundin, der Bayreuther Kripobeamtin Sabine Hopfner einen Kuss auf die Wange.

Nachdem die kleine Gruppe sich über Schimmendorf auf den Weg nach Danndorf, den Wohnort und Sitz des Bauernhofes der Familie Lux gemacht hatte, schien sich Sabines Wunsch zu erfüllen. Erst jetzt kam die Sonne etwas stärker durch und Heusinger genoss den Anblick der feuchten durch Tautropfen genässten Wiesen. Auch der dampfende Wald, der sich unterhalb des Patersberges hinter Danndorf in Richtung Oberdornlach erstreckte, war eine Augenweide und Heusinger bedauerte es einmal wieder nicht, von der Großstadt hierher in die Nähe von Kulmbach nach Oberfranken gezogen zu sein.
Fritz Lux‘ Mutter Johanna und Lisa, seine erwachsene Tochter standen bereits in der Hofeinfahrt und erfreuten sich sichtlich der warmen Sonnenstrahlen, die bereits die ersten bunten Farbtupfer ins Beet gezaubert hatten. Noch ein paar Wochen und Johannas Bauerngarten würde ganz in voller Blüte stehen.
Nachdem Johanna und Lisa zugestiegen waren, steuerte Fritz Lux den Kleinbus in Richtung Mainleus, von wo sie über Peesten und Kasendorf in Richtung Fränkischer Schweiz fahren würden. Die erste Station sollte Sanspareil sein, ein wunderschöner und

wildromantischer Felsengarten aus dem 18. Jahrhundert. Auch die direkt dabei liegende und aus dem Mittelalter stammende Burg Zwernitz gleich unweit des idyllischen Örtchen Wonsees würde ihnen einen Besuch wert sein.
Über Welschenkahl und Schirradorf lenkte Fritz Lux nun den Kleinbus in Richtung des Felsengartens, in dem im Sommer auch immer wieder Theateraufführungen in der malerischen Kulisse eines sich dort befindlichen barocken Ruinentheaters abgehalten wurden.

Der alte Buchenwald mit seinem bizarren Felsengarten empfing sie mit aufsteigendem Morgennebel, der sich durch die im Boden und auf den Pflanzen gespeicherte Feuchtigkeit gebildet hatte. Es war noch ruhig. Nur wenige Besucher hatten diesen Vormittag gewählt, um das Kleinod zu besichtigen.
Das muntere Geplauder, welches noch zu Beginn ihres Spazierganges eingesetzt hatte, verstummte nun nach einer Weile und die mächtigen Buchen und moosbewachsenen Felsen schienen die Aufmerksamkeit eines jeden voll in Beschlag zu nehmen. Was für ein Anblick, kam es Heusinger in den Sinn und er ließ sich ein wenig zurückfallen, um die nun in seinen Gedanken auftauchenden Worte, auf die er vielleicht einmal später zur Gestaltung eines Textes zurückgreifen könnte, zu sortieren. Ja, was für ein schöner mystischer Wald! John konnte sofort den Zauber der alten Buchen und der nun immer wie-

der im Wald auftauchenden skurrilen Felsen spüren. Hier und da blitzten die Sonnenstrahlen durch die Baumkronen und noch war es unter dem grünen Blätterdach der teilweise gewaltig wirkenden Buchen recht schattig und kühl. Heusinger formte in seiner Vorstellung das Bild eines romantisch anmutenden Mondspazierganges. Wie bizarr und geisterhaft musste all das hier in einer klaren Vollmondnacht erscheinen! Dieser Ort hatte gewiss seinen eigenen Zauber und trotz aller Schönheit, so dachte er, lag auch etwas Düsteres, ja Bedrohliches in der Luft.

Diese Magie war es vermutlich, die auch Künstler und Literaten in der Vergangenheit immer wieder in diese, von Markgräfin Wilhelmine von Bayreuth im Jahre 1774 erbaute Anlage, gezogen hatte. Viele davon hatten diese Eindrücke in ihren Werken hinterher festgehalten. Auch er würde dieser Tradition folgen und eine Kurzgeschichte, ja vielleicht sogar ein Gedicht über all das Schöne hier schreiben.

Ja, er müsste unbedingt noch einmal herkommen! Für einen Moment sah er diese unergründlich grünen Augen vor sich, ja vielleicht würde er Marga fragen, ihn zu begleiten. Seit den Ereignissen des letzten Winters waren sie sich ein wenig näher gekommen, hatten sich gemeinsam zu langen Waldspaziergängen aufgemacht oder stundenlang miteinander geredet. Doch noch weiter waren sie in ihrer Beziehung nicht gegangen. Marga war noch immer mit der Bewältigung der Ereignisse und der

Verarbeitung der Vorkommnisse beschäftigt und bis jetzt war die Zeit wohl noch nicht reif gewesen für mehr. Für einen Moment bedauerte er, sie nicht dabei zu haben, doch dann wandte er sich wieder seinem Freund Fritz zu, der sich nun neben ihn gesellte, während der Rest der Gruppe schon ein wenig vorgelaufen war.

„Und, schräbst du grod wos Neus?“, wollte Fritz Lux jetzt von seinem Freund wissen, der nun leicht ins Fränkische verfallen war, eine besondere Eigenart, die Heusinger immer dann erwartete, wenn sein Freund mit seiner Familie sprach oder besonders emotional berührt war. In der Regel gab der Oberfranke, der des Hochdeutschen durchaus mächtig war, sich jedoch Mühe, mit ihm und auch mit Sabine Hopfner so zu sprechen, dass sie ihn auch verstehen konnten.

„Ja wie man´s nimmt. Irgendwie schwirren mir immer viele Gedanken im Kopf umher, doch alles muss sortiert und in eine Richtung gebracht werden. Ich kann dir das gar nicht so genau erklären. Aber eines ist sicher, Eindrücke wie diese vom Felsengarten sind wichtig, ich muss hinaus aus meinem Häuschen und diese besonderen Orte und auch die interessanten Menschen oder Geschichten finden. Ich muss aufpassen, dass ich mich nicht zu sehr einigele. Dann, später, wenn ich wieder droben auf dem Spitzberg bin, ergibt alles was ich erlebt und aufgenommen habe wie ein riesiges Puzzle ein Bild

und ich schreib's dann nieder. Das sind dann meine Geschichten."
„Und, wos is mir dir und der Marga Scherzer? Ich hob scho gemergt, das Ihr euch möchd."
„Marga? Ja, sie ist eine interessante und schöne Frau. Wir haben viel gemein, doch es braucht seine Zeit…"
„Ja, manchmol scho, wem´mer genuch devon hod. Abber manchmol muss mer dem Glück a selber a bissla auf die Sprüng helfn und a bissla mudich sa."
„Ja Fritz, du hast vielleicht Recht. Sag mal, wieso grinst du denn die ganze Zeit so?"
„Na wirst scho noch sehn,…, komm wir holen die Anern ein."
Heusinger wunderte sich. So kannte er seinen bodenständigen Freund gar nicht. Irgendetwas war los, doch was? Er würde es wahrscheinlich noch früh genug erfahren. Fritz Lux war immer für eine Überraschung gut.

Die Freunde erreichten weitere Felsformationen, die von Moos und anderen Pflanzen überwuchert inmitten des Buchenwaldes einen wirklich wunderbaren Anblick boten.
„So wie ich dich kenne, John, kannst du uns gewiss etwas dazu erzählen", wandte sich Sabine Hopfner nun auffordernd an den Schriftsteller.
„Selbstverständlich! Markgräfin Wilhelmine ließ den Garten nach einem französischen Roman, den Abenteuern des Telemachs gestalten. Telemach lan-

dete auf der Suche nach seinem Vater Odysseus auf der homerischen Zauberinsel Ogygia, die hier dargestellt werden sollte. Es gibt zum Beispiel eine Sybillengrotte und eine Aeolusgrotte, einige Bauten wurden aus Holz errichtet und existieren heute nicht mehr. Von der ursprünglichen Anlage sind nur noch das Ruinentheater, der Morgenländische Bau und Teile des Küchentraktes erhalten. Dies hier ist der sogenannte „Regenschirm". Dort drüben der „Grüne Tisch" und ein Stückchen weiter die „Diamantengrotte."

„Ich habe gehört, im Ruinentheater werden Konzerte gegeben und Theaterstücke gezeigt", richtete Sabine ihre Frage an den Autor.

„Ja, im Sommer. Bei Regen sitzt man sogar geschützt in der Kalypsogrotte. Du wirst sie gleich selber sehen."

„Vielleicht können wir im Sommer einmal eine Vorstellung besuchen. Das wäre echt toll und furchtbar romantisch", meinte nun Lisa etwas schwärmerisch.

„Ja, dieser Park hier hat etwas ganz Besonderes. Das Ganze bildet eine perfekte Kulisse für ein Theaterstück", bestätigte John die Tochter seines Freundes in ihrer Meinung.

„Genau, vielleicht können wir ja diesen Kulturbanausen hier mal dazu überreden, mit uns ins Theater oder ins Konzert zu gehen", neckte Sabine ihren Freund Fritz.

„Du denkst wull ich hob überhabt ka Ahnung. Ich wor sugor scho amol in der Oper in Bayreuth!“, verkündete Fritz Lux nun stolz.
„Ja, obber des wor dienstlich und bei der erschdbest´n Gelengheid bisd haam gflüchd…“, lachte Johanna, die sich noch gut an die Geschichte erinnern konnte.
„Schaut, wir sind gleich beim Ruinentheater“, kündigte Heusinger an.
Das Felsentheater war ein echtes Highlight des Rundganges.
„Die Leute wussten früher schon, was effektvoll ist“, schwärmte Lisa erneut.
Alle hatten sich mittlerweile in den durch ein Felsgewölbe von oben abgedecktem Zuschauerbereich eingefunden.
„Das hier ist die Kalypsogrotte!“, richtete John nun sein Wort speziell an Sabine Hopfner, die ursprünglich aus dem Ruhrgebiet stammend aufgrund ihrer Arbeit noch nicht sehr viel Gelegenheit bekommen hatte, ihre neue Heimat Oberfranken mit all ihren Sehenswürdigkeiten, wie es Sanspareil eine war, ausgiebig zu bereisen.
„Mensch, das muss echt toll aussehen, wenn es dunkel und mit Fackeln beleuchtet ist“, begeisterte sich Lisa erneut für das Bauwerk.
„Ich wor sugor amol bei am Konzerd debei. Obber des is a scho lang her“, erklärte Johanna nun ihrer Enkelin.
Doch kaum hatte sie den Satz beendet, richtete sich die Aufmerksamkeit der Gruppe nun ganz auf eine

weibliche Person, die plötzlich auf der Bühne aufgetaucht war und sie mit lauter Stimme ansprach: „Und ich bin ab jetzt bei eurem Ausflug dabei!"
Johns Herz machte einen Sprung. Marga! Er konnte es nicht fassen. Da hatte sein Freund Fritz ihn aber ganz schön reingelegt, doch er freute sich ungemein.
„Deshalb hast du so gegrinst. Du hast das arrangiert…", wandte sich Heusinger nun an seinen Freund und boxte ihn freundschaftlich mit seinem Ellenbogen in die Seite.
„Es sollte eine Überraschung sein. Denn es war nicht ganz sicher, ob ich es schaffe."
„Ich freu mich Marga, Sie widder zer seng", ergriff nun Johanna die Initiative, um die Kräuterexpertin und Freundin Johns herzlich zu begrüßen. Doch beim Anblick der gut gelaunten Bekannten musste die Bäuerin unwillkürlich für einen kurzen Moment an die Ereignisse des letzten Winters denken. Eine Sekte hatte damals ihr Unwesen in den Wäldern um Buchau getrieben und Marga war für eine kurze Zeit selber in Verdacht geraten, etwas mit dem Herrenstein Mord zu tun zu haben. Doch von Anfang an hatte Johanna hatte an die Unschuld der Kulmbacherin geglaubt.
„Erzählst du uns noch ein bisschen was zum Felsengarten, lieber John", bat Sabine den Schriftsteller, nachdem sich Marga Scherzer zu ihnen in den Zuschauerbereich gesellt und sich die erste Aufregung über Fritz gelungenem Coup gelegt hatte.

„Nun, Hermes, der Götterbote, erscheint der Meernymphe Kalypso und teilt ihr einen Beschluss der Götter mit: Der Held von Troja soll wieder frei seinen Weg nach Ithaka fortsetzen können, heim zu seiner Frau Penelope, die lange auf ihn vergeblich gewartet hat. Ich habe gelesen, dass Szenen aus François de Salignac de La Mothe-Fénelons Roman, so hieß der Schriftsteller und Erzbischof, der ihn geschrieben hat, also, dass Episoden daraus und auch aus dem originalen Homertext im Sommer hier aufgeführt werden sollen."
„Ich stell' mir gerade vor, wie Odysseus hin und her gerissen wird zwischen der schönen Meernymphe Kalypso und dem Wunsch, heim nach Ithaka zu seiner Frau zurückzukehren", meinte nun Lisa nach einer Weile, nachdem sie den weiteren Ausführungen des Schriftstellers gebannt gelauscht hatte.
„Soweit ich weiß war Ogygia eine Toteninsel, es war gut für den Helden von Troja, dass die Götter ihn wieder ziehen ließen", ergänzte John seinen Vortrag weiter und fügte abschließend hinzu: „Homer hat mich immer schon fasziniert!"
„Ja, des is ja a suwos wie a Kollech ver dir", scherzte Fritz Lux und klopfte seinem Freund John auf die Schulter.
„Der Ehre zu viel Fritz. Homer ist ein Weltstar, der Poet der Antike…, der Dichter, der unsere abendländische Kultur beeinflusst hat wie kein anderer, ich dagegen bin nur ein kleines Licht!", antwortete der Schriftsteller.

„Da, schaut. Anscheinend hat jemand das Theater bereits für sich entdeckt. Vielleicht eine Probe?“, warf Marga nun ihre Frage in das Gespräch ein. Alle verstummten und blickten gebannt nach vorne auf die Bühne des steinernen Ruinentheaters: Odysseus hatte die Bühne betreten.
Für einen Moment wurde es ruhig. Man konnte die Anspannung des Schauspielers spüren, doch der Mann in dem weißen Gewand schien sein Publikum gar nicht zu bemerken und kurz hatte Heusinger den Eindruck, als wäre dieser gar in Trance. Dann erhob die Gestalt seine Stimme:

„Schlägt mich aber erneut ein Gott
im purpurnen Meere,
Halte ich stand, des Mut im Leidertragen
erprobt ist.
Viele Leiden machte ich durch, viel Mühen
ertrug ich
Schon in Wogen und Krieg, dann mag auch dies
noch geschehen.‹‹
Also sprach er. Die Sonne ging unter, und Dunkel
erhob sich,
Und sie gingen hinein; im Winkel der wölbigen
Grotte
Freuten sie sich der Liebe und ruhten
nebeneinander.“

Die Zeilen kamen John bekannt vor. Ja, das war Homers Odyssee, das literarische Werk, von dem

er soeben noch gesprochen hatte. An dieser Stelle des rezitierten Textes verfällt Odysseus der schönen Meernymphe Calypso. Ein wirklich passendes Zitat zu der Kulisse hier! War das ein Laiendarsteller, der einmal auf einer Bühne proben wollte oder gar ein Profi? Alle lauschten weiterhin gebannt dem Vortrag. Auch andere Spaziergänger hatten sich mittlerweile eingefunden, die fasziniert von dem Schauspiel vor ihnen angezogen worden waren und nun ebenfalls vor der Naturbühne stehen blieben.
„Der macht seine Sache aber wirklich gut“, flüsterte nun Lisa leise um den Schauspieler nicht zu stören.
„Vielleicht soll das eine Werbung für die Aufführung in diesem Sommer sein“, rätselte nun auch Marga angesichts der überraschenden Darbietung.
„Dem kaufe ich den Odysseus echt ab“, wandte sich nun Lisa erneut leise an Heusinger.
„Als Schauspieler musst du deine privaten Dinge, ja deine ganze Persönlichkeit, in den Hintergrund stellen. Nur die Rolle, die Person, die du darstellst, ist in dem Moment der Aufführung wichtig. Ich hatte da mal so eine Freundin, die hat in München Theater gespielt, ihr hättet mal die Szenen sehen und hören sollen, die sie mir immer gemacht hat, echte Schauspielkunst, ich kann es euch sagen.“
Noch während Heusinger Lisa geantwortet hatte, bemerkte er, dass sich dort droben auf der Bühne irgendetwas verändert hatte, doch was? John stutzte. Etwas war auf einmal seltsam an dem Mann. Seine Bewegungen! Hatte er zuvor noch ruhig und stoisch

auf der Bühne gestanden, so verfiel er zunehmend in krampfähnliche Zuckungen, die er anscheinend nicht zu kontrollieren vermochte.

Für einen kurzen Moment verharrte das Publikum in Staunen.

Wie gelähmt, ja unfähig sich zu bewegen verfolgte jeder wie hypnotisiert die Veränderungen, die plötzlich und unerwartet mit dem Mann nur innerhalb weniger Sekunden vor sich gegangen waren. Was war nur mit dem Schauspieler los?

Heusinger erschrak. Sabine Hopfner und Fritz Lux hatten sich urplötzlich und fast gleichzeitig wie auf Kommando aus ihrer Starre gelöst. Doch zu spät! Es gelang ihnen nicht, den zuckenden Körper des Schauspielers vor einen Sturz in den tieferliegenden Orchestergraben zu bewahren.

Mit einem seltsamen Röcheln fiel der Mann von der Bühne und landete mit einem dumpfen Geräusch auf dem steinigen Untergrund.

Odysseus konnte seine Reise nach Hause zu seiner geliebten Frau nicht mehr antreten. Odysseus, der Held des Homerischen Epos, war tot.

„Wir müssen sehen, dass keiner der Besucher das Gelände verlässt“, meinte Sabine Hopfner, nachdem sie zusammen mit Fritz versucht hatte, den vermeintlichen Schauspieler zu reanimieren, doch vergeblich. Der Mann war tot. Und noch etwas war seltsam. Ein nicht zu übersehendes Injektionsloch mit starker Rötung war deutlich am Hals zu erkennen.

„Sabine, hier!“ Fritz, der die Bühne abgelaufen war, hatte anscheinend etwas gefunden.
„Hier schau amol, a Ard Pfeil. Er muss beim Sturz nunder g´fall´n saa“.
„Pass auf, dass du die Spitze nicht berührst. Scheint, das gehört in meine Zuständigkeit. Der Mann ist augenscheinlich ermordet worden. Ich ruf den Trupp zusammen und informiere den Polizeirat.“
„Mach des. Ich ruf in Kulmboch on. Sanspareil g´hörd zer unnerm Landkreis. Ihr werd´ Unterstützung braung.“

2

Fritz Lux und Sabine Hopfner hatten ihr Bestes getan. Der Unbekannte war tot, doch vielleicht war der Mörder noch in der Nähe! Der Felsengarten müsste sofort schnell durchsucht werden. Das Ganze war besonders brisant, da sie beide ihre Dienstwaffen natürlich nicht auf einem privaten Ausflug mit sich trugen. Doch der Täter konnte sich durchaus noch in unmittelbarer Umgebung befinden, obwohl einige Zeit mit den Wiederbelebungsversuchen des Opfers verstrichen war. Beide wussten, die ersten Minuten nach der Tat konnten entscheidend sein.
„Fritz, du gehst in Richtung Parkplatz, ich nehme mir die Straße vor. Wenn der Täter mit dem Auto unterwegs ist, hat ihn vielleicht jemand wegfahren sehen. Alle, die noch im Park sind, sollen ins Café,

damit wir sie später befragen können. John, vielleicht könnt ihr die Spaziergänger dorthin lotsen. Verstärkung wird gleich eintreffen. Es wird nicht lange dauern, hoffentlich!"
Fritz hatte sofort bemerkt, wie schnell sie wieder in ihre Profirolle geschlüpft war. Verdammt ein Mord, ausgerechnet jetzt! Dabei wollten sie doch einfach nur ein schönes Wochenende miteinander verbringen. Außerdem hatte er noch eine Überraschung für Sabine geplant. Ein ganz besonderes Geburtstagsgeschenk. Und nun das! Der Job brachte sie beide immer wieder an ihre Grenzen. Leichter wurde ihre Beziehung dadurch nicht. Alleine der Gedanke, dass Sabine jetzt alleine im Wald unterwegs war und der Täter womöglich noch in ihrer Nähe, beunruhigte ihn umso mehr. Und da waren auch noch Johanna und Lisa! Wie würden die beiden die Geschehnisse verarbeiten? Doch es half nichts, jetzt musste gehandelt werden, schnell. Er müsste sich später um sie kümmern und sie der Obhut seines Freundes Heusinger überlassen.

Es hatte eine Weile gedauert, das Gelände, welches durch geschlungene Wege, durch Felsen, Bäume und Büsche sehr unübersichtlich gestaltet war, abzusuchen. Hier und da waren sie auf weitere Besucher des Parks gestoßen, doch leider hatten sie sonst nichts Außergewöhnliches bemerkt.
Mittlerweile war Sabine Hopfners Team der Kripo aus Bayreuth eingetroffen. Die Spurensicherung

erledigte bereits ihre Arbeit und der Leiter der Gerichtsmedizin, Dr. Meising, hatte die erste Inaugenscheinnahme der Leiche bereits hinter sich.
„Ihr habt Recht gehabt. Eindeutig eine Vergiftung. Es gibt Verfärbungen der Haut. Auch die Krämpfe, die ihr beschrieben habt, deuten darauf hin. Ob es wirklich der Pfeil war, werden die Untersuchungen ergeben“, informierte Meising seine Kollegen von der Polizei.
„Mensch Fritz, kaum hosd Urlaub, bisd scho widder voll im Einsotz“, wurde Lux nun von seinem Stellvertreter Ernst Obermeier angesprochen, der mit einer Anzahl von Kollegen der Kulmbacher Polizeidienststelle ebenfalls zum Tatort geeilt war.
„Ja, es scheind einfoch kann Urlaub für uns zer geb´m. Obber wos solls. Kumm, mir mach´n uns on die Ärberd. Heud wer´n vill Besucher das Geländer onsteuern. Mir müssen alles obsperrn. Mir könna do ned nuch mehr Drubl gebraung. Guck, do sinn scho die Leud ver der Press. Vielleichd konndst ja du den Job zererschd übernehma.“
„Mach ich gern Fritz. Maansd, ich soll sa on die Kribo in Bareuth verweis´n?“
„No freilich. Es wärd im Lauf des Doochs nuch an Pressedermin des Präsidialbüros gebm. Die solln sulang wegblei´m und kanna Fodos. Sunsd gibd´s Ärcher.“
„Alles klor Fritz. Wärd erledichd.“
„Ich schau amol, ob ich der Sabine noch irgendwie helfen ko.“

Fritz Lux begab sich nun in Richtung des Caféhauses, das in einem ehemaligen Küchentrakt der früheren markgräflichen Anlage eingerichtet worden war. Sabine Hopfner war gerade damit beschäftigt, ihren Leuten weitere Anweisungen zu geben und Teams zur ersten Befragung der Zeugen einzuteilen, als er das Cafe, welches nur über einen relativ kleinen Gastraum verfügte, betrat.

„Fritz, gut das du kommst. Irgendjemand hat wohl schon die Presse informiert, ich würde dich bitten, das Gelände für uns abzusichern, damit hier nicht unnötig Spuren verwischt werden und Unbefugte den Tatort betreten. Auch das Informationszentrum drüben unterhalb der Burg wird von den Medien belagert. Ich habe dort die Zeugen sitzen. Meine Leute nehmen erst einmal die persönlichen Daten auf. Schmidt, Taurich und Lindner werden eine erste, kurze Befragung durchführen. Es tut mir leid, deine Familie sitzt auch erst mal dort."

„Ich habe meine Leute scho angewies´n alles abzusichern. Obermeier übernimmt das mit der Absperrung. Wisst ihr schon, wer es ist?"

„Wir haben auf dem Parkplatz einen verschlossenen Wagen gefunden mit Kulmbacher Kennzeichen. Er konnte keinen der Zeugen oder Angestellten der Einrichtung hier zugeordnet werden. Der PKW ist auf einen Max Fuggmann zugelassen. Vom Alter her könnte es passen. Er ist 42 Jahre alt und wohnhaft in Kulmbach. Ich denke, wir sollten seine Wohnung

aufsuchen. Er wohnt anscheinend direkt in der Stadt, in der Spitalgasse."
„Iss´er verheiratet?", wollte nun Fritz Lux wissen, der es hasste, der Überbringer schlechter Nachrichten zu sein. Nur allzu oft hatte er Familien mitteilen müssen, dass jemand durch einen Unfall verletzt oder sogar getötet worden war. Das war immer der schlimmste Teil seiner Aufgaben als Dienststellenleiter der Kulmbacher Polizei gewesen.
„Nein, die ersten Recherchen haben nichts ergeben, was aber nichts heißt. Vielleicht hat er eine Freundin. Kommst du mit? Kulmbach ist dein Revier."
„Gern. Ich geb nur schnell nuch Johanna und den Annern Bescheid. John werd sa nooch der erschdn Befragung mit dem Bus haam fohr´n. Es tut mir su leid, dass dei Gebortsdoch so ended."
„Macht nichts Fritz. Das holen wir nach. Konnte ja keiner ahnen, dass direkt vor unseren Augen ein Mord passiert. Direkt vor unseren Augen!"
Fritz Lux konnte sehen, dass Sabine wütend war. Er wusste um ihre Leidenschaft, der Gerechtigkeit zu dienen und auch um ihre Professionalität und um ihr Engagement.

Als sie eine halbe Stunde später bereits im Dienstwagen der Kripo in Richtung Kulmbach fuhren, ließ Fritz Lux seinen Blick über die vorbeiziehenden Wiesen und Wälder schweifen. Es hätte so ein schöner Tag werden können! Wie gern hätte er Sa-

bine die Sehenswürdigkeiten in der Fränkischen Schweiz gezeigt, doch irgendwie sollte es nicht sein.
„Ich hoffe wirklich, wir können unseren Ausflug nachholen. Aber so wie ich dich kenne, möchtest du den Fall bestimmt nicht in andere Hände legen, immerhin hast du Urlaub“, startete Fritz Lux einen Versuch, seine Lebensgefährtin von der Arbeit abzuhalten. Doch Sabine lachte nur.
„Fritz, das meinst du doch nicht im Ernst. Du hättest doch wohl auch keine Ruhe, wo der Mord direkt vor unserer Nase passiert ist. Stell dir vor, der Pfeil hätte das Opfer nicht getroffen, sondern einen von uns! Auch wir waren in Gefahr. Das ist schon dreist, so eine Tat bei helllichtem Tag und dann noch vor Publikum zu begehen“, antwortete die Bayreuther Kriminalbeamtin und fuhr fort: „Nein, das ist unser Fall. So wie ich dich kenne, wirst du auch nicht in der Wache oder zu Hause sitzen und Däumchen drehen.“
„Du hosd ja Rechd. Obber es dud mer um dei´n schönn Geburtsdochausfluch leid. Obber es is jetz nimmer zer ändern. Hod Waldmüller sich so gemelded?“
„Noch nicht. Der ist angeblich irgendwo beim Golfen. Ich habe kurz mit der Staatsanwältin telefoniert. Ich denke, wir werden uns gleich erst einmal in der Dienststelle in Bayreuth organisieren, nachdem wir einen Blick in die Wohnung des Opfers geworfen haben.“
„Wenn ich was mach´n konn, mir helf´n gern.“

Sie hatten nun Melkendorf und damit Kulmbach schon fast erreicht.
„Also gut. Begleite mich in die Wohnung. Wenn die Spusi in Sanspareil fertig ist, werden sie nachkommen. Vier Augen sehen mehr als zwei!“

Niemand hätte damit rechnen können. Im Publikum, welch Ironie des Schicksals, im Publikum waren anscheinend Polizisten, die sofort mit der Reanimation begonnen hatten, doch vergeblich! Nichts konnte den Tod aufhalten, nichts und niemand. Dieses Gift war immer tödlich! Welch lächerliche Vorstellung! Homer für Spaziergänger! Die wahre Kunst der Darstellung war eine ganz andere. Endlich! Endlich würde dieser Mensch für immer schweigen. Ein wahrer Bühnentod! Eine gelungene Inszenierung. Der Mann hatte den Tod verdient, tausendmal verdient!

„Das Opfer war wirklich Schauspieler. Schau, dort sind jede Menge Fotos und Plakate. Anscheinend arbeitete er in München und in Bayreuth“, ließ Hopfner ihren Partner wissen, nachdem sie mit Hilfe des zuvor beim Opfer gefundenen Schlüssels die Türe des alten Hauses in der Spitalgasse unweit des Marktplatzes geöffnet hatten.
„Das heißt für euch, ihr müsst in Bayreuth auch in Theaterkreisen ermitteln. Wenn du magst, kann ich mich ja mal hier in der Nachbarschaft umhören.

Es gibt viele Geschäftsleute hier, die unsere Arbeit schätzen. Ich kenn einige davon persönlich."
„Gute Idee Fritz. Aber natürlich ist das inoffiziell. Denk an den Waldmüller, wenn der nur deinen Namen hört…"
„Ich kann den Mann auch nicht leiden. Der hätt´ eher in die Politik und nicht zur Polizei gehen sollen", brummte Fritz Lux, der dem Polizeirat und Vorgesetzten Sabine Hopfners schon in zwei zurückliegenden Mordfällen begegnet war und diesen nicht in besonders guter Erinnerung hatte.
„Ich denke, wir sollten die Wohnung der Spusi überlassen. Nicht, dass wir noch Spuren verwischen. Griesenmühlen kann dann echt sauer werden."
„Gut, ich geh noch mal rüber zum Nachbarn. Du wirst sicher nach Bayreuth ins Präsidium fahren. Wir telefonieren dann später noch."
Fritz Lux hielt für einen Moment inne. Es war Sabines Geburtstag und er hatte ihr noch nicht einmal sein Geschenk überreicht, das noch in seiner Jackentasche war. Doch jetzt war nicht der richtige Zeitpunkt. Er müsste die Übergabe verschieben.
„Vielleicht sehen wir uns ja heut Abend noch."
„Ja vielleicht. Ich tue mein Bestes."

Fritz Lux hatte professionell reagiert und würde sich nun in die Arbeit stürzen. Sie verstanden einander, keiner von beiden ließ es zu, dass der andere sich schuldig fühlte, wenn es mal wieder später geworden war. Auf der anderen Seite war ihr Privatleben auf ein zeitliches Minimum begrenzt. Selten hatten sie beide gleichzeitig frei, wenngleich Fritz Lux bei der Erstellung der Dienstpläne in seiner Funktion als Leiter der Kulmbacher Wache durchaus etwas Spielraum hatte. Und es gab ja auch noch den Hof, die Familie und Johanna, seine Mutter kam auch oft viel zu kurz, …, Fritz Lux stöhnte leise auf, bevor er die Hausklingel des Nachbarhauses in der Spitalgasse betätigte.

3

Sabine Hopfner hatte sich mittlerweile in Bayreuth eingefunden und war froh, dass ihre Mitarbeiter den Intendanten der Studiobühne, einen Mann namens Frederik Hofmeister, schnell aufgespürt und zu einer ersten Befragung ins Präsidium gebracht hatten. Doch etwas besonders Hilfreiches hatte Hofmeister bisher noch nicht von sich gegeben.
„Max Fugmann ist seit einigen Monaten in der Truppe. Er ist erst vor kurzem von München nach Bayreuth gezogen. Hat sich schnell eingelebt."
„Ist Ihnen irgendetwas über mögliche Drohungen oder Feindschaften zu Ohren gekommen, gab es Streit, hatte er Probleme?"
„Mir ist nichts bekannt. Aber eng befreundet waren wir nicht. Vielleicht fragen Sie besser die anderen. Privat verkehre ich mit den meisten nicht, wir gehen

höchstens mal ein Bier trinken, oder mit der ganzen Truppe zum Bierfest nach Kulmbach."

„Und was ist, wenn es ein Verrückter auf Schauspieler abgesehen hat? Wir haben gerade jetzt unsere intensiven Probephasen. Im Sommer haben wir überall unsere Freilichtaufführungen, im Ruinentheater in der Eremitage, dann eine Extravorstellung zur Eröffnung des Bierfestes oben im Innenhof der Plassenburg in Kulmbach, unser Homerstück im Ruinentheater und dann noch die Wagnerpersiflagen im Hoftheater des Steingraeber-Palais, wir sind bereits jetzt ausgebucht und die aktuellen Aufführungen laufen auch noch!", stöhnte Hofmeister.

„Wir werden alles tun, um Sie zu schützen, doch bisher wissen wir nicht, ob der Anschlag nur der Privatperson oder dem Schauspieler galt. Auch ein Zufallsopfer ist denkbar. Wir stehen noch am Anfang unserer Ermittlungen und tun unser Bestes. Ist Fuggmann öfter einfach alleine als Schauspieler unterwegs gewesen? Ich meine, es ist ja nicht normal, dass ein verkleideter Mann mitten am Tag irgendwelche Texte auf der Bühne in Sanspareil rezitiert, ohne das es eine Aufführung gibt."

„Nein, vielleicht ist es für Sie nicht normal. Aber Schauspieler sind ein Volk für sich. Es gibt auch viele, sagen wir mal auffällige, etwas exzentrische Leute unter ihnen. Aber vielleicht wollte Fuggmann ein Gefühl für den Aufführungsort bekommen, er spielt dort, oh, ich meine natürlich er sollte dort im Sommer den Odysseus spielen. Oh Gott! Wir müssen ja alles umbesetzen, daran habe ich noch gar nicht gedacht!"

„Gibt es Mitbewerber, ich meine, Konkurrenten um die Rolle? Könnte darin ein Motiv liegen?"

„Nein, ich denke nicht. Er war von Anfang an die Idealbesetzung."

„Gut. Ich danke Ihnen. Wir bräuchten noch eine Liste der Beschäftigten. Trommeln Sie alle Leute zusammen. Wir würden gerne so schnell wie möglich mit den Befragungen beginnen. Ich denke, es wird Ihnen entgegenkommen, wenn wir diese vor Ort im Theater durchführen. Können Sie uns einen Raum zur Verfügung stellen?"

„Ja, ich denke schon. Einige Mitglieder des Ensembles haben noch Urlaub. Ich bin nicht sicher, ob ich alle erreiche. Aber ich tue mein Bestes."

Sabine Hopfner mochte die Art des Mannes nicht besonders. Auch schien ihm der Tod des Schauspielers nicht allzu nahe zu gehen. Vielleicht lag es aber nur daran, dass sie mit den Besonderheiten und Eigenarten von Künstlern nicht allzu viel anzufangen wusste. Sie hoffte Fritz Lux war mit seinen Ermittlungen in Kulmbach weiter gekommen.

Heusinger hatte den Kleinbus wieder zurück in Richtung Mainleus gelenkt. Die Stimmung war gedrückt, doch Johanna hatte wie immer eine gute Idee.

„Wissd ihr wos, ich lood euch jetz erschd amol auf a Tassn Kaffee und a Stückla Kuch´n ei. Ich hob derhaam nix vorbereided, obber in Veithlohm gibd´s a

wunderbor´s Café mit hausgemachda Dord´n und Kuch´n. Wos halded ihr dervon?", versuchte Johanna die kleine Truppe aufzumuntern.
„Eine gute Idee Johanna. Ich glaub' wir können jetzt alle eine kleine Stärkung gebrauchen", stimmte Marga der Bäuerin erfreut zu.
„Johanna sag mir bitte, wie ich fahren soll", wollte nun Heusinger wissen.
Es dauerte nicht lang, und sie hatten die Bundesstraße 289 in Richtung Schloss Wernstein überquert.
„Was für ein prachtvolles und guterhaltendes Gebäude", kommentierte Marga die Durchfahrt durch den Torbogen des alten oberfränkischen Adelssitzes derer von Künzberg.
„Soweit ich weiß, liegen die Ursprünge im 14. Jahrhundert. Es soll sich um eine der schönsten Höhenburgen in Oberfranken handeln", informierte Heusinger die anderen.
„Was du alles kennst. Man hat hier so viele schöne Dinge vor der Nase, der Alltag lässt uns wenig Zeit, all das zu genießen", kommentierte Marga seine Ausführungen und John konnte deutlich heraus hören, dass auch ihr es wirklich leid tat um den schönen Ausflug in die Fränkische Schweiz.
„Oma, glabsd du wir krieng Sabine und den Papa heut nuch amol zer Gsichd? Ich hob mich scho auf den Tag g´freud und Sabine hod heud ned amol a Stück Gebordsdochdordn g´hobbt", war nun auch Lisa an der Reihe, ihren Unmut über den misslungenen Tag etwas Luft zu machen.

„Su wie ich dein Vodder kenn is des eher unwahrscheinlich. Mir wer´n seng. So John, schau do vonna konnsd´da onhald´n. Mir genga übern Friedhof on der Kerng verbei. A boor Schritt wer´n uns gud do."
John hatte den kleinen Bus unterhalb der Veitlahmer Kirche, die dem Dörfchen ihren Namen verliehen hatte, geparkt. Die alte ehrwürdige und schön restaurierte Kirche St. Veit bildete den Mittelpunkt des Dorfes. Ein ruhiger und schöner Ort. John beobachtete, wie Johanna der Kräuterexpertin Marga einige der uralten Grabstätten erklärte, denn auch entferntere Familienmitglieder hatten hier einst ihre Ruhe gefunden, genauso wie ehemalige Schlossbewohner aus dem Geschlecht der Künzbergs. Wie heimatverbunden er sich hier schon fühlte! Manchmal erschien es ihm, als hätte er früher schon einmal in dieser Region gelebt. Vielleicht gab es so etwas wie eine Wiedergeburt der Seele. Marga würde das bestimmt bejahen. Vielleicht aber wurde er einfach nur alt und sentimental. Es war nun wirklich Zeit für einen Kaffee.

Fritz Lux kannte den Mann, der ihm nun die Haustüre öffnete, vom Sehen. Er war ein Mitarbeiter der Kulmbacher Stadtverwaltung, dem er hier und da auf den Gängen des Kulmbacher Rathauses schon einmal begegnet war.
Auch der Nachbar hatte den Leiter der Polizeidienststelle in Kulmbach sofort erkannt.
„Herr Lux, wie konn ich Ihna helf´n?"

„Wos könna Sie mer über Ihr´n Nochbern song, den Schauspieler Fuggmann?", wollte Fritz Lux von seinem Gegenüber wissen, nachdem der Mann mit Namen Zapf ihn in die große Wohnküche seiner Wohnung gebeten hatte.
„Neja, besonders vill is´ses ned. Der Mo wohnd hier nuch ned lang, hod des Haus abber vor einicher Zeid kaffd. Vill gemachd hod´er seidem nuch ned. Es muss ja nuch sehr vill renovierd wer´n."
„Homm Sie sich scho amol underhald´n, su über brivada Sach´n? Hod der Besuch g´hobd, irgendwelcha Verwand´n, Freunde, a Fraa?"
„Neja, ich spionier ned hinder meim Nochbern her, wissen Sa. Ober ab und zu hod´s wull scho amol Partys geb´m, irgendwelcha Leud, ich glaab Schauspieler aus Bayreuth wor´n do. Wenn ich mich rechd erinner, hod´er mol von irgendwelch´n Verwand´n g´sproch´n, drauß´n in Hüferänger. A Fraa? Ich wass ned rechd. Ob und zu wor´n scho amol Frau´n do, aber ob es immer dieselba wor, ka Ahnung, die Leud wor´n irgendwie immer schrill gekleided, bunda Hoor usw., ganz verrückda G´sdaldn. Su genau hob ich mer die ned ong´schaud. Aber wos is eigendlich bassierd?", wollte Zapf nun doch von dem Leiter der Polizeidienststelle wissen.
„Fuggmann is tot, ermorded wor´n. die Kribo wird Sa vermudlich nuch zer am Verhör einlod´n. Kenna Sa den Noma der Familie in Hüferänger?"

Lux konnte sehen, dass diese Nachricht den Mann nicht sonderlich erschütterte. Anscheinend hatten beide keinen freundschaftlichen Kontakt gepflegt.
„Na, ober er hod ver am Bauerhuf g´sproch´n, irgenda endferda Kusine.“
„Ich danke Ihna für Ihr Auskunfd. Wenn Ihna nuch wos eifälld, Sie könna mich jederzeid über die Wache erreich´n“, verabschiedete sich Fritz Lux nach einem halbstündigem Gespräch, ohne wirklich weitergekommen zu sein. Dem einzigen Hinweis, nämlich den auf mögliche Verwandtschaft im Umland von Kulmbach, würde er nachgehen. Doch zunächst wollte er zur Dienststelle fahren, um dann Sabine über das Gespräch telefonisch zu informieren. So könnte er sich selber auch auf den neusten Stand bringen lassen.
Sein Jagdinstinkt war geweckt.

4

Fredrik Hofmeister hatte die Sekretärin des Ensembles kontaktiert und ihr den Auftrag erteilt, alle erreichbaren Mitglieder für eine Besprechung zusammen zu trommeln. Wie stellte sich die Kripobeamtin das nur vor? Es waren weit über einhundert Leute, die in irgendeiner Weise für die Studiobühne arbeiteten. In seinem Kopf schwirrte es. Die Besetzung musste geändert werden, die Presse würde bald vor der Tür stehen, verdammt, warum musste das ausgerechnet jetzt in der heißen Vorbereitungs- und Probenphase passieren? Aber nicht nur die Umstellung der Besetzung bereitete ihm Kopfzerbrechen. Als er zum Telefonhörer griff, musste er tief durchatmen, bevor er sich bei ihr melden konnte. Aber es half nichts. Er musste sie vorwarnen.

Sabine Hopfner hatte aufgrund des Wochenendes und der Tatsache, dass einige Kollegen in Urlaub waren, einige Probleme, die notwendigen Leute zusammen zu bekommen. Nur gut, dass ihre engsten Mitarbeiter bereit gewesen waren, ihre privaten Pläne zunächst zu verschieben. Sabine dachte einen Moment an ihre eigenen. Schöner Geburtstag! Vielleicht würde es Ihr ja wenigstens am Abend noch gelingen, Fritz zu einer Brotzeit in der Oberdornlacher Schäferstube, seiner Stammgaststätte, zu treffen.
„Sabine, wir haben eine Liste des Ensembles gemailt bekommen. Es sind über hundert Leute, das Restaurant, Putz- und Verwaltungspersonal noch nicht einmal mit eingeschlossen. Das wird heftig. Wir brauchen eindeutig Unterstützung, wenn wir die alle befragen wollen“, informierte sie nun die junge Kommissarin Ruth Taurich, mit der sie sich inzwischen auch privat ein wenig angefreundet hatte und die sie stets nur dann duzte, wenn beide sich ganz alleine im Raum befanden.
„Gut. Ich werde in Coburg nachfragen, ob die uns mit mehr Personal unterstützen können. Hat Schmidt

irgendetwas Interessantes zu den Zeugen aus dem Park?"
„Nein, nicht wirklich. Einige Touristen von außerhalb, Familien mit Kindern auf Sonntagsausflug, ein älteres Ehepaar auf Wandertour durch Oberfranken, keine Besonderheiten."
„Und niemand hat etwas gesehen, irgendetwas bemerkt?"
„Nein, aber wir müssen noch die Bewohner der umliegenden Höfe und Häuser befragen. Vielleicht ist denen ein Auto oder eine Person aufgefallen. Es gibt in der Nähe einen Reiterhof und etliche Waldwege. Vielleicht ist der Mörder ja gar nicht mit dem PKW, sondern zu Fuß oder mit dem Fahrrad unterwegs gewesen."
„Nun, auch das müssen wir noch überprüfen. Fritz und ich sind kurz nach dem Mord losgelaufen, doch nichts. Ich denke, der Täter muss sich gut ausgekannt haben. Vielleicht ist die Idee mit den Waldwegen wirklich nicht schlecht. Kümmere du dich um die Befragung der Anwohner. Schmidt soll bitte zu mir kommen, ich möchte mit ihm die Befragung des Ensembles planen und vorbereiten. Danke dir!"

Ruth Taurich hatte das Büro ihrer Vorgesetzten in der Kriminalinspektion des Bayreuther Polizeipräsidiums gerade verlassen, als Sabines Handy klingelte. Fritz war am anderen Ende der Leitung. Sie freute sich, seine Stimme zu hören. Sie mochte seinen fränkischen Dialekt, der je nach Gemütslage und

Gesprächspartner mal weniger oder stark ausgeprägt war. Mittlerweile war sie etwas besser in der Lage, das Fränkische zu verstehen. Wenn ihr Freund mit seiner Mutter oder dem Wirt aus seinem Stammlokal sprach, war Fritz' Dialekt besonders ausgeprägt. Doch nach anfänglichen Schwierigkeiten war sie immer mehr in der Lage, diesen Gesprächen zu folgen. Zu Beginn ihres Aufenthaltes in Oberfranken hatte sie im Rahmen ihrer Ermittlungen häufig auf die Übersetzungshilfe ihres Mitarbeiters und Stellvertreters Markus Schmidt zählen müssen, der selber ursprünglich aus Kulmbach stammte und die örtlichen Dialekte verstehen konnte.
Nachdem Fritz ihr von seinen Recherchen beim Nachbarn des Opfers berichtet hatte, schlug sie ihm vor, dass sie sich, falls es möglich sein würde, abends in der alten Schäferstube in Oberdornlach treffen könnten. Irgendwie glaubte sie ja nicht wirklich daran, dass es klappen würde, aber immerhin, es war ein Versuch wert.
„Gut Sabine, ich könnd ja noch der Arbeid hier in der Diensdstell naus noch Höferänger fohr´n. Von do aus sind es nur a paar Minud´n bis Oberdornlach. Ich lass dich wiss´n, wann ich soweid bin. Brauchsd du nuch Unterstützung in Bayreuth?"
„Auch andere Dienststellen werden uns hier und da mit Personal unterstützen. Doch es ist Wochenende. Du weißt ja, die ersten achtundvierzig Stunden sind besonders wichtig. Ich kann nicht erst warten, bis Waldmüller vom Golfen zurück ist, ich muss jetzt

so schnell wie möglich alle Informationen zusammen tragen lassen."
„Wenn du magst ruf ich amol a paar guda Kolleg´n aus meiner Bayreuther Zeid on. Ich hob do su meina Verbindungen."
„Das ist lieb von dir, Fritz. Aber es passt schon. Ich melde mich wenn ich Hilfe brauche. Aber du würdest mir wirklich einen Gefallen tun, wenn du dich um mögliche Kontakte des Ermordeten in Kulmbach und um die Verwandtschaft des Ermordeten in Höferänger kümmern würdest. Du kennst viele Leute vor Ort, das macht es vielleicht einfacher."
„Gut mei Schatz. Ka Problem. Also dann bis heut Omd."
Sabine Hopfner hoffte inständig, dass sie es wenigstens für ein oder zwei Stunden schaffen würde, etwas Zeit mit ihrem Lebensgefährten am späteren Abend zu verbringen. Aber es würde bestimmt zeitlich eng werden. Es klopfte und Schmidt betrat den Raum.
„Ich hab noch mal mit dem Intendanten telefoniert, er konnte fast fünfzig Leute des Ensembles auftreiben, die wir zu Fuggmann noch heute befragen können. Wenn wir vier Zweierteams bilden, müssen wir jeweils um die zwölf Personen befragen."
„Gut. Kernfrage wird die nach dem Alibi sein. Mir graut es davor, die Alibis von über einhundert Personen überprüfen zu müssen. Das wird unendlich viel Zeit in Anspruch nehmen", gab Sabine Hopfner nun zu bedenken und fuhr fort: „Wir wissen noch nichts über das Privatleben des Mannes. Zu den Schauspie-

lerkollegen und Mitarbeitern des Theaters kommen noch eventuelle Verwandte, Freunde, Nachbarn, …, das wird alles dauern."
„Ja, ich weiß. Fangen wir mit den Arbeitskollegen des Opfers an. Lindner soll sich um weitere mögliche Verwandte kümmern. Fritz ist an einer Cousine in der Nähe von Kulmbach dran. Ein Nachbar hat ihn darauf aufmerksam gemacht. Gehen wir also noch mal den möglichen Fragenkatalog durch. Danach gibt's eine kurze Besprechung und dann ab in die Studiobühne."

Frederik Hofmeister konnte sie deutlich spüren, diese Mischung aus Nervenkitzel, Entsetzen und Angst. Nichts war beeindruckender als das wahre Leben, nichts ließ mehr hinter die Kulissen einer menschlichen Seele blicken als das Erleben einer Krise, einer Tragödie, und der Mord an Fuggmann war mit Sicherheit so ein Ereignis. Für einen Moment war er verführt, die besondere Stimmung, die Mischung aus Trauer, Hysterie und gespannter Erwartung zu nutzen. Wie könnte er sich präsentieren, welche Worte konnte er wählen, welche Rolle sollte er spielen? Vielleicht den Intendanten als väterlichen und besorgten Freund? Den zutiefst getroffenen Kollegen? Den rational denkenden Profi? Welche Rolle wäre angebracht, welche würde sein Ansehen in der Truppe stärken? Er blickte in die Gesichter, die ihn nun erwartungsvoll anblickten.

„Die Kriminalpolizei wird gleich hier sein und mit jedem sprechen wollen. Ich bitte euch, bewahrt Ruhe und beantwortet die Fragen so gut wie ihr könnt. Alles Weitere werde ich mit den Sprechern der Truppe planen. Ich denke, es ist angebracht, dass wir eine Gedenkveranstaltung vorbereiten. Max ist,..., Max war ein Mitglied unseres Ensembles und wir werden seiner im angemessenem Rahmen gedenken. Ich möchte euch bitten, der Presse gegenüber keine Interna weiterzugeben, Anfragen sind an Karin zu richten, sie übernimmt die Pressearbeit. Und nun bitte ich euch für eine Gedenkminute für unseren geschätzten Kollegen Max Fuggmann."
Für einen Moment wurde es ruhig im Saal.

„Du warst echt gut Frederik. Ich hätte es nicht besser spielen können: Der betroffene, fürsorgliche Kollege und Chef. Gut gemacht!"
Elisabeth hatte ihm ihre Hand auf die Schulter gelegt und lachte. Hofmeister hatte ihr Lachen schon immer ein wenig gestört. Gerade jetzt in dieser angespannten Situation empfand er es als besonders aufdringlich und unangebracht. Aber es lag nicht nur etwas Provozierendes, sondern auch eine gewisse Erotik darin. Die Situation war nervenaufreibend genug: Ein ermordeter Kollege, und das ausgerechnet in seinem Ensemble! Und Elisabeth spielte einmal mehr wieder die große Verführerin. Er konnte spüren, wie ihre weichen Hände sich immer weiter forschend unter sein Hemd gruben.

„Warum schleichst du dich immer heimlich in mein Büro? Gerade jetzt. Die Polizei kann jeden Moment hier sein."
„Na und. Ich habe nichts zu verbergen. Im Gegenteil."
„Was meinst du damit?", drängte der Intendant der Truppe seine Besucherin zu einer Erklärung.
„Nun, ich werde der Polizei alle Auskünfte geben, die sie von mir erhalten möchten."
„So, dann wirst du ihnen sicher auch erzählen, dass du Max aus München gefolgt bist und er dich zu deinem Leidwesen immer wieder ignoriert hat?"
„Nun Frederik, du weißt doch, andere Mütter haben auch schöne Söhne. Das hat mir nie ein Problem bereitet, für Max einen Ersatz zu finden, nicht wahr! Gerade du solltest das doch am allerbesten wissen!"
Elisabeth Engelhardt, eine der Hauptdarstellerinnen der kommenden Saison, löste sich für einen Moment von ihm. Er konnte ihr schweres, moschusbeladendes Parfüm riechen. Wie zufällig streifte ihr Haar noch einmal seinen Arm. Er bekam jedes Mal eine Gänsehaut wenn sie das tat! Hatte er nicht immer schon Frauen mit langen blonden Haaren bevorzugt? Hofmeister spürte nun die Erregung in sich aufsteigen. Mit eleganten und gleichzeitig auch auffordernden Bewegungen, die ihre weiblichen Kurven besonders gut zur Geltung brachten, schritt sie nun an ihm vorbei in Richtung der Türe um den Schlüssel dort herumzudrehen.

„Du bist wahnsinnig“, konnte er ihr noch ins Ohr flüstern, bevor sie ihn mit ihrem seltsamen Lachen auf die Couch in seinem Zimmer drückte und er seinen Kopf von ihrer üppigen Haarpracht überfluten ließ.

Fritz Lux hatte seine Leute in der Kulmbacher Dienststelle zusammengerufen um die Ereignisse des Vormittags Revue passieren zu lassen. Jede Kleinigkeit war wichtig. Vielleicht war irgendeinem Kollegen etwas Besonderes aufgefallen. Ernst Obermeier fasste noch einmal alles zusammen:
„Mir homm alles reladiv schnell obg´sperrd. Die Stross noch Wonsees, Großenhül und Schirradorf, obber wenn der Däder mit dem Audo underwegs wor, konnd´ er in wenig´n Minudn auf die A 70 fohr´n. Von dord hädd er schnell in Richtung Bareuth udder Bamberch flüchdn könna. In Richdung Hollfeld und um die Landstross´n rund um Bareuth homm sich die Kollng der umliegenden Diensdstelln gekümmerd. Auf dem Gelänner selber wor´n suweid kanna besonders verdächtign Persona onzerdreffn. Die Lisdn der Personalien stammd ver der Kribo. Uns is suweid nix Besondres aufg´falln. Des scheina alles Tourisdn udder haromlusa Wanderer zer sa. A des Personal is scho lang dord beschäftigd. Obber Frau Kommissarin Hopfner wolld auf alla Fäll alla Persona nuch amol auf Vorstrofn überprüfn lossn.“
„Danke Ernst. Ich wer nuch amol naus fohr´n und mer die unmittelbor´n Höf in der Nochberschofd on-

schaua. Vielleichd hod ja do jemond wos gemerkd. Vielleichd lieng mer a folsch und der Däder wor zer Fuß underwegs. Vielleichd hod´er sei Fohrzeuch a irgendwu im Wold, auf am Feldwech geparkd.“

„Is gud Fritz. Fährsd du allaa udder nimmsd jemondn mid?“

„Wie wärs denn mid unserm junga Kolleng, dem Polizeimeisteranwärder Sven Maßberger?“

„Gud Fritz. Der hod Dinsd. Ich konn na endbehr´n.“

Als Fritz Lux eine halbe Stunde später mit seinem alten Passat über Krumme Fohre, Kasendorf, Schirradorf in Richtung Wonsees fuhr, hatte neben ihm auf dem Beifahrersitz der junge Polizist Platz genommen, der ihm bereits in der Ermittlung der Herrensteinmorde positiv aufgefallen war und der sich anscheinend auch ein wenig mit Lisa, seiner Tochter angefreundet hatte. Der Junge war motiviert, sportlich und durch und durch Polizist. Lux fühlte sich unwillkürlich an seine Jugend und auch an seinen Start bei der Polizei erinnert.

„Und, haben Sie Lisa mal wieder getroffen?“, wollte er nun von Sven Maßberger wissen.

„Ja, zwei oder drei Mal mit Freunden in der Stadt.“

„Ja, ich glaube Lisa hat mal so etwas erwähnt.“ Lux musste schmunzeln. Natürlich hatte Lisa ihm von den Treffen erzählt. Einerseits freute er sich für Lisa, andererseits wusste er nur zu gut, welche Schattenseiten sein Beruf als Polizist mit sich brachte, gerade im Hinblick auf Partnerschaften und Freizeit. Lisa kannte all das von seiner langjährigen Tätigkeit im

Polizeidienst. So konnte sie zumindest nicht völlig überrascht werden von wechselnden Dienstplänen, gefährlichen Einsätzen und Überstunden. Vielleicht war er verrückt, sich bereits jetzt Gedanken darüber zu machen, noch hatte seine Tochter ihm nicht erzählt, dass es sich bei dem gut aussehenden jungen Franken neben ihm um ihren neuen festen Freund handelte.

„Wir fangen mit dem Reiterhof dort drüben an. Hier und in Großenhül gibt es noch ein paar Bauernhöfe." Der erste Polizeihauptkommissar hatte eine Karte auf der Motorhaube seines Wagens ausgebreitet.

„Wenn der Täter durch den Wald gekommen ist, hätte er gut über Kleinhül in Richtung B22 verschwinden können. Die B22 hatten die Kollegen aus Bayreuth im Visier. Doch denen ist nichts Besonderes aufgefallen. Es ist auch schwierig, wenn man nicht weiß, wonach man suchen soll, einen Mann, eine Frau... Außerdem ist auch noch Zeit verstrichen bis alle Einsatzkräfte soweit waren. Bis Hollfeld oder Bayreuth ist es wirklich nicht weit."

„Glauben Sie, es hätte auch eine Frau sein können?", richtete nun Maßberger das Wort fragend an seinen Vorgesetzten, als die beiden Polizisten die letzten Meter zu Fuß in Richtung eines Pferdehofes, der in unmittelbarer Nähe zum Felsengarten lag, bewältigten.

„Alles ist denkbar, hat mir Frau Hopfner einmal erklärt. Zu Beginn einer Ermittlung muss man offen für alles sein und sich nicht an irgendein Klischee festklammern. Giftmord wird immer den Frauen zugesprochen, aber das Schießen eines Pfeils erfordert ganz besondere Kenntnisse und Fertigkeiten. So etwas muss man können oder über die entsprechende Technik verfügen. Die KTU ist noch dabei herauszufinden, ob der Pfeil mit Hilfe eines einfachen Blasrohres oder mit einer anderen Druckluftwaffe abgeschossen wurde. Das ist schon etwas anderes als einen Pudding zu vergiften."

„Es wird ja wohl nicht allzu viele von den Geräten in Oberfranken geben", kommentierte nun der junge Polizist die Ausführungen Fritz Lux'. Sie waren am Hof angekommen. Auf einer Koppel grasten mehrere Ponys und auch einige größere Pferde fühlten sich sichtlich auf der Koppel in der Nähe des Felsengartens wohl. An einer Kutsche vor einem Stallgebäude stand ein Mann, der mit einem Schraubenschlüssel an dem Gefährt arbeitete.

„Grüß Gott. Fritz Lux, Hauptkommissar Polizei Kulmbach und dies ist mein Kollege Maßberger."

„Heiner Neudorf. Ich hab mich schon gefragt, wann Sie kommen."

„Sie haben von dem Mord gehört?"

„War ja nicht zu überhören. Waren ja viele Wagen da." „Ist Ihnen irgendetwas aufgefallen? Ein Fahrzeug, ein Fahrradfahrer, ein Wanderer…?"

„Wanderer gibt es hier viele. Sanspareil ist ein Anziehungspunkt und gerade jetzt am Wochenende sind viele Leute unterwegs. Mir ist zunächst nichts Besonderes aufgefallen. Doch als ich vorhin mit meiner

Kutsche eine Probefahrt durch den Wald gemacht habe, bin ich doch auf etwas gestoßen. Der Boden ist noch weich vom Tauwasser der letzten Wochen. An einer Stelle im Wald hat es tiefe Furchen gegeben, ich bin nur schwer mit der Kutsche durchgekommen. Da hat sich wohl ein Fahrzeug festgefahren, sah mir aber nicht nach Schlepperspuren aus. Das ist für diese Stelle im Wald ungewöhnlich. Fremde fahren normalerweise nicht mit ihren Autos so weit in den Wald hinein."
„Können Sie uns die Stelle zeigen?"
„Gern, aber ich denke, wenn Sie nicht auf eines unserer Pferde steigen wollen, sollten Sie sich andere Schuhe anziehen", grinste der Pferdestallbesitzer mit einem etwas amüsierten Blick auf die Straßenschuhe der Polizisten.
„Wer lebt hier mit Ihnen?", fuhr Lux das Gespräch fort, als sie wenige Minuten später bestückt mit Gummistiefeln, die immer im Kofferraum des Wagens auf ihren Einsatz warteten, auf weichen und matschigen Wegen in den Wald vordrangen.
„Meine Frau, eine Tante, meine zwei Töchter und eine Pferdepflegerin." „Gut, mit denen müssen wir auch noch sprechen. Vielleicht ist denen ja auch etwas aufgefallen."
Sie waren gerade fünfzehn Minuten in einem nahegelegenen Waldstück unterwegs, als Neudorf innehielt und auf eine Stelle vor sich wies. Eine Art Hohlweg, eher ein Wanderweg, doch gerade breit genug um ein Fahrzeug durchzulassen.

„Weiter wär‘ es nicht gegangen. Dort drüben liegen umgestürzte Bäume noch aus den Stürmen des letzten Herbstes.“
„Sven fotografieren Sie die Spur und ich informiere in der Zwischenzeit die Kripo in Bayreuth. Die sollen die Spurensicherung herschicken, ich denke, das wäre das Beste.“
Fritz Lux hatte sich über die Spur gebeugt. Diese war eindeutig frisch! Die Ränder waren nicht eingetrocknet und das Reifenprofil war eindeutig zu erkennen. Wenn dies die Spur des Mörders war, dann hätten sie mit diesem Fund unglaubliches Glück. Aber vielleicht hatte sich auch nur ein Pärchen bei einem Schäferstündchen im Wald vergnügt. Fritz Lux hoffte, dass Ersteres zutreffend war.

5

Sabine Hopfner hatte sich mittlerweile mit ihren Leuten in der Studiobühne Bayreuth eingefunden. Das ehemalige Offizierscasino, welches zu Beginn des 20. Jahrhundert errichtet worden war, war aufwendig restauriert worden und stellte eines der vielen kulturellen Attraktionen in der Festspielstadt Bayreuth dar. Sie selber hatte noch kein Theaterstück in diesem Gebäude gesehen, doch sie war einmal anlässlich eines Dienstjubiläums des Polizeipräsidenten im Ruinentheater in der Eremitage gewesen und hatte dort eine Vorstellung genießen können.

Aufgrund ihrer Arbeit kam die Freizeitgestaltung definitiv zu kurz. Einzig in ihrer Jugend vor ihrer Ausbildung hatte sie im Ruhrgebiet mit ihrer Mutter die unterschiedlichsten Angebote des Ballungsraumes, in dem sie aufgewachsen war, wahrgenommen. So konnte sie sich noch schwach an ein Konzert in der Tonhalle in Düsseldorf und ein Musical in Bochum erinnern. Mittlerweile hatte der sogenannte Strukturwandel im Ruhrgebiet dafür gesorgt, dass eine Reihe von neuen kulturellen Zentren in ehemaligen Industrie- und Zechenanlagen enstanden waren. Vielleicht könnte Sie ja einmal Fritz in ihre alte Heimat entführen. Aber so richtig konnte sie sich ihren Freund nicht in diesem Ballungsraum vorstellen. Mein Gott, war das alles lange her! Mit Schauspielern hatte sie es eigentlich noch nie zu tun gehabt, doch ein Blick auf die versammelte Gruppe von Menschen ließ erahnen, dass dies mit Sicherheit kein einfacher Job werden würde. Eine Vielzahl von Gesichtern blickte ihr erwartungsvoll entgegen. In einigen konnte sie Unsicherheit, Trauer aber auch Unmut erkennen.
„Guten Tag. Mein Name ist Sabine Hopfner, erste Hauptkommissarin der Kripo Bayreuth. Dies ist mein Kollege Hauptkommissar Schmidt. Wir ermitteln im Mordfall Max Fuggmann und möchten Sie bitten, unsere Ermittlungen so gut wie es Ihnen nur möglich ist, zu unterstützen. Dies können Sie tun, indem Sie unsere Fragen genau beantworten. Wir werden Sie nun in Gruppen einteilen und mit den Befragungen in den vorgesehenen Räumen begin-

nen. Wo ist Herr Hofmeister?“ Sabine Hopfner hatte ihre Frage an den Assistenten des Intendanten, einen schlanken Mann in gepflegter Kleidung und mittleren Alters mit Namen Johannes Reifenberg, gerichtet. Dieser hatte sie schon zuvor in Empfang genommen und in den Aufführungssaal geführt.
„In seinem Büro. Er hatte noch was zu erledigen. Ich werde ihn holen.“
„Tun Sie das. Dann kommen Sie bitte gleich zu mir. Ich möchte mit Ihnen beginnen“, antwortete Hopfner.

Johanna hatte Recht gehabt. Der hausgemachte Kuchen war köstlich gewesen und die gemütliche Kafferunde in dem kleinen Café in Veitlahm hatte alle wieder etwas zur Ruhe kommen lassen.
„Lisa könntest du mir einen Gefallen tun? Könntest du bitte den Bus nach Danndorf zurück fahren? Ich würde gern mit Marga und Connor einen kleinen Spaziergang über den Patersberg machen. Wir stoßen dann in Danndorf wieder zu euch, ja?“, schlug der Schriftsteller vor, nachdem alle übereingekommen waren, auch den Rest des Tages gemeinsam zu verbringen.
„Mach ich gern, John, die Oma und ich werden für später eine Brotzeit herrichten, nicht wahr?“, antwortete Lisa und stupste ihre Großmutter sanft in die Seite.
„No freilich. Genießt des schöna Wedder. Es werd wunderbor sa dord drum om Berch.“

Und so machten sich John und Marga mit Connor auf den Weg zurück über den Patersberg, nicht ohne sich vorher von Johanna und Lisa verabschiedet zu haben.
„So, Kind und ich versuch jetz, der Frau Krüger des Rezepd für die leckera Preiselbeerdordn zer entlockn. Geh ruhich scho amol vor. Ich bin gleich draußn."
Lisa genoss für einen Moment die Stille des Nachmittags. Das kleine Dorf lag friedlich da. Wunderschöne alte Häuser und Bauernhöfe waren in den letzten Jahren hergerichtet und damit auch für zukünftige Generationen erhalten worden. Sie ging ein paar Schritte entlang der Dorfstraße und blickte dem Pärchen nach. Marga und John hatten sich auf den Weg gemacht, der sie durch den Wald nach Danndorf bringen würde. Sie liebte das alles hier und konnte sich nicht vorstellen, woanders zu leben. Plötzlich, ohne dass sie gezielt daran gedacht hatte, drängten die Bilder des Vormittags wieder in ihr Bewusstsein: die weiß-gekleidete Gestalt stürzte noch einmal vor ihrem geistigen Auge zu Boden. Der Tod eines Menschen hatte sich unerwartet und auf brutalste Art und Weise ereignet. Wie gelang es nur Sabine, diese Dinge immer wieder zu verarbeiten? Im Café sitzend und den guten Kuchen genießend hatte sie tatsächlich für eine Weile verdrängt, dass sie nur wenige Stunden zuvor wahrhaftig Zeugin eines Mordes gewesen war!

Sie war dankbar, dass Sabine Hopfner ihnen eine kleine Verschnaufpause verschafft hatte.
„Die zwaa bassen gud zamm, finds´d ned?“
Johanna hatte sich ihr genähert und blickte nun ebenfalls den beiden Freunden hinter her.
„Oma! Ich hob dich ned kumma hörn. Wor a bissla obgelenkd. Ja, die zwaa wärn a schöns Paar. Wird Zeid, dass John sich ver seiner Einsamkeit am Spitzberch verobschieded.“
„Ich glaab, bis dohin is a weider Wech Kind. Su schnell wird John niemondn in sei Reich lossn. Sei Einsiedelei is ihm heilich. Ich glaab, der brauchd sa a zum Schreib´m.“
„Ja, ich waß scho. Aber manchmol denk ich, es is doch a bissla einsam dord ob´n. Mensch´n sinn ned derzu gemachd, auf Dauer ganz allaa zer leb´m.“
„Hör ich do vielleichd an Hindergedank´n? Denksd du vielleichd on an neddn junga Kolleng vom Fritz?“
„Oma, wos du immer hosd. Mir hom uns nur amol auf an Kaffee gedroff´n.“
„Lisa, ich kenn dich scho seid deiner Geburd. Du mogsd na werklich, stimmds?“
„Neja, song mer mol su, es is ned ausgschlossn, dass mer uns widderseng.“
„Na bestimmd ned, su häufich wie du in der letzdn Zeid den Papa auf der Wache besuchd hosd, wenn du zufällich in der Näh worsd.“
„Oma, jetz is gud. Komm wir fohrn. Vielleichd homm´mer ja Glück und Sabine und Fritz kumma

heud Omd nuch haam. Immerhin is es Sabines Geburtsdoch."

Fritz Lux hatte Sabine über die Reifenspur im Wald informiert und die Spurensicherung war angefordert. Des Weiteren hatte er sich mit Sven Maßberger noch ein wenig in der Gegend umgesehen und auf den entlegenen Höfen die Bewohner nach möglichen Auffälligkeiten am Tatmorgen befragt, doch wirklich weitergekommen waren sie dann doch nicht. Auf einen echten Hinweis waren sie nicht gestoßen. Keiner hatte etwas Besonderes gesehen oder bemerkt. So beschloss Fritz Lux, den Rückweg anzutreten und nach einem kurzen Stopp bei sich zu Hause in Danndorf weiter nach Höferänger zu fahren, wo, wie er ja erfahren hatte, angeblich eine Verwandte von Fuggmann leben sollte. Wenn er ehrlich war, war es kein reiner Zufall gewesen, dass er den jungen Kollegen mitgenommen hatte. Er mochte Maßberger und vielleicht würde sich seine Tochter ja freuen, ihn wieder zu sehen. Bei dem letzten Mordfall in den Rauhnächten des letzten Winters war der junge Mann sogar selber verletzt worden, als dieser Lisa und die anderen Personen auf dem Hof beschützt hatte. Alles in allem hatte ihn sein Kollege durchaus beeindruckt und er war ihm dankbar, dass seiner Familie damals nichts passiert war.
„Ich glaab mir schaua dahaam korz noch dem Rechdn. Der Mord heud hod alla ganz schö mid-

genumma und a Tassn Kaffee konn uns a ned schoden, stimmts?“
Lux war wieder ins Fränkische verfallen. Fast war es so, als würde er für einen Moment seinen Dienst vergessen und sich bereits geistig auf den Abstecher auf seinen Hof und die Begegnung mit seiner Familie vorbereiten. Er wandte den Kopf und konnte sehen, dass Maßberger sich anscheinend über den Ausblick freute, Lisa in kürzester Zeit wiederzusehen.

Sabine Hopfner hatte gut daran getan, den Assistenten des Intendanten als einen der ersten zu befragen. Reifenberg entpuppte sich als wahre Plaudertasche. Jedenfalls war er offensichtlich sehr bemüht, die Beziehungen der Ensemblemitglieder untereinander ausführlich zu schildern. Doch der Mann war ihr etwas zu offen.
Steckte dahinter sein ehrliches Bemühen, der Polizei zu helfen, oder verfolgte er damit eigene Ziele und wollte womöglich von sich ablenken? Keine Führungspersönlichkeit konnte es sich auf Dauer wirklich erlauben, das Vertrauen der Mitarbeiter zu verspielen, indem sie Gerüchte streute und Vertraulichkeiten ausposaunte. Aber vielleicht war sie ja auch auf dem Holzweg. Vielleicht gab Reifenberg wirklich nur sein Bestes um behilflich zu sein, doch irgendwie konnte sie sich nicht gänzlich von dem Eindruck lösen, dass der Assistent sich in einem besonders guten Licht darstellen wollte. Seine Aufgaben in dem Ensemble hatte er jedenfalls als tragend

beschrieben. Zusätzlich war er jedoch wohl selber auch als Schauspieler aktiv.

„Kennen Sie Fuggmann schon lange?“, begann Hopfner nun ihre Befragung.

„Er ist mir schon einmal früher in München begegnet. Wir Schauspieler kennen uns oft von Engagements, von der Schauspielschule und manche auch leider von den Fluren im Arbeitsamt...“

„Hatte Fuggmann eine besondere Beziehung zu einem Mitglied, gab es Freundschaften, Affären, Partnerschaften?“

„Nun, Fuggmann war kein Kind von Traurigkeit, wenn Sie das meinen. Wir Schauspieler, besonders diejenigen, die Hauptrollen spielen, stehen immer im Focus des Interesses, werden bewundert, geliebt, gehasst...“

„Was meinen Sie damit? Geliebt und gehasst?“

„Fuggmann war schon in München bekannt. Soweit ich weiß, hatte er sogar Groupies, die ihn bis hierher verfolgten. Ich glaube, er hatte da mal ein Problem mit jemanden.“

„Kennen Sie Namen?“

„Nein, aber es gibt Fotos von den Premierenfeiern der letzten Saison. Vielleicht finden Sie da etwas. Es waren immer viele Leute, auch Fans, dabei.“

„Und wer könnte ihn gehasst haben?“, wollte Hopfner nun wissen.

„Nun ja, es gab Konkurrenz, Weibergeschichten,...“

„Namen?“

„Ich will keinen in die Pfanne hauen, aber die Rolle des Odysseus war begehrt. Wir haben die Bewerberliste drüben im Büro."
„Und die Weibergeschichten?"
„Man munkelt, er hätte was mit der Engelhardt gehabt. Aber soweit ich weiß, ist die hinter allem her, was eine Hose an hat."
„Und was ist mit Ihnen? Ist die Engelhardt auch an Ihnen interessiert?"
„Nein. Ich glaube kaum. Meine Interessen liegen, sagen wir es mal so, bei dem anderen Geschlecht."
„Sie sind homosexuell?"
„Ja, jeder hier weiß das."
„Gut. Danke Herr Reifenberg. Schicken Sie mir bitte die Frau Engelhardt herein."
Sabine Hopfner hatte von der Frau schon einmal etwas in der Zeitung gelesen. Irgendwie schien diese auf jeder angesagten Party im Freistaat aufzutauchen, doch was wollte diese Frau hier in der Provinz und warum war sie nicht im angesagten München? War es die Festspielstadt mit ihren kulturellen Angeboten oder vielleicht sogar der ermordete Schauspieler Fuggmann, der sie hierher gelockt hatte?

Johannas Kaffee war wie immer vorzüglich und Fritz Lux genoss diesen kurzen Moment einer Pause. Immerhin war er schon seit dem frühen Morgen unterwegs. Leider hatte der Tag, den er mit der Aussicht auf einen schönen Ausflug mit seiner Familie und Lebensgefährtin begonnen hatte, nicht den ge-

wohnten Verlauf genommen und der Mord an dem Schauspieler hatte seine Familie mit Sicherheit stark mitgenommen. Auch deswegen hatte er schnell diesen kleinen Abstecher gewählt: er musste einfach wissen, wie es Johanna und Lisa ging!
„Wie gids euch? Hobd´ der den erschdn Schreck´n überwundn?"
„Des wor a Schock. Abber ich denk, der Lisa gidds suweid gud. Mach der kanna Sorng", beruhigte die Bäuerin ihren Sohn mit einem verschmitzten Lächeln und einem Nicken in Richtung der beiden jungen Leute, die sich am Küchentisch gegenüber saßen.
„Ja, ich hob gedochd, des wor a guda Idee. Der junge Mann is in Ordnung. Soch amol, kennsd du a Familie in Höferänger, die mit dem Schauspieler Fuggmann verwandt sa könnd?"
„Naa. Den Noma hob ich nuch nie g´hörd. Du könnersd obber amol beim Onk´l Hans nochfrong. Der kennd doch alla Familienverhäldnisse in der Geg´nd. Der wohnd ja schließlich scho sei ganz Leb´m do."
„Des is a guda Idee. Do hob ich nuch überhabbt ned drongedochd. Wenn mer aner weiderhelfn konn, dann der Hans. Ich dank der für den Kaffee. Mir müss´n dann a wieder geh."
„Seng mer euch heud Omd nuch zer aner Brodzeid?"
„Warded ned auf uns. Su wie ich Sabine kenn, werd´s späder und vielleichd woll´n mer a nauf zer Schäferstubn, wenns bassd. Machs gud. Bis späder", verabschiedete sich der Kommissar von seiner Mutter.

„Herr Maßberger, mir müssen los. Könna Sa sich von dieser netten jungen Dame los reißen“, neckte Fritz Lux die jungen Leute.
„Papa, du übertrebbsd mol widder. Passt auf euch auf, ja“, verabschiedete Lisa die beiden Polizisten kurze Zeit später auf dem Hof, nicht ohne ihnen einen kurzen Gruß hinterher zu winken, als der Wagen sich in Richtung Oberdornlach in Bewegung setzte.

Ruth Taurich war nicht sonderlich glücklich. Eigentlich hätte sie mit ihrem Freund, der als Moderator bei Radio Plassenburg arbeitete und den sie erst im letzten Winter bei den Ermittlungen rund um den Herrensteinmord kennen gelernt hatte, ein schönes Wochenende in einem Wellnesshotel in der Nähe von Würzburg verbringen sollen. Doch Sabine Hopfners Notruf hatte sie nicht ablehnen können, ihre Chefin lag ihr am Herzen und sie hatte sehr wohl verstanden, dass sie im Hinblick auf ihre eigene Karriere immer mit der Unterstützung ihrer Vorgesetzten rechnen konnte, sie durfte sie einfach nicht im Stich lassen. Doch was viel wichtiger war, sie hatten sich angefreundet.
Ruth Taurich hatte bereits drei Leute befragt, ohne nennenswerte Resultate. Die junge Frau, die ihr jetzt gegenüber saß, machte einen verstörten Eindruck. Man konnte sehen, dass sie geweint hatte. Taurich reichte ihr ein Papiertaschentuch.
„Sie kannten Fuggmann näher?“

Die Schauspielerin mit dem rot gefärbten Haaren fing erneut an laut zu schluchzen.
„Max kannte ich schon in München. Er war es, der mich hierher geholt hat. Ich hatte lange kein Engagement mehr. Kürzungen in der Kultursparte überall…“
„Welche Beziehungen hatten Sie genau zu Fuggmann, Frau Kirchner?“
„Wir waren mal kurz zusammen. Aber noch in München. Hier waren wir Kollegen, mehr nicht. Ich war ihm dankbar, dass er bei Hofmeister für mich ein gutes Wort eingelegt hat. Es gibt hier auch Amateure im Ensemble, wissen Sie, die Auswahl an Bewerbern ist groß. Aber privat war Fuggmann rücksichtslos.“
„Was soll das heißen?“
„Nun, er hatte jede Menge Affären, war schnell gelangweilt in einer Beziehung…“
„Können Sie sich vorstellen, welches Motiv hinter dem Mord steckt?“
„Ich weiß nicht. Max war nicht bei allen beliebt. Manche mochten seine arrogante Art nicht.“
„Max Fuggmann war arrogant?“
„Manche würden es so bezeichnen. Doch Max war Schauspieler. Da erkennt man nicht immer gleich, was echt ist und was nicht. Und er hatte Erfolge vorzuweisen. Ich glaube, er stand kurz vor einem Engagement für einen Fernsehfilm. Ein Rolle, so glaube ich, bei einer Produktion des BR. Genaues weiß ich aber nicht. Ehrlich gesagt, ich fand ihn in der letzten

Zeit nicht so gut, als Schauspieler meine ich, doch Hofmeister und Reifenberg hielten an ihm fest…"
„Hat er Ihnen von seinem neuen Engagement erzählt?"
„Nein nicht direkt. Aber auf einer Geburtstagsfeier hat er so eine Bemerkung gemacht, er würde die Provinz bald wieder verlassen. Man könnte ihn vielleicht bald auf dem Bildschirm bewundern."
„Frau Kirchner, wo waren Sie heute Morgen um 9.30 Uhr?"

Elisabeth Engelhardt war eine attraktive Frau. Sabine Hopfner konnte sehen, dass es ihr Spaß machte, Schmidt mit ihren über einander geschlagenen Beinen zu provozieren.
„Nein, mehr kann ich Ihnen auch nicht sagen. Max und ich hatten, sagen wir mal eine kurze leidenschaftliche Affäre. Mehr nicht. Wir waren so. Beide. Keiner von uns wollte etwas Festes."
„Und wo waren Sie heute Morgen?"
„Wo soll ich schon gewesen sein? Im Bett natürlich Herr Kommissar."
„Allein?", wollte Markus Schmidt nun wissen.
„Ja, leider allein."
„Gut, Frau Engelhardt. Vielen Dank. Wir werden später noch einmal auf Sie zurückkommen", beendete nun Sabine Hopfner das Verhör.
„Die Frau ist in jedem Fall eine interessante Persönlichkeit und sie weiß um ihre Ausstrahlung", fasste Schmidt die Begegnung zusammen.

„Ja, das ist sie. Das Problem, das ich habe, ist, je mehr wir von diesen Leute verhören, desto mehr zweifele ich daran, was echt ist und was gespielt. Wir haben es halt mit Schauspielern zu tun, wenn die ihr Handwerk verstehen, dann merken wir das noch nicht einmal unbedingt, ich kenn mich mit Schauspielern halt nicht aus“, kommentierte nun auch Sabine Hopfner die Arbeit der letzten Stunden und fuhr fort: „Und es sind eine Menge Personen, die befragt werden müssen. Das Motiv könnte überall stecken. Ich hoffe, die Mordwaffe bringt uns weiter. Ein Giftpfeil, das gibt es nicht oft. Ist die KTU damit schon weitergekommen?“

„Die rufen an, sobald sie was haben“, antwortete Schmidt.

Sabine Hopfner konnte nur hoffen, dass die Auswertung der Kriminaltechnik sie weiterbringen würde. Bisher hatten sie noch keine heiße Spur. Das ärgerte sie insbesondere, da sie den Mord sozusagen hautnah miterlebt hatte. Sie fragte sich, ob ein Mensch, der so in der Öffentlichkeit vorgegangen war, nicht in der Lage war, weitere Morde zu begehen. Irgendetwas stimmte hier ganz und gar nicht. Giftmorde wurde oft heimlich verübt, die meisten Mörder waren bemüht, ihre Tat im Verborgenen zu begehen. Und doch konnte in Bezug auf die Außergewöhnlichkeit der Waffe nicht von einem spontanen Entschluss ausgegangen werden. Der Täter musste arrogant genug oder sogar völlig wahnsinnig sein, um so vorzugehen. Hopfner bemerkte, wie

es ihr in der Magengegend mulmig zumute wurde. Was, wenn der Täter es nicht auf Fuggmann, sondern einfach nur auf Schauspieler oder im Allgemeinen auf irgendwelche Zufallsopfer abgesehen hatte? Vielleicht rannte da draußen irgendwo ein Verrückter mit einem Blasrohr durch die Gegend, der seine Opfer wahllos aussuchte! Sie musste Waldmüller anrufen! Die Ermittlungen müssten ausgeweitet, noch mehr Personal mit einbezogen werden.
„Schmidt, machen Sie bitte hier weiter. Ich versuche, Waldmüller zu erreichen. Wir brauchen mehr Personal. Für 18 Uhr habe ich die Dienstbesprechung angesetzt. Ich befürchte, wir müssen uns überall auf Motivsuche machen. Was, wenn Fuggmann wirklich nur ein Zufallsopfer war?"
„Ja, es wäre uns wirklich geholfen, wenn wir wüssten, ob Fuggmann ganz bewusst ausgewählt wurde. Zumindest macht das die Motivsuche einfacher."
Zu diesem Zeitpunkt konnte keiner der beiden ahnen, dass Frederik Hofmeister, der Intendant des Theaters, nur wenige Meter von ihnen entfernt in seinem Büro einen Zettel in der Hand hielt, den er in seiner bisher ungeöffneten Post, die schon seit einigen Tagen auf dem Schreibtisch gelegen hatte, in einem braunen Umschlag gefunden hatte.
„Verdammt, verdammt, verdammt,…" Hofmeister hatte laut vor sich hin geflucht. Er musste mit dieser Kripobeamtin sprechen.
Sabine Hopfner wollte gerade das Theater verlassen, als sie sah, wie Hofmeister hinter ihr her gelaufen

kam. Sein Kopf war hochrot und er keuchte: "Sie, ich muss mit Ihnen sprechen. Bitte, bitte kommen Sie in mein Büro. Es gibt da etwas, was ich Ihnen zeigen muss."
Die Kriminalkommissarin war verwundert und folgte dem Intendanten über den Flur. Was war bloß vorgefallen? Der Mann war ja völlig außer sich. Einige Minuten später hielt sie ebenfalls das Blatt Papier in den Händen, welches Hofmeister zuvor entdeckt hatte.
Sabine Hopfner ergriff das Blatt und vor:
Und so sprach Hermes der Götterbote zu Kalypso der Meernymphe: Nicht Heimkehr sei das Los des Odysseus Tod, Tod sei der Beschluss der Götter, Odysseus soll sterben Nie mehr soll er die Toteninsel verlassen.
„Eine Ankündigung des Mordes? Wann kam der Brief an?"
„Ich weiß nicht. Ich schaue meine Post nicht immer sofort durch. Aber es ist kein Postwertzeichen darauf. Vielleicht wurde der Brief einfach in den Postkasten geworfen. Er könnte schon seit einiger Zeit auf meinem Schreibtisch liegen."
„Oder hierher gelegt! Kann man in Ihr Büro? Ist es verschlossen?", wollte die Kripobeamtin nun wissen.
„Nein, es ist nicht immer verschlossen. Ich laufe so oft hin und her, es gibt immer was zu tun,…, was bedeutet das? Sind wir alle in Gefahr?"

Sabine Hopfner konnte die aufsteigende Angst in den Augen des Mannes sehen.
„Ich denke, wir werden hier einen Wachposten aufstellen. Ich wollte gerade sowieso die Verstärkung unseres Ermittlungsteams organisieren. Bitte lassen Sie alles so liegen. Unsere Spurensicherung wird sich Ihr Büro einmal vornehmen. Und, kein Wort zum Ensemble! Wir müssen die Truppe nicht noch mehr beunruhigen, alles klar?"
Hofmeister nickte betroffen. Sabine Hopfner war sich nicht sicher, ob der Intendant seinen Mund wirklich halten würde. Er wirkte völlig verunsichert. Aber eigentlich war das ja auch kein Wunder. Nicht jeder Mensch wurde so wie sie durch ihren Beruf, häufig mit Mord und Totschlag, ja mit den dunkelsten Seiten der menschlichen Existenz konfrontiert. Nachdenklich drehte sie das Stück Papier, welches sie zuvor in einen Plastikbeutel zur Sicherung der Spuren gegeben hatte, in ihrer Hand hin und her. Eines war nun sicher: Der Mörder kannte sich aus im Theatermilieu. Fuggmann war kein Zufallsopfer gewesen. Der Mord an genau diesem Mann war geplant gewesen. Fuggmann hatte sich einen Menschen zum tödlichen Feind gemacht. Doch wer war dieser Mensch und wie könnte man ihn finden?

6

Fritz Lux hatte nach einer kurzen Fahrt über die schmale und holprige Waldstraße, die er über Rosengrund gekommen war, den Dorfkern Höferängers erreicht, wo ein Landhotel regelmäßig Wanderer und auch Besucher des Bierfestes und der alle zwei Jahre stattfindenden Zinnfigurenbörse in Kulmbach beherbergte.
Hans, ein Verwandter seiner Mutter, war alleinstehend und lebte am Rande des kleinen Dörfchens in einem alten typischen fränkischen Bauernhäuschen, das dem seines Freundes Johns auf dem Spitzberg sehr ähnlich war. Fritz Lux erinnerte der Anblick an seine Kindheit, die angesichts der großen Freiheit, die er und seine Geschwister damals genossen hatten, eine wirklich schöne gewesen war. Obwohl Höferänger nicht weit von seinem Heimatdorf Danndorf entfernt war, waren sie dennoch nicht allzu häufig in diesem Dorf gewesen. Doch manchmal waren sie mit dem alten Bulldog über Wald- und Wiesenwege hierher gefahren und hatten das saftige und wohlschmeckende Obst der alten und knorrigen Obstbäume, die auf einer Wiese neben dem Häuschen des Verwandten standen, gepflückt. Noch gut konnte er sich an den Geschmack der alten Sorten von Äpfeln und Birnen, an denen der Kirschen erinnern. Doch ganz besonders hatte er den Quittengelee gemocht, den seine Großmutter aus den Früchten ge-

zaubert hatte. Dieser hatte immer etwas von einem hellen, freundlichen Sommertag in sich getragen. Hans Bär öffnete die Tür als Lux klopfte. Als sie nach einer freundlichen Begrüßung in der guten Stube des Bauernhäuschens Platz genommen hatten, und Fritz Lux zunächst die Fragen seines Gegenübers zu dem Befinden seiner Mutter Johanna beantwortet hatte, kam er zu dem eigentlichen Grund seines Besuches:
„Hans, hosd du a Ahnung, wer mit dem Schauspieler Max Fuggmann hier im Dorf verwandt sa könnd? Suweid ich waß, gibbs do kanna Fuggmanns."
„Na, du hosd Rechd mei Bu", antwortete der alte Mann, der den Kommissar immer noch so ansprach, als sei er der kleine Junge, der mit seiner Mutter zum Kirschenpflücken gekommen war.
„Obber", so fuhr der ehemalige Schreiner aus, „obber Bu, ich hob gedochd, ich hob amol die Eber Frieda devon red´n hörn, dass sie an berühmdn Verwandtn in Münchn hod, der om Theader is, vielleichd is des der Monn."
„Den Huf kenn ich, do fohr ich gleich amol hi. Ich dank der schö. Kumm doch mol widder mit Johanna verbei. Konnsd du dich nuch erinnern, wie du auf die Obstbaam gegledderd bisd und des Obst obgeleerd hosd. Die Johanna hod immer köstlicha Marmelade draus gemachd."
Fritz Lux und sein junger Begleiter verabschiedeten sich und machten sich auf den Weg in Richtung

Niederndobrach. Vielleicht würde er die Cousine des ermordeten Schauspielers ja finden.

John war froh die kleine Wanderung vorgeschlagen zu haben. Er wusste, Marga liebte den Wald ebenso wie er. Hier rund um den Patersberg kannte er sich gut aus. Oft war er mit Connor vom Bauernhof seines Freundes aus hinauf gelaufen, um seinen Gedanken freien Lauf zu lassen, um den Kopf frei zu bekommen für weitere Zeilen seiner Texte, an denen er gerade arbeitete. Das Schreiben war etwas, das ihm geschenkt worden war. An guten Tagen flossen Worte und Gedanken aus ihm heraus, ohne dass er groß darüber nachdenken musste, doch ohne den Wald, ohne die Natur um ihn herum hätte er sich nicht so intensiv mit den Tiefen und Höhen menschlichen Daseins beschäftigen können. Draußen bei Wind und Wetter, in Kälte oder Hitze reduzierte sich Vieles auf das Wesentliche, etwas was den Menschen in den Städten oft verloren gegangen war. Wie klein der Mensch doch manchmal war angesichts der Naturgewalten.
Er atmete tief durch, um die frische Waldluft in sich aufzunehmen. Er liebte diese Zeit jetzt, wenn alles wieder zum Leben erwachte, sich die ersten Knospen der Sträucher, die ersten zarten Blätter der Bäume zeigten, ein ewiger Kreislauf des Lebens, Tod und Geburt, alles lag so nah beieinander. Doch es lag Hoffnung in allem, vielleicht sogar die Hoffnung auf ein Leben nach dem Tod, auf eine Wie-

dergeburt, auf ein ewiges Sein der Seele, in welcher Form auch immer.

„Du wirkst nachdenklich, John, ist alles in Ordnung?“, wollte Marga Scherzer nun wissen, die eine Weile schweigend neben ihm her gegangen war.

„Tut mir leid Marga. Ich bin es gewohnt, so oft allein im Wald unterwegs zu sein. In der Regel rede ich dabei nicht viel, es sei denn, ich rufe mal Connor aus dem Wald zurück. Ich habe gerade daran gedacht, wie glücklich ich hier eigentlich bin und dass es gut war, die Stadt zu verlassen.“

„Glück ist zerbrechlich. Du hast mehr gefunden als ein bisschen Glück. Du hast zu dir selber gefunden. Das ist wichtiger. Wir Menschen verlieren uns oft mit den alltäglichen unwichtigen Dingen und Verrichtungen, die wir tun. Viele haben sich selbst verloren.“

Marga wirkte nachdenklich, hatte aber wieder einmal die richtigen Worte gefunden. Heusinger ergriff ihre Hand. „Ja, du hast Recht.“

Heusinger und seine Begleiterin hatten den Aussichtsturm Schau-dich-um auf der Höhe des Patersberges erreicht.

„Komm, wir steigen den Turm hinauf. Vielleicht können wir hinübersehen bis zur Plassenburg.“

Fritz Lux kannte den Hof der Familie Eber ebenfalls aus seiner Kindheit. Sein Vater hatte früher schon mal Schafe dorthin verkauft. Die Familie betrieb

seit Generationen eine kleine Landwirtschaft mit Schäferei.
Der kleine Hof lag etwas erhöht an einem Hügel. Alles wirkte gepflegt, das alte Fachwerkhaus war seit Jahren wieder hergerichtet und die Scheune neu mit Ziegeln bedeckt worden. Ein altes Backofenhäuschen stand etwas abseits vom Wohnhaus in unmittelbarer Nähe des Bauerngartens und ein großer Misthaufen diente den Hühnern zum Scharren, eine echte Bilderbuchidylle, wie er fand.
Er parkte seinen Wagen und ging zur Tür, die mit einem altmodischen Klopfer aus Metall ausgestattet war. Gerade wollte er diesen betätigen, als die Tür sich öffnete und ein Mann ungefähr in seinem Alter ihm entgegen blickte.
„Der Lux, ja des is ja amol a Überraschung. Kumm rei. Die Frieda hod grod Kaffee gekochd. Wollt ihr an?“, lud der Eberbauer seinen Überraschungsbesuch ein.
„Danke Matthias. Mir homm grod bei der Johanna dahaam an Kaffee gedrunk´n. Mir sin diensdlich doa. Soch, kennd ihr an Max Fuggmann. Der soll hier a Verwanda in Höferänger homm.“
„Max? Wos is mit ihm, is ihm wos bassiert?“, wollte nun die Bäuerin, die nun ebenfalls zur Begrüßung in den Hausflur gekommen war, wissen.
„Loss uns erschd amol nei geh, Frieda, ich glaab des red sich besser im Haus.“

Nachdem sie die gute Stube des Bauernhauses betreten und sich an einen alten Küchentisch niedergelassen hatte, ergriff Lux nun erneut das Wort.
„Also kennst na jetz? Is´er a Verwander ver dir?"
„Neja, er is des Stiefkind von meiner Schwester Margret. Ihr Mo wor scho amol verheierd gewes´n. Max is aus der erschdn Ehe. Sie selber konnd ja kanna Kinner krieng. Sie hod lang mit ihr´m Mo in München gelebd, der Bu is gern zer uns kumma, in die Ferien, ich maan zur Sächmühl u´m in Richdung Kronich."
„Des dud mer leid, des soang zer müss´n, obber Max Fuggmann is tot. Er wurde ermorded."
„Ermorded sogsd du? Wie schrecklich. Wos is´n bassierd?", rief nun der Eberbauer erstaunt. Seine Frau war für einen Moment verstummt. Lux konnte sehen, dass ihr die Nachricht vom Tod des Schauspielers nahe ging und es sie Mühe kostete, die nun aufsteigenden Tränen zurück zu halten. Nach einer Weile begann Frieda Eber aufgewühlt zu sprechen.
„Des is nä gud, dass mei Schwesder des nimmer erleb´m musst. Die hod nie su richdich Glück mid dem Bum g´hobd. Es wor zwor nur ihr Stiefkind, obber sie hod na behandeld wie ihr eings. Mein Gott, der Max is duud, ich wass nuch wie´er immer dord drauß´n auf der Wies´n g´spield hod!"
Frieda Eber war nun in ein leises Schluchzen verfallen.
„Obber wer dud´n suwos? Ich hob immer gedochd mir leb´m hier in aner friedlich´n Gegn´d! Is´er

überfall´n wor´n?“, bohrte Eber nun nach, doch Lux antwortete nur: „Die Dedails konn ich euch ned soang. Wann hobd´der na denn des letzda Mol g´seng?“
„Des is gor ned so lang her. Ich bin mit ihm rüber g´fohrn zur Mühl. Seid meine Schwesder g´stor´m is, hod´s ihm g´hörd. Er wolld sa verkaaf´n, glaab ich. Die Säg´n steh´n scho lang still.“
Fritz Lux konnte das Bedauern aus Frieda Ebers Stimme hören. Viele Sägewerke in und um den Frankenwald waren im Laufe der letzen Jahrzehnte geschlossen worden. Einige dieser alten Baudenkmäler waren dem Verfall preisgegeben, andere hatten neue Bestimmungen als Restaurants oder Pensionen gefunden.
„Dann wor der Max Fuggmann a Monn mit Aussichd auf a bedrächtlicha Summe? Suweid ich waaß, liechd des Gelänner günsdig on der Bundesstross und verfüchd über a gruß Woldgelänner mit gud´m Hulz.“
„Ja, des stimmd. Ich bin domols von meiner Schwesder ausgezohld wor´ und mir konndn hier den Huf vergrössern. Max hod vor einig´n Monad´n den alden Besitz geerbd. Obber er hod ka wirkliches Interesse dron g´obbd, hier auf´m Land zer leb´n. Als er des letzta Mol do wor, hod´der davon sproch´n, am Ende der Theater-Saison widder zerück noch München zer geh. Irgenda Engagement.“
„Wer is der nächsde Ongehöriga?“

„Neja, Max had suweid ich waaß kanna Kinn g´hobd. Verheierd wor´er a ned. Seina Eldern sin tot. Ich glaab die nächsdaVerwanda bin dann ich. Oh Gott, dann müss´mer ja für die Beerdigung sorg´n, Matthias, mir müss´n uns um alles kümmern…“
Frieda Eber musste die Worte verdauen, die sie soeben laut gesprochen hatte.
„Ja obber, des haaßt Frieda, wenn es ka Testament gibd, dann gid dei Elternhaus widder zurück on dich“, meinte nun Matthias Eber, der den Ausführungen seiner Frau zuvor gelauscht hatte.
„Kennd ihr sunsd nuch jemond´n, der mit´m Max wos zer do g´habdbt häd? Hobd ihr na amol in Kulmboch in der Spitalgass besuchd“, wollte Fritz Lux nun wissen.
„Ja, domols als er her gezog´n is. Mir musst´n sei ganz Zeuch vom Sägewerk in die Stadtwohnung schaffen. Matthias hat den Hänger dafür benutzt. Ich fand damals, dass mer ihm helfen sollden, immerhin wor´er der Stiefsohn ver meiner Schwester.
„Obber wos werd denn jetz mit den ganz´n Sach´n und seiner Wohnung in Kulmboch? Ich wass gor ned wie mir des alles regel´n könna, oh Gott, der Max ermorded, ich konns ned glaam!“
Frieda Eber wischte sich ihre Tränen vom Gesicht und blickte um Hilfe suchend in die Runde.
„Ja, mir sinn sicher, dass der Duda Max Fuggmann is”, bestätigte Lux noch einmal die schlechte Nachricht.

„Komm Frieda, wir schaffen des scho“, versuchte der Bauer seine verstörte Frau jetzt zu beruhigen.
„Freilich und ich helf euch. Ich soch euch Bescheid, subald ihr Zugang zer der Wohnung und der Mühl´n hom könnd. Doch zererschd müss´n alla Besitzdümer des Ermorded´n ver der Kribo undersuchd werd´n.“
Erneut kehrte für einen Moment Stille in die hübsch eingerichtete Bauernstube ein. Dann räusperte sich Sven Maßberger, der bisher nur geschwiegen hatte und richtete sein Wort an die Bauersleute:
„Max Fuggmann hatte Sachen in der Mühle?“
„Ja, er hod a ganza Weil´n do alaa gelebd. Als er aus München weg is und hier zum Theater, hod´er wull einiges aus seiner Münchener Wohnung zwischengelagerd, Es wor ja sei Haus, nachdem sei Stiefmudder verstorb´n war.“
„Ich danke euch. Konn sa, dass die Kribo mit euch sprechen und die Mühle onschaua will. Ihr hobbd uns sehr g´holf´n.“
Auf dem Weg zurück nach Kulmbach war Fritz Lux in Gedanken versunken. Sven Maßberger steuerte den Wagen über die B 85, die kürzlich erst aufwendig begradigt und verbreitert worden war. Wenn es nach ihm gegangen wäre, hätte die alte Straßenführung bleiben dürfen. So hatte sich die Bundesstraße immer mehr in den letzten Monaten zur Rennstrecke entwickelt und er hatte mit seinen Leuten des Öfteren auch schlimme Unfälle aufnehmen müssen. Fritz

Lux blickte in die vorüberziehende Landschaft. Er würde Sabine so Einiges zu erzählen haben.

Ruth Taurich hatte den Auftrag von ihrer Chefin bekommen, mit einigen Kollegen von der Bayreuther Polizeiinspektion das Theater und die Schauspieler abzusichern und vor weiteren Mordanschlägen zu schützen. Noch war das Motiv nicht bekannt und nachdem der Intendant das zunächst nicht sofort entdeckte Schreiben in seiner Post gefunden hatte, war Vorsicht geboten. Vielleicht hatte es der Mörder gerade auf Schauspieler dieser Theatertruppe abgesehen. Alles musste in Betracht gezogen werden.
Frederik Hofmeister hatte noch einmal alle Mitarbeiter des Theaters zusammengerufen, um die Proben für die nächsten Tage und die Gedenkfeier für den ermordeten Kollegen abzusprechen. Wenn zunächst noch die meisten der Anwesenden den Ausführungen ihres Chefs lauschten, so nahm Ruth Taurich durchaus Diskussionen und Bemerkungen am Rande der Rede Hofmeisters wahr. Als dieser geendet hatte, meldeten sich Schauspieler zu Wort, die ihre eigene Meinung kundtun wollten.
„Frederik, meinst du nicht, das mit der Gedenkfeier ist übertrieben? Viele von uns kannten Max kaum und er hat sich, zumindest was uns männliche Kollegen angeht, eher Feinde gemacht als Freunde. Er musste doch jede Frau hier anbaggern, egal mit wem sie liiert war“, gab ein gut aussehender jüngerer Mann zu bedenken und erntete mit dieser Be-

merkungen bei einigen Mitglieder der Theatertruppe Beifall und Zustimmung.
„Tom, du bist doch nur eifersüchtig, weil du selber nicht so landen konntest, wie du wolltest“, konterte nun die rothaarige Schönheit mit Namen Monika Kirchner, die zuvor schon von ihr verhört worden war.
„Man soll über Tote nicht schlecht sprechen“, mischte sich nun auch Elisabeth Engelhardt ein, die bisher geschwiegen hatte und nun zur Verwunderung Taurichs ihre Hand, offensichtlich mit der Absicht, ihren Chef zu beruhigen, auf Hofmeisters Arm legte. Eine sehr vertrauliche Geste, dachte sich Ruth Taurich, allein schon die Position neben Hofmeister verdeutlichte ihren Anspruch auf eine Sonderstellung in der Truppe. Und wo war eigentlich Reifenberg? Ruth Taurich hatte ihn schon länger nicht mehr gesehen. War er schon nach Hause gegangen? Sie müsste Hofmeister danach fragen, obwohl, unbemerkt konnte momentan jedenfalls über die ganz offiziellen Ein- und Ausgänge keiner das Gebäude verlassen. Die Kollegen der Bayreuther Polizei hatten alle ihre Anweisungen und waren auf dem Posten. Doch vielleicht gab es noch weitere verstecktere Eingänge. Vielleicht im Keller? Ein früheres Offizierscasino hatte bestimmt auch unscheinbare Dienstboten- und Lieferanteneingänge. Es war noch einiges zu tun. Doch wenn diese Diskussion, die nun immer heftiger zu werden schien, nicht unendlich lange dauern würde, käme sie vielleicht noch recht-

zeitig zur Dienstbesprechung ins Präsidium. Doch jetzt mischten sich noch weitere Schauspieler ein, als es um die Zweitbesetzung für Fuggmanns Rolle als Homer ging. Hofmeister wollte wohl selber den Part übernehmen. Einige schienen jedoch mit der Auswahl des Intendanten ganz und gar nicht einverstanden. Die Diskussion wurde immer heftiger und lauter.

„Tom ist mir zu jung, um den Homer zu spielen, der Telemach ist genau richtig für dich. Da ich die Notfallbesetzung bin, werde ich auch selber spielen. Ich kenne den Text in- und auswendig. Es darf zu keinen Verzögerungen kommen. Elisabeth spielt wie geplant die Kalypso, Monika die Penelope. Auch alle anderen Rollen bleiben“, versuchte der Leiter des Ensembles seine Entscheidung nun ebenfalls lautstark und vehement zu verteidigen.

„Aber Frederik, Regie und Hauptrolle, ist das nicht ein bisschen viel auf einmal? Es gibt noch viele andere gute Leute in der Truppe, die eine Chance verdient haben. Simon, Marco, Gerd oder Hans, um nur Einige zu nennen. Wenn du mal ehrlich bist, weißt du genau, dass Fuggmann nicht mit dem Herzen dabei war und uns nur als Provinztheater abgetan hat“, meinte nun ein weiterer junger Mann, der ebenfalls Zustimmung von einer Mehrzahl der Anwesenden erhielt.

„Beruhigt euch Leute. Beruhigt euch! Ich werde noch einmal mit euch Sprechern der Truppe und mit Johannes darüber reden und eine Nacht drüber schlafen. Ich denke, wir sollten das jetzt erst einmal hier beenden. Geht nach Hause! Morgen bitte pünktlich zur Probe! Die Szenen wie geplant. Das Leben geht weiter. The show must go on!"

„Du bist pietätlos, Frederik, wenigstens in dieser Woche hättest du die Proben absagen können", meinte nun die Kirchner laut und erntete auch hiermit einige zustimmende Nicker.

„Wenn du, meine Liebe, ein Problem damit hast, kannst du ja krank feiern", giftete Elisabeth Engelhardt ihre Rivalin an, bevor der Intendant etwas erwidern konnte.

Ruth Taurich entschloss sich, das Ganze zu beenden. Sie wollte noch eine abschließende Runde durchs Gebäude machen und Hofmeister nach Reifenberg fragen, der immer noch nicht aufgetaucht war. Wenngleich auch die Diskussion spannend und aufschlussreich gewesen war, es war besser, diese nun abzuschließen.

„Ich möchte um Ihre Aufmerksamkeit bitten. Von jetzt an steht das Ensemble zumindest hier vor Ort unter Polizeischutz. Die Eingänge werden bewacht. Rechnen Sie damit, dass noch weitere Befragungen stattfinden werden, entweder hier oder im Präsidium. Stellen Sie sich darauf ein. Da über das Motiv noch nichts bekannt ist, bitten wir Sie, vorsichtig zu sein. Es wäre das Beste, wenn Sie nun zügig nach Hause gehen und Ihre Wohnungen vorerst nicht unnötig verlassen. Sobald wir etwas Neues wissen, informieren wir Sie. Bitte, gehen Sie nun."

Ruth Taurich hatte laut und bestimmt gesprochen. Sie hatte sich eine ganze Menge von Sabine Hopfner abgeschaut. Eines war klar geworden: Als Frau hatte man es gerade in diesem klassischen Männerberuf schwerer, sich durchzusetzen, doch eine klare und deutliche Ansprache gehörte mit Sicherheit dazu.
„Ich hoffe, Sie finden den Mörder schnell. Ich befürchte sonst, dass meine Leute in Gefahr sind. Wer weiß, welch Verrückter sich da herumtreibt“, wandte sich Frederik Hofmeister an die Kommissarin der Bayreuther Kripo.
„Herr Hofmeister, ich habe Ihren Mitarbeiter Reifenberg nicht gesehen. Ist er schon fort?“
„Johannes? Nein, nicht dass ich wüsste. Vielleicht ist er in seinem Büro. Ich habe ihn auch schon vermisst. Eigentlich sollte er bei der Besprechung dabei sein! Sehen wir nach.“
„Ich wollte sowieso noch einmal durch das ganze Gebäude gehen. Gibt es Baupläne, Pläne der Umbauten und der Originalanlage?“
„Das müsste Johannes wissen. Der kennt sich mit so etwas am besten aus. Es gab natürlich Architekten, die die Sanierung geplant haben. Ich denke, die Unterlagen werden irgendwo sein.“
„Gut. Gehen wir.“

7

„Seh´n mir uns heud Omd nuch?“ wollte Fritz Lux von seiner Lebensgefährtin wissen, nachdem er ihr am Telefon die wichtigsten Informationen über seine neuesten Ermittlungen hatte zukommen lassen.
„Nun, wir haben gleich die Dienstbesprechung. Ich habe die Hoffnung, dass es klappen könnte. Ein bisschen Geburtstag feiern sollte schon noch drin sein“, antwortete Sabine Hopfner, die im Konferenzraum gerade dabei war, die Informationen mit ihrem Team zusammenzutragen.
„Ich ruf dich dann an, wenn ich hier fertig bin. Am besten wir treffen uns direkt in der Schäferstube in Oberdornlach. Bis dahin werde ich auch einen ordentlichen Hunger mitbringen. Ich freu mich auf die Brotzeit.“
„Gut. Ich mach hier nuch mei Ärderd und fohr dann nuch amol kurz ham. John und Marga sin nuch so. Ich fand, es wor a guda Idee, Lisa und Johanna ned allaa zer loss´n, noch dem Schock.“
„Du weißt, wir müssen morgen noch einmal alles ordentlich zu Protokoll geben, ich habe Taurich damit beauftragt.“
„Gut, alles Weitere besprech´mer späder. Kummd Waldmüller zur Besprechung?“
„Ich glaube nicht. So schnell ist der aus Österreich nicht da. Aber die Staatsanwaltschaft ist dabei und wird durch Frau Dr. Baunach vertreten. Ich glaube, die ist schon ok.“

„Gut dann bis späder“, verabschiedete sich Lux. Sabine Hopfner hoffte sehr, wenigstens für ein oder zwei Stunden etwas Ruhe zu finden und diese mit Fritz zu verbringen. Sie ahnte, dass sie sich auch in ihrer Freizeit natürlich über den Fall unterhalten würden, doch das war nun einmal so. Sie musste ein wenig schmunzeln, als sie an die Versuche dachte, den Job ganz außen vor zu lassen. Irgendwie waren sie doch immer wieder auf die Polizeiarbeit gekommen.
„Kommen Sie Schmidt, es gibt Neuigkeiten über Fuggmann. Hauptkommissar Lux hat so einiges heraus gefunden.“

Reifenberg war und blieb verschwunden! Vielleicht war er einfach nach Hause gegangen. Hofmeister hatte schon mehrfach versucht ihn auf dem Handy und in seiner Villa zu erreichen, doch auch seine Haushälterin hatte ihn längere Zeit nicht mehr gesehen. Mit Hilfe der Kollegen der Bayreuther Polizeiwache hatte Ruth Taurich nun begonnen, das Theater Raum für Raum zu durchsuchen. Hofmeister wirkte mittlerweile wie ein aufgescheuchtes Huhn, anscheinend war er mit der Situation völlig überfordert. Sie konnte nicht verstehen, dass diesem Mann die Leitung des Theaters übertragen worden war. Was für eine Nervensäge!
„Dachboden, Keller. Wir müssen alles durchsuchen! Gehen Sie vor“, forderte Taurich den Intendanten auf, nachdem die Suche in den Arbeitsräumen, den

Umkleideräumen, Büros und auch der Bühne nichts ergeben hatte. Hofmeister fügte sich und setzte seine Führung durch das Gebäude fort, nicht ohne vorher noch einmal protestiert zu haben: „Ich weiß gar nicht, was Sie hier finden wollen. Hier unten im Keller liegt nur Gerümpel, alte Kulissen und anderes Zeug, ich wüsste nicht was Johannes hier unten zu tun hätte, oder glauben Sie, glauben Sie etwa, er könnte, er könnte hier irgendwo ermordet liegen? Nein, ich denke wirklich nicht, dass ich hier vorgehen sollte!" Hofmeister Stimme klang nun hysterisch, doch Ruth Taurich war sich nicht sicher, ob der Gefühlsausbruch da vor ihr wirklich echt oder nur gespielt worden war.
„Gehen Sie bitte weiter. Bleiben Sie ruhig. Ihnen wird nichts geschehen. Wo geht´s da lang?"
Doch irgendwie war auch ihr mulmig zumute. Etwas stimmte nicht. Reifenberg war womöglich in Gefahr. Doch war er nicht eigentlich nur eine Art Verwaltungsangestellter? Wenn sie davon ausgingen, dass nur Schauspieler in Gefahr waren, wäre doch ein Büromensch wie Reifenberg kein mögliches Ziel eines verrückten Schauspielerkillers. Ruth Taurich schoss plötzlich eine Idee in den Kopf:
„Sagen Sie Hofmeister, ist Herr Reifenberg auch schauspielerisch tätig, oder ist er nur so etwas wie ein Büromensch?"
„Johannes ist nicht nur mein Assistent, er ist auch Schauspieler, so wie ich auch. Sie hätten mal den Puck sehen sollen, den er im Sommernachtstraum

in der letzten Saison gegeben hat, draußen in Sanspareil, da war er wirklich gut."
„Den Puck?"
„Ja, ein Geist, eine Art Kobold, der in den Verwirrungen des Shakespeare Stückes eine zentrale Funktion inne hat. Er hat gute Kritiken bekommen. Sagen wir mal so, die Rolle war ihm irgendwie auf den Leib geschneidert. Reifenberg ist so etwas wie der gute Geist dieser Truppe."
„Und jetzt? Ich meine, spielt er in der neuen Aufführung auch mit?"
„Nein, eigentlich nicht. Er ist die Zweitbesetzung, so eine Art Reserve, für Notfälle. Er ist als meine rechte Hand, unentbehrlich, was die Organisation dieses Theaters angeht und, sagen wir es mal so, sein Talent hält sich in Grenzen, wenngleich er es oft selber nicht so sieht."
„War er auch für die Zweitbesetzung des Homer geplant?"
„Homer! Nein. Stellen Sie sich mal Elisabeth als Kalypso und Johannes als Homer vor, nein, das geht nicht, auf gar keinen Fall. Er war nur für den absoluten Notfall vorgesehen für eine andere Rolle, vielleicht Telemach oder Hermes, der Götterbote..."
„Wusste er das? Ich meine, war er deswegen irgendwie sauer? Könnte er neidisch auf Fuggmann gewesen sein?"
„Sie meinen, Sie meinen, Johannes könnte damit etwas zu tun haben, mit dem Mord, meine ich? Nein, niemals. Johannes ist ein sehr sensibler Mensch. Er

liebt das Theater, er würde es nie in irgendeiner Art in Misskredit bringen oder den Ablauf stören. Nein, nein, völlig ausgeschlossen. Nicht, dass ihm noch etwas passiert ist! Könnte ihm etwas passiert sein?“
Hofmeisters Stimme war wieder schrill geworden und sie hatte keine Antwort für ihn. Alles war denkbar. Sabine Hopfner würde nicht begeistert sein, doch es blieb ihr nun nichts anderes übrig, als die schlechte Nachricht über das Verschwinden Reifenbergs mit zur Dienstbesprechung zu bringen. Womöglich hatten sie nicht nur einen Mord aufzuklären, sondern jetzt auch noch eine vermisste Person zu finden! Oder war Reifenbergs Verschwinden gar ein Schuldeingeständnis und kam er selber als Täter in Frage? Es dauerte noch eine Weile, bis Taurich den Rest des Gebäudes abgesucht hatte. Etwas angespannt machte sie sich auf den Weg ins Präsidium, nicht ohne vorher noch die möglichen Kontaktpersonen des Johannes Reifenbergs vom Intendanten erfragt zu haben.

Reifenberg konnte sich nicht bewegen. Er bekam nur schlecht Luft. Irgendetwas klebte über seinem Mund, seine Arme waren gefesselt. Sein Kopf dröhnte und höllische Kopfschmerzen ließen ihn aufstöhnen. Er konnte sich nicht genau erinnern. Was war eigentlich passiert? Wo war er?
Es war dunkel und feucht, er konnte kein Geräusch hören. Keine Stimmen, keine Fahrzeuge! War er entführt worden? Das konnte doch nur ein Scherz sein,

ein ganz übler Scherz! Er musste das Klebeband über seinem Mund loswerden, er hatte das Gefühl, zu ersticken. Vorsichtig legte er sich auf die Seite und versuchte seinen Kopf über den groben Untergrund hin und her zu bewegen. Es dauerte nur wenige Minuten und er bemerkte, wie seine Gesichtshälfte bereits zu bluten begann, nachdem sich die erste Hautschicht abgelöst hatte. Doch trotz der Schmerzen machte er weiter. Er hatte das Gefühl, dass das Band bereits an einer Stelle etwas eingerissen war. Die Anstrengung seiner Tätigkeit erschwerte das Atmen noch mehr. Gierig sog er die Luft durch seine Nase ein, doch durch den sich auf dem Boden befindlichen Staub geriet er immer mehr in Atemnot. Langsam aber sicher setzte sich seine Nase zu. Es war nur eine Frage der Zeit, wann seine Allergie sich voll zeigen würde, er müsste sich beeilen. Nicht, dass er noch einen Asthmaanfall bekäme. Er spürte wie sich Panik in ihm ausbreitete.

Sabine Hopfner warf einen Blick in die Runde und war zufrieden. Sie hatte eine relativ große Truppe um sich geschart. Jeder hatte sein Bestes gegeben, um in möglichst kurzer Zeit viele Infor- mationen zu den Zeugen und dem Opfer zu sammeln. Nachdem Hopfner selbst noch einmal das, was sie persönlich während des Mordes wahrgenommen hatte, vorgetragen hatte, bat sie einen Mitarbeiter der Kriminaltechnischen Untersuchungsabteilung, die ersten Ergebnisse vorzustellen:

„Wir sind noch nicht mit allem durch. Klar ist, dass der Pfeil vergiftet war, nur das genaue Gift konnte noch nicht festgestellt werden. Das Labor vermutet eine Art Froschgift, wie es am Amazonas vorkommt. Der Pfeil scheint mit einem einfachen Blasrohr und nicht mit einem Betäubungsgewehr oder Ähnlichem abgeschossen zu sein. Die Spurensicherung hat ergeben, dass hinter einem der Bäume Fußspuren darauf hinweisen, dass sich dort jemand zumindest länger aufgehalten haben könnte. Aber da der Felsengarten ein öffentlich zugängiges Gelände ist und in den letzten Tagen Scharen von Menschen diesen Ort erkundet haben, wird es schwierig mit der Auswertung. Die Schussrichtung könnte hinkommen, auch die Entfernung. Ansonsten haben wir noch Leute rausgeschickt, die in einem Waldstück hinter Sanspareil nach einem Hinweis von Kommissar Lux auffällige Reifenspuren gesichert haben. Ob die jedoch wirklich etwas mit dem Mord zu tun haben, kann zum momentanen Zeitpunkt nicht geklärt werden. Sobald wir ein verdächtiges Fahrzeug haben, können wir die Spuren mit diesem vergleichen. Es handelt sich um einen handelsüblichen Reifen für einen normalen PKW, einen Mittelklassewagen, nicht für einen Schlepper oder ein anderes landwirtschaftliches Fahrzeug. In der näheren Umgebung des Tatortes haben wir sonst nur das Übliche gefunden: Zigarettenstummel, Müll, ein altes Sektglas und noch andere unauffällige Gegenstände."

„Vielen Dank Herr Gastenhofer. Wie sieht es aus mit den Zeugen vor Ort? Hat noch jemand etwas Besonderes bemerkt?", meldete sich nun die Staatsanwältin Dr. Baunach zu Wort.
„Die Zeugenbefragung hat bisher nichts Hilfreiches und Neues ergeben. Alles ganz normale Ausflügler, Wanderer, Spaziergänger. Niemandem ist eine einzelne Person aufgefallen."
„Es gibt noch einen neuen Hinweis auf eine Sägemühle an der B 85 in Richtung Kronach. Fuggmann hatte dort Sachen untergestellt. Das Haus gehörte seiner Stiefmutter und zuletzt ihm selber. Das werde ich mit Kommissar Lux übernehmen. Was gibt es Neues vom Theater und den Zeugenbefragungen dort?", wandte sich die Leiterin der Abteilung fragend an Taurich.
„Das größte Problem ist, Reifenberg scheint verschwunden. Er hat sich bei niemandem abgemeldet. Der Intendant fand das seltsam. Normalerweise hätte er beim Treffen des Ensembles dabei sein sollen. Ich habe bereits das ganze Gebäude untersucht. Keine Spur von ihm. Aber ich bin auf einen alten Kellereingang gestoßen, der irgendwie niemanden wirklich bekannt zu sein schien. Zumindestens Hofmeister gab vor, diesen noch nie bemerkt zu haben. Entweder ist Reifenberg entführt worden oder wir haben ein zweites Opfer. Eine weitere Möglichkeit wäre, dass Reifenberg selber der Täter ist und geflüchtet ist. Doch ein Anruf bei seiner Haushälterin ergab keinen Hinweis auf eine mögliche Flucht. Al-

les ist noch da, seine Kleidung, Papiere. Außerdem ist das Ensemble zerstritten, was Fuggmann angeht. Einige hielten ihn wohl für arrogant und mochten ihn nicht, auch aufgrund seiner Weibergeschichten, vermute ich, andere wiederum schätzten ihn als Schauspieler. In jedem Fall scheint es Rivalitäten zwischen den Mitgliedern im Ensemble zu geben, es geht um Rollenbesetzungen, Freundschaften, Affären…, ich glaube da müssen wir noch einiges recherchieren. Auch fehlte ein Teil der Truppe noch bei unseren Befragungen. Morgen machen wir weiter. Die Frage ist, ob wir Reifenberg zur Fahndung ausschreiben. Vielleicht sitzt der nur irgendwo auf ein Seidla Bier und gönnt sich eine Auszeit. Andererseits, vielleicht hat er was mit dem Mord zu tun", erläuterte nun Ruth Taurich die Ergebnisse ihrer Recherchen. Sabine Hopfner ergriff nun das Wort: „Was wissen wir über den Mann?"

„Reifenberg, eigentlich richtig ausgesprochen „von Reifenberg" ist nicht auf den Verdienst als Schauspieler angewiesen. Er ist Sprössling einer adeligen Familie aus der Nähe von Bamberg. Die Familie besitzt mehrere Unternehmen und Ländereien in ganz Franken, darunter ein Weingut, einen internationalen Weinvertrieb, ein Hotel, Restaurants… Er ist nicht verheiratet, hat sich schon vor Jahren als homosexuell geoutet und wurde deswegen in seiner Familie gemieden. Seine Geschwister, eine Schwester, ein Bruder, führen nun die Unternehmen. Reifenberg bewohnt hier in Bayreuth eine alte Jugendstilvilla in der Nähe des Festspielhauses mit Haushälterin und allem drum und dran. Ganz noble Gegend. Die Kollegen von der Stadtwache haben schon vor Ort nachgeschaut. Reifenberg ist seit heute Morgen dort nicht mehr gesehen worden“, berichtete nun Kommissar Schmidt von seinen eigenen Ermittlungen.

„Was hat es mit der schriftlichen Nachricht an den Intendanten auf sich? Gibt es dazu etwas Neues?“, erkundigte sich nun die Staatsanwältin.

„Die KTU hat keine Fingerabdrücke gefunden. Es handelt sich um handelsübliches Papier. Die Schrift stammt vermutlich von einem ganz normalen Tintendrucker. Interessant ist der Inhalt! Die Zeilen sind kein Originalzitat, wurden also frei verfasst. Sie scheinen sich aber an die Handlungen in der Odyssee zu orientieren, es gibt also einen direkten Bezug zu dem neu geplanten Stück. Jemand kennt sich da aus. Derjenige der das geschrieben hat, muss aus dem Umfeld des Theaters kommen, zumindest muss er sich mit Literatur auskennen. Wir könnten einen Experten anfordern, der sich damit noch näher beschäftigen könnte. Da das aber erfahrungsgemäß dauert, werde ich den Schriftsteller Heusinger bitten, uns zur Seite zu stehen. Er hat uns schon bei einigen Ermittlungen mit seinem Fachwissen zur Seite gestanden. Ich werde ihn vermutlich heute Abend noch sehen“, erläuterte nun Sabine Hopfner der Staatsanwältin.

„Gut. Ich bin damit einverstanden. Ich habe schon um die Verdienste Ihres Bekannten im Bezug auf die Herrensteinmorde gehört."
„Dann werde ich jetzt noch einige Aufgaben verteilen und mich um die Sägemühle kümmern. Schmidt, Sie übernehmen bitte die Suche nach Reifenberg. Je eher der wieder auftaucht, desto besser. Die Presse wird durch unser Präsidialbüro informiert. Noch wollen wir die Informationen zurückhalten, da wir noch nicht wissen, womit wir es hier wirklich zu tun haben. Sollten wir die Mithilfe der Bevölkerung benötigen, können wir immer auch auf die Hilfe der örtlichen Presse und die der lokalen Radiosender zählen. Ich denke Letzteres wird dann Ihre Aufgabe sein, Taurich."
Bevor die Staatsanwältin sich verabschiedete, nahm sie Sabine Hopfner kurz zur Seite.
„Sollte sich der Fall als umfangreich darstellen und Reifenberg nicht mehr auftauchen, werden wir das Personal noch einmal erweitern und das Ganze als SOKO laufen lassen. Ich telefoniere noch mit Polizeirat Waldmüller, ich denke, er wird in den nächsten zwei Tagen hier sein. Welchen Namen schlagen sie vor?"
„SOKO Sanspareil", hatte Sabine Hopfner spontan geantwortet bevor sie ebenfalls das Polizeipräsidium in Bayreuth verließ, um die letzten Stunden des Tages mit ihrem Lebensgefährten zu verbringen.

8

Lisa hatte das allabendliche Füttern der Hühner und Schafe gerne übernommen. Man konnte das Rufen der Lämmer nach ihren Müttern hören und auch der Hahn schien sein Revier durch ein aufgeregtes Krähen gegen den Eindringling in seinen Hühnerstall verteidigen zu wollen. Connor war den Wildkaninchen auf der Obstwiese hinter dem Stall des Danndorfer Hofes auf der Fährte. Immer wieder steckte er seine Schnauze in die zahlreich vorhandenen Löcher im Boden. Marga Scherzer und John Heusinger hatten sich ebenfalls eingefunden, beobachteten den Landseer bei seinem Vergnügen und blickten nun in Richtung des Spitzberges, den der Schriftsteller seit einiger Zeit zu seinem Wohnort auserkoren hatte. Wie jeden Abend um diese Zeit und insbesondere dann, wenn das Wetter es zuließ und der Himmel klar und blau war wie an diesem, konnte man das letzte Abendrot und den Sonnenuntergang hinter dem zirka fünfhundert Meter hohen fränkischen Berg ganz besonders gut von der Stelle aus sehen, die das Paar nun gewählt hatte.
„Schön, deinen Berg mal von hier aus zu sehen. Aber dein Haus kann man nicht erkennen“, kommentierte die in der ganzen Gegend als versierte Kräuterfachfrau bekannte Kulmbacherin das Naturschauspiel.
„Ja, ich hab hier schon des Öfteren auch mit Fritz gestanden. Ein wirklich schönes Fleckchen Erde. Die Menschen, die hier leben, können sich glück-

lich schätzen, ein wahres Stück Heimat. Wusstest du, dass es sogar noch Überbleibsel der keltischen Sprache gibt, die sich in der Bezeichnung unserer Mittelgebirgslandschaft in Franken niedergeschlagen hat. Ein Berg drüben auf der Kirchleuser Platte heißt Knock, auf gällisch existiert das Wort „An Cnoc“, was so viel bedeutet wie Anhöhe. Ein berühmter irischer Pilgerort im County Mayo, im Westen Irlands ist danach benannt. Auch drüben auf der anderen Seite der Bundesstraße in Richtung Motschenbach hinter Witzmannsberg liegt der sogenannte „Hasenknock“, eine schöne Wanderung übrigens, da sollten wir mal hin.“

„Aber klar doch, das machen wir. Ich würde aber auch mal gerne mit dir in deine alte Heimat fahren. Vermisst du das Land deiner Kindheit?“

„Ja, wer Irland einmal lieben gelernt hat, kommt davon so schnell nicht los. Eines Tages würde ich wirklich gerne mit dir einmal dorthin reisen, dir wunderschöne Orte zeigen, magische Orte, das alte heilige Land der Druiden und Barden. Aber du wirst es nicht glauben, es gibt Dinge, die ich in München lange Zeit vermisst habe und hier in Oberfranken dann wiedergefunden habe: Die Menschen mit ihrer Herzlichkeit, die sanfte, hügelige Landschaft, das Farbenspiel und die Grüntöne der Wiesen und Weiden, nur das Meer, das ist einmalig dort an der Westküste. Ab und zu sehne ich mich nach dem Atlantik dort und seinen Farben, nach diesem Geschmack der salzigen Luft auf den Lippen, diesem kräftigen Wind der At-

lantikküste, der dich fast von den Klippen weht und dem entgegen zu stellen eine echte Mutprobe sein kann, gerade dann, wenn es besonders stürmisch ist. Manchmal fehlen mir auch die Pubs mit ihren unverwechselbaren Gerüchen und den alten, abgewetzten Holztheken, ich meine die wirklich alten Pubs, die es geschafft haben, das Wirtschaftswunder der letzten Jahre in Irland zu überstehen und nicht modernisiert wurden, in denen die Decken noch gelb vom Zigarettenqualm der letzten Jahrzehnte sind und man ein wunderbar frisch gezapftes cremiges Guinness genießen kann. Aber das Bier hier in Oberfranken entschädigt mich für einiges", beendete Heusinger die Beschreibung seiner Empfindungen.
„Also fast hört es sich für mich so an, als arbeitest du schon an deinem nächsten Buch. Deine Beschreibung hat mich neugierig gemacht, neugierig auf Irland. Du hör mal, ich glaube, Fritz ist zurück! Da ist ein Auto in die Garage gefahren. Wäre schön, wenn wir den Tag doch noch ein bisschen mit einer Brotzeit oben in Oberdornlach ausklingen lassen können. Und wie du schon gesagt hast, unser Bier hier in Oberfranken ist auch nicht zu verachten. Ich glaube, ich habe jetzt so einen richtigen Durst auf ein gutes Kellerbier. Hoffentlich schafft Sabine es noch!"
„Na ihr beiden. Wie ist es euch ergangen? Ich denke, Johanna hat euch wie immer gut versorgt. Wo ist Lisa? Ist sie im Stall?", begrüßte Fritz Lux seine Freunde, als er die beiden im Hof entdeckt hatte.

„Ja, Lisa ist beim Füttern. Sie ist für später noch mit Freundinnen in Kulmbach verabredet. Was glaubst du, wird Sabine noch kommen?“
„Ja, ich habe gerade einen Anruf bekommen. Sie ist schon auf dem Weg. Ich zieh mich schnell um und dann können wir hoch zur Schäferstube. Wie wäre es mit einem schönen Abendspaziergang hinauf?“
„Nun, wir haben zwar schon eine ganz schöne Strecke von Veitlahm bis hierher hinter uns, aber da sag ich nicht nein. Und du, Marga? Möchtest du auch hinauf laufen?“
„Gern. Aber stören wir euch nicht? Wollt ihr heut‘ nicht mal allein sein, Fritz?“
„Nein, wir freuen uns, wenn ihr mitkommt. Ich habe Sabine auch schon darauf angesprochen,“ informierte Fritz Lux die beiden Freunde.
„Wenn man vom Teufel spricht. Schau mal, wer da kommt!“, rief nun Marga erfreut, denn Sabine Hopfner hatte nun ebenfalls den hinteren Hof des Anwesens betreten.
„Endlich Feierabend. Ich bin zwar erreichbar, aber ich hoffe Schmidt und Taurich regeln alles für den Rest des Abends. Ich brauch‘ eine Pause. Kann es losgehen? Ich freu‘ mich!“
Eine halbe Stunde später machten sich die zwei Pärchen auf, den steilen Waldweg in Richtung Wadel und Oberdornlach zu bewältigen. Das letzte Sonnenlicht war nun fast ganz hinter dem Spitzberch in Richtung Schimmendorf verschwunden. Der Abend hatte mit seiner ruhigen Stimmung den Wald

in eine bläulich schimmernde Szenerie verwandelt. Ein dunkler, klarer Sternenhimmel würde den Rückweg besonders romantisch gestalten, dessen war sich Sabine Hopfner sicher, denn eines hatte sie sich so sehr gewünscht: Vollmond über dem Patersberg und das an ihrem Geburtstag! Ein Anblick, den man insbesondere auf dem Rückweg von Oberdornlach in Richtung Danndorf würde genießen können.

Hofmeister hatte alles versucht und jeden, den er kannte, angerufen. Reifenberg blieb verschwunden. Das Ganze war höchst mysteriös. Auch seine Familie in der Nähe von Bamberg hatte nichts von seinem Assistenten gehört. Aber vielleicht hatte der Mann sich ja nur einmal wieder eine Auszeit gegönnt. Hofmeister hatte schon früher immer wieder mal etwas von spontanen Ausflügen des wohlbetuchten jungen Adligen in die Münchener Szene gehört. Aber wenn dem so war, war der Zeitpunkt äußerst ungünstig gewählt, und warum ging Johannes nicht an sein Handy?
Nein, Johannes Reifenberg hätte sich in dieser kritischen Situation abgemeldet, irgendetwas musste ihm passiert sein! Und ein Mörder, nein, ein Mörder war Reifenberg bestimmt nicht, das konnte und wollte er sich nicht vorstellen! Doch wer weiß? Zuweilen begriff er selber, wohin die Leidenschaft einen Menschen treiben konnte. Diese Frau! Er müsste vorsichtig sein!

Elisabeth hatte sich noch für den Abend angekündigt. Er war sich nicht sicher, wie weit er sie gewähren lassen sollte. Wenn er ganz ehrlich war, war er ihr verfallen, was das Körperliche anging. Sie war eine äußerst attraktive und verführerische Frau, doch er wollte sich nicht in eine Situation begeben, in der er erpressbar oder manipulierbar wurde. Immerhin hatte er die Leitung dieses Ensembles inne. Auch wenn er eine Affäre mit der schönen Schauspielerin hatte, es war ihm egal, dass Elisabeth schon vielen Männern im Ensemble ihre Gunst geschenkt hatte, darunter auch Fuggmann. Doch genau das war der Knackpunkt. Womöglich geriet er selber in Gefahr, als Mörder verdächtigt zu werden. Eifersucht war immer ein Motiv gewesen, nicht nur im realen Leben, auch in den Dramen auf den Bühnen dieser Welt, das hatte er wahrlich im Laufe seiner Karriere immer wieder erfahren. Er müsste vorsichtig sein. Durfte er das Verhältnis der Polizei verschweigen? Vielleicht würde er dadurch nur noch schneller in Verdacht geraten. Nein, es wäre besser, er würde dieser Kommissarin morgen gleich reinen Wein einschenken. Gleich morgen früh. Doch zunächst müsste er noch den Moet kalt stellen. Elisabeth könnte sonst sehr nörgelig werden.

Reifenberg hatte es geschafft. Die Klebefolie an seinem Mund hatte sich zumindest soweit gelöst, dass er wieder etwas besser atmen konnte. Es war höchste Zeit. So wie er es vermutet hatte, hatte sein Körper auf den Staub direkt vor seinem Gesicht reagiert. Nase und Augen trieften! Er müsste sich aufrichten. Etwas mühselig und steif gelang es ihm, seinen Oberkörper in die Horizontale zu bewegen. Für einen Moment hielt er inne und versuchte seinen Atem zu zügeln. Denk nach! Denk nach! Was war passiert? Das letzte, an das er sich erinnern konnte, war, dass er sich in seinem Büro aufgehalten hatte. Ja, die Polizei war im Haus gewesen, hatte mit den Befragungen begonnen. Frederik hatte ihm noch dieses Schreiben gezeigt und war dann auf sein Raten hin zu dieser Polizistin gegangen, um es ihr zu zeigen. Ja und dann? Er hatte dann noch die Liste der Ensemblemitglieder ausgedruckt und er wollte sich gerade umdrehen, um den Raum zu verlassen, ja genau, ein Schlag! Er hatte einen Schlag auf den Kopf bekommen, daher auch diese elenden Kopfschmerzen. Wenn er die Hände frei hätte, würde er mit Sicherheit eine Wunde oder Beule am Hinterkopf finden. Er konnte spüren, dass da etwas war. Doch wie war er hierhergekommen und wo war er? Er konnte nichts erkennen. Der Raum war dunkel und roch muffig. Er vermutete, dass er sich in einem Kellerraum befand. Was wollte man von ihm? Hatte das etwas mit Fuggmanns Tod zu tun? Für einen Moment bemerkte er, wie Verzweiflung sich in seinen Gedanken breitmachte. Würde man ihn finden?

Die Schäferstube war wie immer gut besucht und der Wirt begrüßte seine Stammgäste freundlich. Schnell

hatten die Freunde ihre deftigen Brotzeiten mit rotem und weißen Pressack, mit Schafssalami, Lyoner und anderen regionalen Köstlichkeiten vor sich stehen. Das Gasthaus auf einem alten Bauernhof in Oberdornlach war für die gute hausgemachte Wurst und die großzügigen Portionen bekannt. Die Wirtsleute setzten sich für einen Moment an den Tisch, gratulierten Sabine Hopfner zum Geburtstag, nicht ohne zuvor noch einen Obstler eingeschenkt zu haben.
„Der Summer lässd nuch auf sich wadd´n. Mir sinn scho zwa Lämmer derfroh´n in dem Frühjohr“, beklagte der Wirt und Schafzüchter den langanhaltenden, kalten Frühling dieses Jahres „Ja, do hosd da Rechd, des wor a hadder Winder. Vill konnd´n erschd späd auf die Felder naus. Der Bud´n wor lang g´frorn“, fachsimpelte Fritz Lux nun ganz in seiner Rolle als Bauer, der er in Wirklichkeit neben seiner Tätigkeit als Polizist ja auch war.
Er konnte die Sorgen und Nöte der Bauern hier gut verstehen. Viele Betriebe kämpften ums Überleben und konnten nur durch Nebenerwerbstätigkeiten erhalten werden. Der Wirt hatte mit seiner Schäferstube nicht nur ein zweites Standbein zu seiner Landwirtschaft gefunden, seine Gaststätte war auch der Treffpunkt für Jung und Alt, war Informationsbörse für gute oder schlechte Nachrichten, ermöglichte die Zusammenkunft von Familien zu den vielen notwendigen Feiern, so wie es von je her im Dorf über Generationen üblich gewesen war, sie war Treffpunkt

für die „Freiwillige Feuerwehr“ und andere Vereine und war bis weit über Kulmbach hinaus berühmt für ihre Herbstkerwa, die mit viel Tanz und Musik in dem alten Tanzsaal im ersten Stock des uralten Gebäudes einmal im Jahr abgehalten wurde.
Nachdem die Wirtin wieder in der Küche verschwunden war und ihr Mann sich wieder den anderen Gästen widmete, berichtete Fritz Lux von seinen Ermittlungen des Nachmittags. Auch Sabine Hopfner ließ die anderen alle Neuigkeiten wissen und bat nun Heusinger um einen Gefallen: „John, könntest du dir morgen vielleicht einmal das Schreiben und die dazugehörige Textstelle aus der Odyssee ansehen? Ich habe das OK der Staatsanwältin. Ihr müsst ja sowieso morgen früh noch einmal zwecks Zeugenbefragung und Protokoll nach Bayreuth.“
„Kein Problem Sabine. Ich werde mir gleich, wenn ich zu Hause bin, noch einmal meine Unterlagen zu Homer heraussuchen. Aber ich denke, wir sollten jetzt endlich auf deinen Geburtstag anstoßen, auch wenn du ihn dir vielleicht anders vorgestellt hast, auf dein Wohl!“, prostete der Schriftsteller dem Geburtstagskind zu.
Fritz Lux war froh, dass sie sich nun endlich, nachdem alle beruflichen Dinge besprochen waren, auch anderen Themen zuwenden konnten. Vielleicht würde er ja doch noch für einige Zeit abschalten können.

Elisabeth sah berauschend aus. Ein eng anliegendes rotes Seidenkleid hätte jeder Premierenfeier mit

Staatsgästen genüge getan. Für einen Moment keimte der Verdacht in ihm auf, dass dies alles irgendeinem Zweck diente. Der bis ins Detail geplante Auftritt seiner Diva hatte etwas von einem großen Bühnenauftritt. Doch, wenn er sich recht besann, war Elisabeth immer darauf bedacht, Aufmerksamkeit zu erregen. Jedes Mal, wenn sie einen Raum betrat hatte dies etwas wahrhaft Theatralisches. Kein Wunder, die Frau war eine phantastische Schauspielerin und hatte auch sonst so ihre Fähigkeiten und Talente.

„Du siehst einfach umwerfend aus, meine Liebe!“, begrüßte er seine Besucherin schwärmerisch, nachdem er sie in seine Wohnung eingelassen hatte.

„Ein Glas Champagner? Es ist deine Marke.“

„Danke. Ich habe auch nichts anderes erwartet.“

Nachdem es sich beide auf der Couch bequem gemacht hatten und die ersten Schlucke des köstlich prickelnden Getränkes getrunken worden waren, ergriff Elisabeth Engelhardt das Wort: “Und nun zu einem wesentlichen Punkt meines Besuches. Wann hattest du eigentlich vor, mich darüber zu informieren, dass Johannes den Telemach spielen soll? Ich habe das Manuskript in seiner Garderobe gesehen. Markiert! Alle Stellen des Telemachs! Ich glaube,das würde doch wohl eher lächerlich wirken, meinst du nicht auch? So ein Prachtweib wie ich als Kalypso und dieser kleine dumme schwule Junge auf meiner Insel Ogygia? Das kann doch wohl nicht dein Ernst sein, oder?“

Hofmeister schwieg. Kalypso hatte ihn in ihren Bann gezogen. Er konnte sich nicht erinnern, dieses Parfüm schon einmal an ihr gerochen zu haben. Erst jetzt bemerkte er, dass sie unter dem Seidenkleid nichts trug. Langsam tasteten seine Hände über samtweiche Haut.

Die Temperatur war wieder gefallen und der Himmel zeigte sich nun in einem dunkelblauviolettem Farbton. Angesichts der fehlenden Straßenbeleuchtung konnte man die Sterne gut erkennen. Der Weg hinunter durch den Wald nach Danndorf war besonders schön in einer Vollmondnacht, denn an einem bestimmten Punkt des Abstieges, genau dann, wenn man kurz hinter dem Abzweig nach Wadel aus dem dichten Wald heraus trat und sich rechts und links der Waldstraße, die erst kürzlich eine Wandlung vom Schotterpfad zu einer geteerten Straße vollzogen hatte, bereits die ersten Weiden des Lux Hofes erstreckten, ja dann konnte man bei klarem Himmel den Mond dick und prall über dem Wald des Patersberges stehen sehen. Für einen Moment hielt die kleine Gruppe inne und widmete sich dem Anblick. Marga hatte sich inzwischen bei John eingehakt, was dieser durchaus als angenehm empfand. „Das habe ich immer in der Stadt vermisst. Nie konnte man den Himmel wirklich sehen, die Sterne, den Mond, zu viele Straßenlaternen“, brach Heusinger nun das Schweigen der Freunde, die eine ganze Weile stehen geblieben waren.

„Und deine romantische Schriftstellerseele wird so etwas in jedem Fall vermisst haben, ob bewusst oder unbewusst“, kommentierte Marga nun.
„Für mich wor des hier alles amol normol und selbsdverständlich, bis ich als junger Monn noch München zur Polizei ganga bin. Dord hob ich erschd richdich schätz´n gelernd, wos mir hier alles Gud´s hom, vor allem die Ruhe“, erklärte nun Lux seinen Freunden.
„Mein Gott, ihr redet von München! Was glaubt ihr, wie es bei mir in meiner alten Heimat im Ruhrgebiet zugeht. Dagegen ist München ein wahrhaft idyllischer Ort. Autobahnen, Industrie, Stadt reiht sich an Stadt, Menschen über Menschen…“, beschrieb nun Sabine Hopfner ihre alte Heimat.
„Also ich denke, wir haben es einfach gut getroffen!“, damit zog Fritz Lux seine Freundin näher an sich heran und Heusinger konnte sehen, dass er nicht nur den romantisch anmutenden Ausblick über die mondbeleuchtete Waldlandschaft vor ihm, sondern auch die Frau an seiner Seite meinte.
Eine Viertelstunde später, als sie den Hof erreicht und John und Marga sich verabschiedet hatten, lenkte Heusinger den Wagen bergab in Richtung Danndorf. Unten an der Straßenkreuzung hielt er den Wagen an. Das Feuerwehrhäuschen und der hübsch hergerichtete kleine Dorfplatz gegenüber der alten Dorfschmiede, die früher von Johannas Vater betrieben worden war, lagen ruhig da. „Links geht’s heim für dich nach Kulmbach, rechts zum Spitz-

berch. Magst du vielleicht heute Nacht mit zu mir kommen?“, traute sich Heusinger nun zu fragen. Endlich hatte er sich ein Herz gefasst! Etwas nervös und mit einem leichten Flattern im Bauch wartete er auf ihre Antwort, ohne sie jedoch anzusehen.
„Nun, ich denke ich habe deinen Berg noch nie bei Vollmond gesehen. Das kann ich mir doch nicht entgehen lassen. Rechts, würd ich sagen.“
Heusinger konnte spüren wie das Adrenalin in seine Adern schoss. Er war aufgeregt wie ein Schuljunge vor seiner ersten Verabredung.
Marga würde heute Nacht bei ihm auf dem Spitzberg verbringen! Er konnte sein Glück, dass sich nun irgendwie immer mehr in seinem Inneren ausbreitete, kaum fassen.
„Nun Connor, ich hoffe du schnarchst nicht allzu laut. Wir haben heute Damenbesuch.“
Marga und John fingen laut an zu lachen. Es half ein wenig, die Nervosität, die nun fast spürbar in dem kleinen Raum des Fahrzeuges präsent war, zu überspielen. Heusinger atmete tief durch und lenkte sein Fahrzeug heim.

9

Fritz und Sabine hatten eine ruhige Nacht verbracht. Die Diensthandys der beiden waren zu ihrer Erleichterung stumm geblieben. Für den Leiter der Kulmbacher Dienststelle war es normal, auch mal mitten in der Nacht zu schweren Unfällen oder anderen Ereignissen gerufen zu werden. Und auch Sabine musste ständig mit Anrufen rechnen. Aus Erfahrung wusste sie, dass Mörder und andere Kriminelle sich nicht an irgendwelche Dienstpläne oder Tageszeiten hielten. Doch sie vermutete, dass ihr heute Nacht Taurich und Schmidt den Rücken freigehalten hatten, um ihr wenigstens eine kleine Geburtstagsauszeit zu gönnen. Eigentlich hätte sie ja sowieso in dieser Woche Urlaub gehabt. Fritz war bereits aufgestanden, um die Tiere zu versorgen und nach dem Rechten zu schauen. Sie konnte den Kaffeeduft im Haus bereits riechen. Johanna war wie immer früh auf und hatte das Frühstück hergerichtet. Als Sabine den offenen Essbereich, der mit der Küche praktischerweise verbunden war, betrat, sah sie, dass ein köstlich duftendendes Brot auf hungrige Gäste wartete.

„Mmh, Johanna. Ist das Brot frisch gebacken?“

„Ja, gesdern Omd nuch, als ihr drum word. Ich hob a nuch an gud´n Kuch´n für heud Nochmidoch und an Kre für heud Nochd, des haaßd, falls ich euch heud nuch amol seh.“

„Wunderbar. Du verwöhnst uns immer und wir lassen dich so oft im Stich wegen unserer Arbeit.“

„Des bin ich scho gewohnd.“

„Was sind wir gewohnt?“, wollte nun auch Lisa wissen, die den Raum sichtlich etwas verschlafen betrat.

„Das die Polizeiarbeit immer Vorrang hat. Pass gut auf, wen du dir als Partner aussucht“, scherzte nun

Sabine in Anspielung auf Lisas Bekanntschaft mit Sven Maßberger, dem jungen Kollegen von Fritz.
„Du weißt doch Sabine, wo die Liebe hinfällt, da kann man nichts machen.“
Es dauerte nicht lange, und Fritz gesellte sich zu dem munteren Frauentrio, das sich bereits vor ihm zum Frühstück eingefunden hatte.
„Mir wer´n gleich über Höferänger fohr´n, den Schlüss´l von der Sächmühl obhulln und uns do amol umschaua. Die Tande des Ermordeden is eiverstand´n mit unnerer Aktion. Do brauchsd nuch kann Durchsuchungsbeschluss.“
„Wenn irgendetwas auffällig ist, muss ich eh die Spurensicherung hinzuziehen. Aber wir können uns das Ganze ja erst mal anschauen“, ergänzte Sabine Hopfner und war damit auch schon wieder voll in Gedanken bei ihrer Arbeit.
„Euch is ned zer helf´n!“, stöhnte Johanna, „Kaum seid´er aufgstand´n, denkd´er scho widder on euer Ärberd.“
„Darum verstänga die zwaa sich ja so gut“, neckte nun auch Lisa, die außergewöhnlich gut gelaunt war. „Wo worsd du eigentlich gestern? Suweid ich waaß, hod a junger, gud aussehender Kollech von mir gestern Abend dienstfrei g´hobd“, konterte nun Fritz Lux ein wenig verschmitzt, um seine Tochter aus der Reserve zu locken.
„Na wos du alles waßd, immerhin machsd grod du ja die Dienstplän. Des konn su seina Vor- oder Nochteil hab´n.“

„Also kummd Kinner, langt kräftich zu, su wie ich des raushör, kummd ihr den ganz´n Doch widder ned zum Ess´n.“
„Lisa, du kommst bitte mit Johanna gegen 11 Uhr ins Präsidium. Wir müssen alle noch unsere Aussagen zu Protokoll geben“, erklärte nun Sabine Hopfner der Tochter ihres Freundes.
„Ka Problem. Dann könna Johanna und ich ja danach an schönn Spaziergang durch die Eremitage mach´n. Des Wedder is ja richdich schö heud.“
„Ok. Dann is ja alles geklärd. Bis späder dann“, verabschiedete sich der Leiter der Kulmbacher Polizeidienststelle von seiner Familie.

Reifenberg hatte Durst. Vielleicht sollte er hier elendig zugrunde gehen? Oder vielleicht war ja eine Lösegeldforderung bei seiner Familie eingegangen? Er war vermögend, daraus hatte er nie einen Hehl gemacht, jeder in seiner Umgebung wusste das. Genau, das musste es sein! Jemand wollte abkassieren! Aber dann dürfte man ihn nicht verhungern lassen, eine tote Geisel war nichts wert oder? Hoffnung keimte in ihm auf: Vielleicht stand seine Entführung doch in Verbindung mit Fuggmans Tod, hatte es jemand auf den Schauspieler abgesehen? Wer kam denn schon auf so eine verrückte Idee, Leute mit Giftpfeilen umzubringen? So etwas gab es doch nur im Krimi oder bei Agatha Christie. Denk nach, denk nach! Doch so sehr er auch nachdachte, er kam nicht drauf. Wenn nur die Kopfschmerzen nicht wären. Was würde er jetzt geben für einen Schluck Wasser.

Die B85 war heute nicht allzu sehr befahren. In der Regel waren auch viele LKW´s von Kulmbach in Richtung Kronach oder Tschechien unterwegs. Die alte Mühle kannte Fritz Lux noch aus der Zeit, als er in seiner Kindheit mit seinem Vater dorthin gefahren war, um das selbst geschlagene Holz aus dem eigenen Wald für Zäune oder Ähnliches sägen zu lassen.
„Schau mir sinn do. Des is nuch a schön´s ald´s Haus. Schod, dass es scho su lang leer stidd. Es müsserd Einiches dron gemachd werd´n."
„Wir müssen uns erkundigen, ob es ein Testament gibt und wer das Grundstück erbt. Wenn nicht jemand anderes vorgemerkt ist, müsste es doch wohl die Tante des Ermordeten, diese Frau Eber, als nächste Verwandte erhalten."
„Komm, mir schaua uns des Wohnhaus als erschdes on. Die Eberbäuerin maand, ihr Neffe hätt a paar Kartons in der Wohnstumm gelagerd, weil es dord om truckensden is."
Als die beiden das Wohnhaus betraten, welches noch aus dem 19. Jahrhundert stammte, staunten beide nicht schlecht, wie gut erhalten noch alles war. Die Möbel waren teilweise mit Tüchern abgedeckt, das Ganze wirkte so, als sei jemand gerade nur verreist.
„Ja, die Frau Eber hod mer erzilld, dass sie oder ihr Monn manchmol noch dem Rechdn schaua. Auch benutzt der Monn ab und zu die Säge, um sei Hulz

zer beärbern. Sie soll nuch voll funktionstüchtich sa", berichtete Fritz Lux während sie in der Wohnstube nach den Kartons Ausschau hielten.
„Hier, das sieht doch nach Umzugskartons aus!", rief Sabine Hopfner nach einer Weile aufgeregt und deutete auf einen Stapel, der zunächst von einer Couch verdeckt worden war.
Doch die Ausbeute war enttäuschend. In den Kartons befanden sich nur Kleidungsstücke, Bücher und einige Haushaltsartikel.
„Ich denke, Fuggmann hat das wirklich nur als Zwischenlager für seine Umzugskartons genutzt. Ich glaube, das mit der Spurensicherung kann ich mir sparen. Schauen wir uns noch in der Werkstatt um?"
„Gud, komm, die Sägemühle is sehenswerd. Ich zeich der a ganz ausgeklügeldes System, wie mer a ohna viel Krofd schwera Baamstämm allaa beweg´n konn", schwärmte Fritz Lux von der Technik, die er bereits als kleiner Junge bewundert hatte.

Reifenberg blieb verschwunden, keiner hatte ihn außerhalb des Theaters noch einmal gesehen. Die Münchener Kollegen waren informiert, nur für den Fall, dass sich der Vermisste vielleicht auf einen spontanen Ausflug in die Schwabinger Szene gemacht hatte. Doch auch in dem Appartement unweit der Leopoldstraße, welches seiner Familie gehörte und von ihm gelegentlich während seiner Aufenthalte in der bayerischen Landeshauptstadt frequentiert wurde, keine Spur von Reifenberg! Ruth Taurich wollte gerade noch einmal ihre Liste mit möglichen Aufenthaltsorten durchgehen, als das Telefon klingelte und ihr der Pförtner eine Frau Engelhardt ankündigte, die unbedingt mit der leitenden Ermittlerin in der Mordsache Fuggmann sprechen wollte. Kommissarin Taurich wies an, die Frau in einen der Besprechungsräume zu führen und begab sich ebenfalls dorthin. Was wollte die Schauspielerin bloß von ihnen? Gab es vielleicht neue Hinweise? Mit einer gewissen Neugierde und Anspannung eröffnete sie das Gespräch.

„Was kann ich für Sie tun, Frau Engelhardt, ist Ihnen noch etwas zur Sache eingefallen?“, begrüßte Taurich die Schauspielerin, die perfekt in ein sündhaft teures Outfit gestylt war, dessen Ursprung die Polizistin auf der Maximilianstraße in München vermutete. Anscheinend genoss die Diva ihren Auftritt. Ohne die Frage Taurichs nun wirklich zu beantworten, stellte sie ihrerseits jetzt eine Frage: „Ist Ihre Chefin nicht da?“, und fügte hinzu: „Ich würde gerne mit Ihrer Vorgesetzten sprechen!“

Ruth Taurich ließ sich von dem etwas überheblichen Ton ihres Gegenübers nicht beirren.

„Frau Hopfner wird gleich eintreffen. Ich vertrete sie derweilen. Sie müssen sich schon mit mir begnügen. Also, was kann ich für Sie tun?“

Taurich sah, wie die etwas übermüdet wirkende Frau mit ihren manikürten Händen und dem auffälligen, grünen Nagellack, der wohl passend zu ihrem Kleid gewählt worden war, ihre große und der Mode ent-

sprechend vermutlich mehrere hundert Euro teure Designertasche öffnete, ein Blatt beschriebenes Papier herausnahm und dieses mit ausladender Geste auf den Tisch warf.
„Hier, das lag heute Morgen unter meiner Tür. Ich weiß nicht, was das alles bedeutet, aber ich finde Sie sollten jetzt wirklich etwas unternehmen. Wenn mich nicht alles irrt, hat es hier jemand auf uns Schauspieler abgesehen. Ich denke wir haben ja wohl ein Recht darauf, von ihnen geschützt zu werden."
Ruth Taurich war Engelhardts vorwurfsvoller Ton nicht entgangen. Auch hatte sie auf den ersten Blick die Ähnlichkeit des Schreibens mit dem ersten, welches bei Hofmeister aufgetaucht war, sofort erkannt. Laut las sie den Text nun vor:

Telemach, gefangen im Labyrinth seiner Träume.

„Wir werden Ihre Fingerabdrücke nehmen müssen, um diese von denen des Verfassers unterscheiden zu können."
Für einen Moment konnte Taurich sehen, dass sich die Diva Gedanken um die Schädigung ihrer sorgsam hergerichteten Fingernägel machte.
„Keine Angst, heutzutage ist alles digital. Wann, bzw. in welchem Zeitrahmen könnte dieses Papier bei Ihnen hinterlassen worden sein?"
„Ich habe meine Wohnung so gegen 22.00 Uhr verlassen und bin heute Morgen gegen 9.30 Uhr wie-

der daheim gewesen. In dieser Zeit muss es mir unter die Tür geschoben worden sein."
„Kommt man in den Hausflur ohne Schlüssel?"
„Eigentlich nicht, aber die Mieter vergessen schon mal die Haustüre abzuschließen. Insbesondere an Wochenenden kommen immer wieder Leute später nach Hause oder haben Besuch. Dann ist es lästig, immer wieder die Tür aufzuschließen."
„Könnte einer Ihrer Nachbarn etwas bemerkt haben?"
„Das kann ich nicht sagen. Das müssen Sie schon selber herausfinden. Im Übrigen bin ich nicht die Einzige aus dem Ensemble, die in dem Haus wohnt. Das Haus gehört Reifenberg. Er hat uns die Wohnungen zu einem Freundschaftspreis vermietet. Es ist manchmal schwierig, als Schauspieler mit ständig wechselnden Spielorten, Engagements und unregelmäßigem Einkommen eine Wohnung zu finden. Hier geht's ja noch, aber in München…"
„Können Sie mir die Namen der Ensemblemitglieder geben, die ebenfalls in dem Haus wohnen? Und wo waren Sie eigentlich in der letzten Nacht?"
„Ich war bei einem Freund und habe dort die Nacht verbracht."
„Wie heißt der Freund und wer wusste davon, dass Sie nicht zu Hause waren?"
„Muss ich das sagen? Ich will meinen Freund nicht unbedingt kompromittieren."

„Glauben Sie mir, es ist besser, wenn Sie mit offenen Karten spielen und uns die Wahrheit sagen. Sie ersparen sich und uns unnötigen Ärger."
Als Ruth Taurich den Namen erfuhr, ahnte sie, dass dieser Fall weitaus mehr Facetten zeigen würde, als sie zuvor gedacht hatte. Die Engelhardt, die Geliebte des Intendanten, Reifenberg der Vermieter einiger Schauspieler, alles neue Hinweise…
Sie blickte auf die Uhr. Wenn sie nicht alles täuschte, würde Sabine Hopfner jeden Moment eintreffen. Es gäbe einiges zu berichten.
„Wenn ich Sie dann jetzt zur Abnahme Ihrer Fingerabdrücke bitten darf", beendete Ruth Taurich das Gespräch, welches sie vorsorglich mit dem Aufnahmegerät mitgeschnitten hatte.
Elisabeth Engelhardt wollte gerade den Raum verlassen, da stieß sie auf dem Flur in eine eilige Person: Waldmüller!
„Aber Elisabeth, meine Liebe, was machen Sie denn hier?", wollte der Polizeirat nun von Taurichs Zeugin wissen, nachdem er sich für seinen Rempler überschwänglich entschuldigt hatte.
Ruth Taurich blickte den beiden nach. Der Polizeirat hatte den Arm um die Schultern der Frau gelegt, eine vertrauliche Geste wie sie fand. Sabine Hopfner würde nicht begeistert sein. Ganz und gar nicht! Vielleicht sollte sie ihre Chefin vorwarnen. Sie griff zu ihrem Handy und wählte die Nummer ihrer Vorgesetzten.

10

Frederik Hofmeister hatte nicht genau bemerkt, wann seine Besucherin wieder gegangen war. Seltsam, dachte er, ihr Auftritt ist immer besser als ihr Abgang, auch auf der Bühne. Er müsste noch so einiges vorbereiten. Die ersten Proben standen heute an und Reifenberg war nicht da, Reifenberg, der nervige Reifenberg, der trotz aller mangelnden Qualitäten als Schauspieler ein hervorragender Organisator war. Vielleicht sollte er doch die Proben absagen. Immerhin war ein Kollege ermordet worden, ein zweiter verschwunden. Doch bisher hatte er in seinem Leben immer an die alte Weisheit aller Akteure auf den großen und kleinen Bühnen dieser Welt geglaubt und sich daran gehalten: The show must go on! Er würde sich noch einmal vergewissern, dass der Polizeischutz zeitig eintreffen würde und die Ein- und Ausgänge, sowie die Proben überwacht werden würden. Er konnte es einfach nicht glauben, dass der Täter in ihren Reihen zu suchen war.

Fritz Lux und Sabine Hopfner hatten sich mittlerweile auf dem Präsidium in Bayreuth eingefunden. Auch Heusinger und Marga trafen fast zeitgleich mit ihnen ein. Der Schriftsteller sollte bei der Interpretation des Homerzitates helfen und unter anderem, so wie auch Marga, Johanna und Lisa, seine Beobachtungen bezüglich des Mordes in Sanspareil noch zu Protokoll geben.

„Na, da seid ihr ja. Hat es dir denn droben auf dem Berg gefallen“, begrüßte Kommissar Lux die Ankömmlinge.
„Woher weißt du, dass ich droben bei John war?“
„Ja, wem´mer euch zwaa onschaud, waaß mer des hald“, grinste Fritz seinen Freund Heusinger an und war dabei wieder ins Fränkische gefallen.
„Ich glaube, Fritz, jetzt bist du aber ein wenig indiskret“, mischte sich nun auch Sabine Hopfner ein und knuffte Lux sanft in die Seite. Sie hatten gerade den Eingangsbereich mit der Sicherheitsschleuse durchlaufen, als dem gut gelaunten Freunden ein seltsames Pärchen entgegen kam. Sabine Hopfner traute ihren Augen kaum! Polizeirat Waldmüller, den sie eigentlich noch beim Golfen wähnte, ihr Chef in freundlicher Zweisamkeit mit der Schauspielerin Elisabeth Engelhardt, die aussah, als sei sie gerade einer Münchener Vernissage entflohen. Fehlt nur noch das Glas Champagner, das ihr der Typ kredenzt, dachte Hopfner für einen Augenblick, bevor sie sich zusammenriss und ihren Chef begrüßte:
„Herr Polizeirat, wir haben nicht so früh mit Ihnen gerechnet. Wie ich sehe, ist Ihnen diese Dame bekannt?“
„Hopfner ich glaube wirklich, es war Zeit, dass ich mich hier wieder einfinde. Selbstverständlich ist mir Frau Engelhardt bekannt. Eine hervorragende Schauspielerin und eine Bereicherung für unsere Stadt.“

„John, Schatz, was machst du denn hier? Ich habe ja mit allem gerechnet, aber nicht, dass ich dich hier treffe“, richtete sich nun die Begleiterin Waldmüllers mit einem deutlichen Ausruf des Entzückens und der Überraschung an John Heusinger. Für einen Moment wurde es still. Alle schienen wie erstarrt. Die Art wie die Schauspielerin das „dich“ betonte, gefiel Sabine Hopfner gar nicht. Sie beobachtete die Reaktion des Freundes, der die stürmische Begrüßung in Form mehrere Wangenküsse und einer heftigen Umarmung ruhig und ohne eine Miene zu verziehen über sich ergehen ließ.
„Lissie, ich wusste ja gar nicht, dass du in Bayreuth spielst, ich dachte München ist wohl eher dein Revier, deine Bühne…“
Jetzt hatte Sabine eine gewisse Ironie Johns heraus hören können. Es war eindeutig. Heusinger kannte diese Frau von München her aus seinem alten Leben, das ihn irgendwie eingeholt zu haben schien. Sabine Hopfner musste sich Waldmüllers Gefasel noch eine Weile anhören, nachdem der Polizeirat die Frau verabschiedet hatte und sie sich in ihrem Büro zu einem Gespräch unter vier Augen eingefunden hatten.
„Wir als Festspielstadt sind unseren Künstlern immer wieder besonders verpflichtet. Ich hoffe der Polizeischutz ist organisiert. Und was machen dieser Dorfsheriff aus Kulmbach und der Schriftsteller schon wieder hier inmitten einer Mordermittlung“, schnaubte Waldmüller nun laut und vorwurfsvoll.

„Herr Heusinger hilft uns bei der Interpretation eines Homertextes, erster Hauptkommissar Fritz Lux war ebenfalls Zeuge des Mordes und gibt seine Aussage zu Protokoll“, erläuterte Sabine Hopfner ihrem Chef die Lage.
„Ich will nur hoffen, dass dieser Lux sich hier nicht wieder einmischt. Die Zuständigkeiten sind hier eindeutig, Frau Hopfner, eindeutig! Habe ich mich klar ausgedrückt?“
„Kommissar Lux und seine Kollegen waren mir bisher eine große Hilfe. Immerhin ist Sanspareil im Kulmbacher Landkreis. Lux kennt nicht nur die Gegend, er wird auch bei vielen Menschen in Kulmbach geschätzt. Das hilft bei unseren Ermittlungen. Die Leute sind einfach aufgeschlossener und hilfsbereiter, gerade dort in den kleinen Dörfern auf dem Land, wenn einer von ihnen sie befragt.“
„Nun gut, von mir aus. Aber keine Alleingänge dieses Herrn! Hopfner, ich verlass mich auf Sie! Die Engelhardt ist eine ganz und gar überaus geschätzte Künstlerin und auch der Fuggmann war nicht ganz unbekannt. Die Saison ist noch nicht mal eröffnet und erst die Festspiele! Wir erwarten wie jedes Jahr Prominenz aus der ganzen Welt und natürlich die Kanzlerin, den Ministerpräsidenten …, ich möchte, dass der Fall möglichst schnell aufgeklärt wird, so eine Presse können wir uns nicht erlauben. Hier, haben Sie das schon gelesen: Giftpfeilmörder auf Schauspielerjagd, wie sich das anhört! Und ich zitiere: „„… das wohl Seltsamste ist jedoch, dass der

Mord sozusagen vor den Augen zweier hochrangiger Polizisten aus Kulmbach und Bayreuth geschah. War dies eine gezielte Aktion, um die Unfähigkeit unserer Polizei zu demonstrieren?"
Unfähigkeit! Ich kann mir die Anrufe der nächsten Tage schon jetzt vorstellen. Also Hopfner, tun sie Ihr Bestes. Ich geh jetzt erst mal zur Staatsanwaltschaft", brüllte der Polizeirat Hopfner ins Ohr und wedelte mit einer Zeitung wild vor ihren Augen, bevor er das Büro echauffiert endgültig zur Erleichterung Sabine Hopfners verließ.
Für einen Moment kehrte Ruhe ein und die Leiterin der Mordkommission konnte wieder durchatmen. Sie kannte Waldmüllers Ausbrüche schon und hatte gelernt, diese zu ignorieren. Und irgendwie hatte die Presse ja recht! Ein Mord direkt vor ihren Augen. Warum war es ihnen nicht gelungen, den Täter sofort in der unmittelbaren Umgebung aufzuspüren? Hopfner konnte spüren, wie nun auch ihr die ersten Zweifel kamen, dass sie professionell und vor allem schnell genug in Sanspareil gehandelt hatte. Sie konnte eine gewisse Wut in sich aufsteigen fühlen. Verdammt! In einem hatte Waldmüller wirklich Recht. Der Fall musste so schnell wie möglich geklärt werden. Sie hatten es vermutlichen mit einem Irren zu tun. Nicht, dass es noch mehr Tote gab!

Elisabeth Engelhardt freute sich. Hier also in der oberfränkischen Provinz hatte sich John verkrochen. Kein Wunder, dass niemand seiner alten Freunde in

München wusste, wo er abgeblieben war. Sein Verleger und dieser Freund von ihm, dieser Frank Gratz, hatten geschwiegen wie ein Grab, als es um die neue Anschrift ihres verschwundenen Exfreundes ging. Sicher, irgendwie konnte sie ihn auch verstehen. Sie hatte vielleicht ein bisschen zu heftig mit diesem oder jenen Kollegen geflirtet, aber John war sie immer treu gewesen, na ja, fast immer, dieser kleine Ausrutscher mit dem französischen Regisseur... Sie würde schon rauskriegen, in welches Loch er sich verkrochen hatte. Dann wäre der Rest nur ein Kinderspiel. Sie hatte sehr wohl die abschätzenden Blicke seiner Begleiter bemerkt. Insbesondere diese Frau, die er im Schlepptau hatte, eine neue Freundin? So wie dieses Landei aussah, war sie ja wohl kaum der Begleitung John Heusingers, des bekannten Schriftstellers, würdig. Nein, sie, Elisabeth Engelhardt, würde sich des vereinsamten Schriftstellers wieder annehmen und ihn zurück nach München in die Szene holen. Heusinger war beliebt, er verfügte über ausgezeichnete Kontakte auch zu Film und Fernsehen. Seine Bücher waren Verkaufsschlager und er wurde geschätzt wegen seiner ruhigen, kompetenten Art, mit den Dingen umzugehen, Heusinger war eben seriös und genoss einen ausgezeichneten Ruf, was sie leider nicht immer von sich sagen konnte. Einen besseren Begleiter könnte sie sich nicht wünschen, um wieder etwas mehr Aufmerksamkeit in den Medien zu erhaschen. Wie hieß noch einmal der kleine, dicke Journalist, der ihr immer nach den

Proben in München aufgelauert hatte, um ein Interview zu ergattern? Sie hatte bestimmt noch irgendwo seine Nummer. Solche Leute konnten hie und da nützlich werden.
Als Elisabeth Engelhardt sich in ihren Sportwagen setzte, konnte sie sich eines Lächelns nicht erwehren. Das Ganze bekam eine außerordentliche Wendung. Sie konnte die Zeilen in der Boulevardpresse schon vor sich sehen: Schriftsteller kehrt endlich aus dem einsamen Exil in die Heimatstadt zurück, talentierte Schauspielerin in seiner Begleitung…

Lisa und Johanna hatten sich nach ihrer Vernehmung auf den Weg in die Eremitage gemacht, während sich Marga Scherzer um ihr Geschäft in der Bayreuther Innenstadt mit Namen Silbermond, in dem man Kräuter, Schmuck und esoterische Literatur erstehen konnte, kümmerte.
Lisa genoss es, ihre Oma einmal außerhalb ihrer gewohnten Umgebung in diesem wundervollen Park für sich alleine zu haben.
Ein schöner Spaziergang in der warmen Sonne war jetzt genau das Richtige, um auf andere Gedanken zu kommen und noch etwas Positives aus dem angefangenen Tag zu machen. So oft kam sie nicht nach Bayreuth, und wenn, dann begab sie sich in der Regel nur in das große Einkaufszentrum oder in die Fußgängerzone, um ihre Einkäufe zu erledigen.
Nachdem sie am Rande der Anlage geparkt hatten, hakte sich Lisa bei ihrer Großmutter ein und die bei-

den Frauen betraten als erstes einen der wundervoll angelegten Laubengänge, durch die zu wandeln es insbesondere an heißen Sommertagen ein Vergnügen war, da die zurechtgeschnittenen Buchenhecken einen kühlenden Schatten warfen.
Die ersten schönen Tage hatten bereits Spaziergänger in die Parkanlage aus dem 18. Jahrhundert gelockt, und wie es schien, waren auch einige Touristen unter ihnen. Im Sommer zur Zeit der Festspiele war es immer wesentlich voller. Dann flanierten nicht nur im Park, sondern auch in der Innenstadt Bayreuths gut gekleidete Menschen von Außerhalb durch die Fußgängerzone und vertrieben sich die Zeit in den Cafés oder mit den Sehenswürdigkeiten der Stadt.
Johanna und ihre Enkelin hatten bereits den Kanalgarten und die Hauptallee der Anlage passiert und bewegten sich gemütlich in Richtung des ehemaligen Wirtschaftsgebäudes, welches nun auch eine Gaststätte mit Biergarten beherbergte. Einige Besucher hatten bereits den Weg dorthin gefunden und widmeten sich, die Sonne genießend, ihren Getränken und den fränkischen Speisen. Nur wenige Gehminuten später hielt das Duo vor einer weiteren Attraktion der Eremitage an: „Schau amol Oma. Des Ruinentheater. Es hod doch a grußa Ähnlichkeid mit dem in Sanspareil?“
„Ja des stimmd. Die Leud homm domols an besonder´n G´schmock g´hobbd. Hosd du eigendlich gewussd, dass a Deil der Onlach, su zum Bei-

spiel die Orangerie und der Sunnadembel im Kriech zerstörd word´n sinn? Sunsd is ja so Einiches hier heil geblieb´m…“

„Ja, devon hob ich g´hörd. Ofd bin ich nuch ned do gewes´n. Irgendwie hod es sich nie su ergeb´m“, antwortete ihre Enkelin.

„Glabbsd du, die krieng die Mörder?“, wollte Johanna nun wissen, der beim Anblick des Ruinentheaters die Geschehnisses des vorherigen Tages wieder allzu deutlich ins Gedächtnis kamen.

„Du kennst doch die Sabine und den Papa. Ich denk, die werd´n ka Ruh geb´m, bis sa die Mörder homm.“

„Ich mach mer hald immer Sorng, dass ihna wos bassierd. Stell der amol vor, der Pfeil hädd an ver uns gedroff´n!“

„Komm Oma, wir gehn weider. Wir genga zur Grott´n. Es werd scho alles gut ausgeh. Alla zwaa sinn Profis und homm guda Teams hinder sich steh. Richtich guda Teams!“

„Ach ja, wos ich dich nuch frong wolld, erzill mer doch nuchamol a bissla wos ver dem nedd´n Polizisdn, dem Sven Maßberger ….“

Johanna hatte sich bei ihrer Enkelin erneut eingehakt, bevor sie sich auf den Weg machten, die Parkanlage weiter zu erkunden.

Die SOKO Sanspareil hatte sich eingefunden. Hopfner blickte zufrieden in die Runde und war froh, sich auf die engagierte und gute Mitarbeit ihres Teams verlassen zu können. Jeder hatte seine Ermittlungs-

ergebnisse vorgetragen. Auch Fritz Lux hatte über seine Recherchen im Umkreis des Tatortes und in der Verwandtschaft von Fuggmann berichtet.
Nun war John Heusinger an der Reihe, der sich zuvor für kurze Zeit mit den rätselhaften Texten zurückgezogen hatte, bevor er nun seinen Kommentar abgab:
„Die ersten Zeilen sind nur sinngemäß, nicht wortwörtlich, dem fünften Gesang der Odysee entnommen. Odysseus ist auf der Insel Ogygia gestrandet und Kalypso hält ihn gegen den Willen der Götter fest. Damit knüpft der Täter an genau die Stelle im Text an, die Fuggmann noch vor seiner Ermordung im Ruinentheater vor unseren Augen zitiert hat. Durch Hermes, den Götterboten, wird Kalypso aufgefordert, Odysseus ziehen zu lassen. Anders als in der Odysee findet der Held von Troja in diesen eigens geschriebenen Zeilen aber seinen Tod. Und auch Telemach, der sich auf die Suche nach seinen Vater begibt, scheint nicht wieder nach Hause zu finden. „Labyrinth" und „Träume" deuten im zweiten Schreiben aber darauf hin, dass der Mann vielleicht sogar noch lebt. So wie es scheint, kündigt der Mörder kurzfristig seine Taten an. Einerseits setzt das Kenntnisse der Literatur, andererseits ein Wissen um die Vorgänge und Verstrickungen im Theater voraus. Der Mörder muss aus dem Umfeld des Theaters stammen, zumindest muss er über ein gewisses Maß an Bildung verfügen. So wie hier ja aufgegriffen wurde, war Reifenberg eventuell für die

Rolle des Telemachs vorgesehen. Das können nur Mitglieder des Ensembles wissen oder Menschen, die den Betroffenen sehr nahe stehen. Auch die Tatsache, dass Fuggmann in Sanspareil probte und sich dort genau dieser Szene widmete, konnte nur ein Insider wissen."

„Es sei denn, er wurde dort ganz gezielt hingelockt", gab nun Fritz Lux zu bedenken.

„Wer könnte der Nächste sein? Warum ist Reifenberg nur „gefangen", warum wurde er nicht auch ermordet?"

„Nun es könnte sein, dass Telemach entweder noch eine Aufgabe zu erfüllen hat oder dass der Zorn der Götter ihm gegenüber nicht so stark ist wie der gegen Odysseus", führte Heusinger seine Überlegungen aus.

„Könnte es noch mehr Opfer geben? Wer könnte da noch in Frage kommen?", brachte nun Kommissar Schmidt seine Fragen vor.

„Nun, Odysseus hat an dieser Stelle in der Odyssee seine Gefährten bereits verloren. Es bleiben ihm nur noch sein Sohn Telemach, der sich auf die Suche nach seinem verschwundenen Vater gemacht hat, und seine Frau Penelope, die auf Ithaka von Brautwerbern bedrängt wird und den Thron ihres Mannes gegen seine Nebenbuhler verteidigen muss", antwortete Heusinger der Kommissarin.

„Aber soweit wir wissen, gibt es keine Frau, müssen wir nun davon ausgehen, dass vielleicht auch

eine Frau gefährdet ist?“, warf nun Ruth Taurich ihre Frage auf.
„Nun, Fuggmann war nicht verheiratet. Vielleicht gibt es irgendwo in der Vergangenheit Fuggmanns Partnerschaften. Wir müssen da noch intensiver recherchieren. Ruth übernimmst du das bitte?“
„Was ist mit dieser Engelhardt? Wie war ihr Verhältnis zu Fuggmann?“
„Elisabeth Engelhardt ist für die Rolle der Kalypso vorgesehen. Sie und auch andere Frauen im Ensemble waren mit Fuggmann liiert, wobei die Engelhardt kein Kind von Traurigkeit ist und im Ensemble dafür bekannt ist, dass sie sich schnell tröstet, wenn es mal wieder nicht mit einer Beziehung geklappt hat. Aber so wie es scheint, hatten die beiden eine engere Beziehung, zumindest früher einmal. Die Engelhardt scheint tatsächlich eine Weile mit dem Opfer in München zusammen gelebt zu haben.“
„Das war früher auch schon so, sie hat sich immer an die Fersen bekannter Persönlichkeiten geheftet“, mischte sich nun Heusinger etwas verhalten ein. Alle warteten gespannt auf weitere Erklärungen des Schriftstellers.
„Ich kenne die Engelhardt aus meiner Münchener Zeit. Sie war nie so richtig erfolgreich und doch verstand sie es immer wieder, sich zeitweilig die richtigen Partner zu suchen, mit denen sie sich in Szene setzen oder ins Gespräch bringen konnte. Jeder Event, jede Preisverleihung, jedes Medienereignis, irgendwie gelang es ihr, ihr Gesicht in die Kame-

ras der Presseleute zu halten. Als Schauspielerin ist sie eher durchschnittlich, wenngleich sie es durchaus versteht, theatralische Aufzüge zu inszenieren, auch im Privatleben."
„Sie waren also näher mit ihr bekannt?", bohrte nun Ruth Taurich weiter nach und Sabine Hopfner war froh, dass ihre Assistentin diesen Part übernommen hatte.
„Ja, sagen wir mal so, ich war für einige Monate ihr ausgewähltes Opfer. Ein mit Preisen ausgezeichneter und gelobter Schriftsteller macht sich halt gut im Gepäck, vor allem dann, wenn man noch zu den in der Münchener Gesellschaft angesagtesten Terminen eingeladen wird".
Sabine Hopfner konnte eine gewisse Verbitterung in Heusingers Stimme heraus hören. War diese Frau mit eine der Ursachen für Johns Refugium auf dem Spitzberg? Er hatte nie sehr viel über seine Zeit in München gesprochen, nur erzählt, dass er nicht mehr in dieses alte Leben zurückkehren wollte. Sie beschloss, dass sie ihn einmal später in einer geeigneten privaten Situation und nicht hier vor allen Mitarbeitern darauf ansprechen würde.
„John, ich danke dir für deine Offenheit. Glaubst du, ich meine, könntest du dir vorstellen, dass Elisabeth Engelhardt einen Mord begehen könnte? Ist sie wirklich so harmlos, wie sie tut, oder ist das alles nur Theater?"
„Ich weiß es nicht. Tut mir leid. Ich kann es dir nicht sagen."

Heusinger schüttelte den Kopf. Sabine konnte sehen, dass es in ihm arbeitete und beließ es erst einmal dabei. So wie es aussah, waren sie noch nicht viel weiter gekommen. Die Proben sollten in kürzester Zeit beginnen. Sie würde sich diese life vor Ort ansehen und die Überwachungsmaßnahmen im Theater noch einmal überprüfen. Sie blickte hinüber zu ihrem Lebensgefährten. Fritz Lux hatte den Ausführungen seines Freundes Heusinger gelauscht und wirkte nachdenklich. Als Sabine ihn ansprach, zuckte er ein wenig zusammen, war jedoch sofort wieder aufmerksam.

„Fritz, was meinst du? Möchtest du mit ins Theater kommen?"

„Ok. Des konn ja ned schod´n, wenn ich mer die Theaterleud amol selber onschau. John werd eh erschd amol zer Marga ins G´schäfd geh. Ich glaab die homm einiches zer besprech´n.".

„Gut. Lass uns fahren. Ich habe so ein ungutes Gefühl. Nicht, das noch einer von denen verschwindet."

11

Heusinger war genervt. Irgendwie und ohne dass er es beeinflussen konnte, hatte ihn sein altes Leben aus München eingeholt. Elisabeth Engelhardt in Bayreuth! Von allen Menschen, die er hier in Oberfranken erwartet hätte, wäre es diese am wenigsten gewesen. Warum hatte Lissie, so hatte er sie immer

mit Spitznamen genannt, warum hatte sie nur ihr gewohntes Terrain verlassen? Da musste es schon einen heftigen Grund geben, wenn diese Frau ihr heiß geliebtes München hinter sich ließ. In der Regel hieß dieser Grund Mann, Geld oder Karriere. Aber irgendwie war es ihr ja immer gelungen, alles effektiv miteinander zu verbinden. Doch er hätte eher auf New York oder auf eine andere Metropole dieser Welt getippt, in welche er seine Exfreundin vermutet hätte, etwas musste schief gelaufen sein. Warum war sie ausgerechnet in Bayreuth gelandet? Hatte sie ihn vielleicht sogar schon eher aufgespürt und war das Getue von vorhin nur vorgetäuscht?
Wenn er ehrlich war: Für einen ganz kurzen Moment, ja für ein paar Sekunden, hatte er beim Anblick der schönen Frau im Polizeipräsidium einen heftigen Adrenalinstoß, eine Aufgeregtheit und den Kick vergangener Tage verspürt, denn er hatte, das musste er zugeben, diese Frau wirklich einmal geliebt. Doch das war vorbei. Schnell waren ihm bei ihrem Anblick andere Bilder in den Kopf geschossen, Bilder von Eifersuchtsszenen, Ausschweifungen, Partys, Drogen, das ganze Programm eben. Und Marga? Ausgerechnet jetzt, wo sie sich gerade erst ein wenig näher gekommen waren, musste Lissie auftauchen. Die Gedanken wirbelten in seinem Kopf herum. Er fühlte sich schlecht.
Es dauerte nicht lange und er hatte das kleine Geschäft von Marga erreicht. Als er es betrat, klingel-

te ein Glöckchen und seine Freundin kam ihm aus einem Hinterzimmer entgegen.
„Ach, du bist es. Komm, magst du einen Tee? Ich habe gerade einen frisch aufgebrüht. Wie war die Besprechung?“
„Die Besprechung war ok, aber so richtig weiter ist die Kripo noch nicht, und ja, ich trinke sehr gerne einen Tee. Ich brauch was zur Beruhigung. Diese Frau, diese Begegnung hat mich total genervt.“
„Möchtest du mir was drüber erzählen?“, wollte Marga ein paar Minuten später wissen, als der Schriftsteller vor einem großen, dampfenden Becher mit Tee saß.
„Weißt du, so viel zu erzählen gibt es da nicht. Ich war mal mit Elisabeth Engelhardt zusammen. Damals in München. Es war ein ganz anderes Leben, ein Leben auf der Überholspur, Partys, Drogen, Alkohol. Es gab vieles, was mich letztendlich aus dieser Stadt getrieben hat. Elisabeth war ein Teil der Geschichte. Ich musste irgendwann die Notbremse ziehen, konnte nicht mehr schreiben. Irgendwie hatte ich mich selber verloren, lebte damals das Leben anderer, ließ mich treiben, mitreißen. Mein Freund Frank hat mir dann den Rat gegeben, mal auszusteigen, woanders hin zu gehen, ich habe sie seitdem nie wiedergesehen“, erklärte John Heusinger seiner Freundin.
„Weißt du, John, ich habe auch schon so manch turbulente Zeit hinter mich gebracht“, erklärte Marga

Scherzer nachdem Heusinger seine Ausführungen beendet hatte.
„Ich befürchte, ich werde der Dame wohl jetzt noch häufiger begegnen."
„Glaubst du, sie wird Kontakt zu dir suchen?"
„So wie ich sie kenne, bestimmt. Ihr Auftritt vorhin lässt vermuten, dass sie nicht mehr sauer auf mich ist. Ich bin damals ziemlich plötzlich aus München verschwunden. Aber Lissie hat es immer verstanden. sich schnell zu trösten. Sie hatte eine Affäre damals, ich habe es durch Zufall erfahren."
„Das tut mir leid. Und, wie schmeckt dir der Tee?", lenkte Marga das Gespräch nun auf ein anderes Thema. „Er soll ausgleichend und beruhigend wirken, ich nenne ihn keltische Mischung."
„Ah, deshalb. Da kommt mein irisches Blut zur Geltung. Ich nehme gleich was davon mit. Die nächste Zeit werde ich vielleicht etwas davon brauchen", kommentierte Heusinger die Teekreation und lachte. Doch so richtig zum Lachen war ihm eigentlich nicht zumute. Wie gut ihm Marga tat. Der Unterschied zwischen den Frauen könnte nicht größer sein. Nicht, dass gerade jetzt in dieser sensiblen Phase ihrer Freundschaft etwas schief ging.
„Glaubst du, die Engelhardt hat was mit dem Mord zu tun?", hatte ihn Marga dann noch gefragt, bevor er sich auf den Heimweg machte. „Nein, ich denke nicht", hatte er geantwortet, doch ganz sicher war er sich da nicht. Lissie hatte immer schon knallhart sein können, wenn sie ihre Interessen durchsetzen

wollte, vor allem, wenn es um ihre Karriere ging. Er würde für sie seine Hand nicht ins Feuer legen. Nein, das würde er nicht!

Die Proben hatten bereits begonnen, als Fritz Lux und Sabine Hopfner das Theater betraten. Kurz checkten sie die Sicherheitsmaßnahmen und befragten die Dienst habenden Kollegen der Polizei Bayreuth, die die Aufgabe übernommen hatten, die Ein- und Ausgänge zu sichern.
Lux hatte noch nie eine Theaterprobe besucht, insofern war das Ganze etwas Neues für ihn. Ohne größere Aufmerksamkeit zu erregen, setzten sich der Kulmbacher Polizist und die Kripobeamtin leise in den Zuschauerraum und beobachteten das Treiben auf der Bühne.
Frederik Hofmeister war anscheinend voll in seinem Element. Obwohl er etwas überdreht wirkte, schien er die Schauspieler gut im Blick zu haben, gab gezielte Anweisungen, unterbrach hier und da die Proben und bewegte sich dabei hektisch hin und her. Zwischendurch wechselte er selber von seiner Regietätigkeit in die des Schauspielerns. Er schien den Part des Odysseus zu mindestens im Rahmen dieser Probe vom Opfer übernommen zu haben, und es wirkte auf den ersten Blick so, als meistere er diese Doppelbelastung ganz zufriedenstellend. Alles schien gut zu laufen. Soweit Fritz Lux verstand, wurde gerade eine Szene auf Ithaka gespielt: Penelope, die Gattin Odysseus, wurde von Freiern be-

drängt. Sabine Hopfner erkannte die Schauspielerin mit den roten Haaren in der Rolle Penelopes und wies ihren Begleiter darauf hin.
„Das ist Monika Kirchner, sie war mal mit Fuggmann liiert. Ich glaube, es gibt hier so einige, die nichts von unserem Opfer hielten."
„Nun, das muss nichts heißen. Ich vermute, gerade unter Künstlern gibt es viel Konkurrenz und …"
„Ja, aber auch Solidarität!", hörten sie eine Stimme hinter sich sagen. Elisabeth Engelhardt war unbemerkt hinter sie getreten und hatte wohl die letzten Worte mit angehört.
„Frau Engelhardt! Ist das wirklich so, gibt es Solidarität unter den Schauspielern?" Sabine hatte blitzschnell reagiert, indem sie die Äußerung sofort aufgriff, ohne darauf einzugehen, dass sie in ihrem vertrauten Gespräch mit Fritz Lux gehört worden war.
„Nun, wir sind nicht so schlimm und exzentrisch wie wir immer erscheinen. Viel ist wirklich Schauspielerei. Es ist nicht immer leicht, die Grenze zwischen Bühne und Realität zu setzen. In jedem Fall liegen uns theatralische Gesten. Eine Berufskrankheit. So, ich glaube, gleich bin ich dran." Mit diesen Worten wandte sich die Schauspielerin ab und bewegte sich in Richtung Hofmeister, der sie sichtlich erfreut und überschwänglich begrüßte.
„Glaubst du, sie spielt uns eine Rolle vor? Das wirkte doch gerade sehr echt", wollte Sabine Hopfner nun von ihrem Lebensgefährten wissen.

„Nun, ich bin mir nicht sicher. Ich kenn mich mit dieser Sorte Mensch nicht aus. Aber ich weiß, wer dazu was sagen könnte“, antwortete Fritz Lux.
„John! Du könntest ihn vielleicht wirklich noch mal auf Engelhardt ansprechen. Ihr seid gut befreundet. Bei so einem heiklen Thema redet es sich unter Männer leichter. Ich denke, das ist ein schwieriges Thema. Es wäre nett, wenn du das übernehmen könntest. Ich hatte da eh schon an dich gedacht. Ich wollte ihn nicht so gerne während der Dienstbesprechung ausfragen. Ich glaube ihm ist das ganze Thema sehr unangenehm.“
„Ich fahr späder hin. Da schau, sie hat jetzt ihren großen Auftritt.“
Die beiden schauten nun gespannt auf die Bühne. Die schöne Meernymphe Kalypso hatte die Bühne betreten. Alles an ihrer Mimik, Gestik und Sprache dienten nur dem einen Zweck, diese Person, diese Rolle zu verkörpern. Fritz Lux musste sich eingestehen, dass er die Frau unterschätzt hatte. Elisabeth Engelhardt war Kalypso!
Das einfach geschnittene Gewand schmeichelte ihrer Figur, man konnte erkennen, dass die Schauspielerin sich ihrer Ausstrahlung durchaus bewusst war. Frederik Hofmeister wirkte dagegen auf einmal farblos und langweilig, obwohl er sich alle Mühe gab, den Odysseus weiter zu mimen. Irgendetwas war falsch, nicht stimmig an der Szene, dachte Sabine Hopfner. Und wirklich! Es hatte nur einige Minuten gedauert, da unterbrach die Schauspielerin ihre Darstellung.

„Nein Frederik, das ist wirklich keine gute Idee. Du als Odysseus. Dein Job ist die Regie. Du kannst doch nicht beides leisten. Ich seh dich so nicht…, nein, ich seh dich nicht als Odysseus, oh wenn Max nicht …“ Engelhardt war in Schluchzen ausgebrochen. Frederik Hofmeister stand vor ihr und wedelte hilflos mit seinen Armen umher:
„Elisabeth, komm du bist Profi. Reiß dich zusammen. Wir alle vermissen Max, aber …“
„Nicht alle…“, echote es aus der Gruppe der versammelten Schauspieler.
„Wer hat das gesagt?“, wollte der Leiter des Ensembles nun an die Truppe gewandt wissen. „Wer?“
„Ich“, gestand ein gut aussehender jüngerer Mann, den Sabine Hopfner als Tom Friedrich identifizierte.
„Max ist tot. Wir sollten das lassen. Besinnt euch auf eure Professionalität, verdammt noch mal.“ Hofmeister hatte nun laut und bestimmt gesprochen.
„Ist doch wahr. Diese ganze Heuchelei. Wir alle wissen doch was Fuggmann für´n Arschloch war“, tönte nun ein anderer.
„Ja, er hat das Ganze hier eh nur als Sprungbrett für die große Fernsehkarriere gesehen“, rief ein weiteres Ensemblemitglied dazwischen. Und die Frau mit den roten Haaren fügte hinzu: „Wir wissen doch alle, dass Max jeden, der ihm in die Quere kam, auf irgendeine Weise ausnutzte.“
Sabine Hopfner war aufgestanden und hatte sich weiter nach vorne in die Mitte der diskutierenden Leute begeben.

„Halt! Ich denke wir sollten das Gespräch in kleinerer Runde fortsetzen. Es ist wichtig, dass wir möglichst viel über Fuggmann erfahren. Es nützt uns bei unseren Ermittlungen nichts, wenn sich alle hier nur in Andeutungen und Streitigkeiten ergehen. Ich denke, es ist auch in Ihrem Interesse, wenn der Mord möglichst schnell aufgeklärt wird“, gebot Sabine Hopfner dem nun anschwellenden Streit Einhalt. Doch gerade als sie aufgestanden und sich nach vorne in Richtung Bühne bewegte, gab es einen lauten Knall. Sofort war es totenstill. Keiner sprach mehr ein Wort. Dann ein Schrei!
Frederik Hofmeister lag getroffen auf der Bühne. Ein Teil des Bühnenbildes aus schweren Holzplatten war umgestürzt und hatte den Intendanten von den Beinen gefegt. Blut rann aus einer Kopfwunde und beschmutzte die Bühnendielen. Laut stöhnend und mit schmerzverzerrtem Gesicht bot der Mann einen erschreckenden Anblick. Für einen Moment schienen alle erstarrt. Fritz Lux war der erste, der sich in Richtung des Regisseurs bewegte. Nach einer kurzen Untersuchung stellte er fest: „Ich glaub, es ist nicht so schlimm. Schnell Sabine, schau dort in die Kulissen! Ich rechts, du links rum. Sie da, rufen Sie einen Arzt, sofort!“
Alles war furchtbar schnell gegangen. Der Mann war verletzt, schien aber auf den ersten Blick nicht in Lebensgefahr zu sein.
Auf ein Zeichen hin nahm nun auch Sabine Hopfner ihre Dienstwaffe heraus, die Fritz Lux bereits

in der Hand hielt. Jeder der beiden wandte sich nun einer Seite der Bühne zu und bewegte sich in Richtung Kulisse. Wenn die Kollegen an den Türen ihren Posten nicht verlassen hatten, dann müssten sie den Verursacher finden. Fritz Lux atmete tief durch.

Ruth Taurich hatte, soweit es ihr möglich war, Informationen über Max Fuggmann zusammengetragen. Laut Auskunft des Bayerischen Rundfunks war es anscheinend wirklich so, dass der Ermordete für die Rolle eines verschrobenen Kommissars in einer neuen Heimatkrimireihe eines bekannten Regisseurs vorgesehen war. Auch die Frage nach Elisabeth Engelhardt war zu ihrer Verwunderung positiv beantwortet worden. Auch diese sollte für diese neue Reihe angeheuert werden. Doch unterschrieben waren die Verträge noch nicht. Ruth Taurich würde ihre Chefin darüber informieren. Mit Sicherheit würde diese die Schauspielerin auf die Zusammenhänge ansprechen. Markus Schmidt betrat den Raum. Kurz informierte sie ihn über ihre Recherchen.
„Ich habe nochmals mit der Haushälterin von Reifenberg gesprochen. Die Dame war etwas gesprächiger, nachdem sie deutlich darüber informiert wurde, dass Lebensgefahr für Reifenberg besteht. Sie hat von regelmäßigen Männerbesuchen gesprochen. Angeblich immer verschiedene, aber auch Hofmeister will sie regelmäßig gesehen haben. Oft musste sie am nächsten Morgen jede Menge Weinflaschen beseitigen."

„Hofmeister bei Reifenberg zu Hause? Nun, die beiden mussten vielleicht Berufliches besprechen, immerhin ist Reifenberg der Assistent der Theaterintendanz."
„Ja, es könnte aber auch mehr dahinter stecken!"
„Du meinst, eine Beziehung?"
„Könnte doch eine andere Variante sein. In jedem Fall sollten wir das in Betracht ziehen."
„Wenn wir wenigstens schon mal ein Motiv hätten!"
„Warum ermordet man einen Schauspieler? Nun, entweder rein persönliche Gründe wie Eifersucht, Hass, Rache oder was Berufliches, ein Konkurrent, der ihn loswerden wollte."
„Ja und dann gibt es noch die Variante mit dem Verrückten, der auszog, Schauspieler zu ermorden."
„Du meinst es könnte ein völlig Unbekannter sein? Jemand der nichts mit der Truppe zu tun hat? Ein Zuschauer vielleicht?"
„Nun es ist zwar eher unwahrscheinlich, aber warum nicht? In jedem Fall muss sich der Täter gut mit dem Theater und mit den Tagesabläufen der Schauspieler auskennen."
„Hallo Leute, ich habe da was", unterbrach nun Lindner das Gespräch der beiden SOKO Ermittler.
„Was gibt´s?"
„Hier, eine Anzeige, ist schon älter. Fuggmann hat einen Volker Merting wegen Stalking angezeigt. War noch in München. Er hat eine einstweilige Verfügung erwirkt, dass der Mann sich ihm bis auf weiteres nicht mehr nähern darf."

„Super! Das ist doch schon was. Hast du schon ein Foto?“
„Ja. Soll ich davon Vervielfältigungen machen?“
„Das wäre nicht schlecht. Und versuchen wir erst mal heraus zu bekommen, wo der Mann sich momentan aufhält.“
Eine erste Spur. Vielleicht hatten sie ja Glück. Ruth Taurich war erleichtert. Immerhin könnten sie jetzt gezielter ermitteln. Als das Telefon klingelte und Sabine Hopfner sie über den Anschlag im Theater informierte, war ihre gute Laune sofort wieder verflogen. Wenn das so weiter ging, würde sie den Urlaub mit ihrem neuen Freund aus Kulmbach ganz vergessen können. Der Fall wurde immer komplizierter. Hatte sie gerade noch vor wenigen Minuten Hofmeister in Verdacht, so hatte sich das jetzt wohl erübrigt. Vielleicht war da ja wirklich ein Verrückter unterwegs, der Schauspieler nicht leiden konnte.

12

Heusinger war froh, wieder daheim zu sein. Schon alleine die Fahrt mit seinem Wagen bis nach Schimmendorf hatte er genossen. Auch freute er sich auf Connor. Am besten würden sie gleich losziehen, um einen ausgiebigen Waldspaziergang zu machen. Das würde ihm gut tun und er könnte wieder einen klaren Kopf bekommen.

Marga hatte wirklich so reagiert, wie er es erwartet hatte. Sie war eine gute Zuhörerin und er hatte ihr so einiges, wenn auch nicht alles, aus seiner Münchener Zeit und seiner Beziehung mit Elisabeth Engelhardt erzählen können. Ihm war ein Stein vom Herzen gefallen. Die Aussprache war ihm wichtig gewesen.
Endlich zu Hause! Der Anblick des kleinen Waldbauernhäuschens versetzte ihn in eine Art Euphorie. Ja, es war die richtige Entscheidung gewesen, hierher zu ziehen: Das Schreiben gelang ihm mühelos, seitdem er die Kraft der Natur um sich herum zu seiner Entspannung nutzen konnte. Ja, all das hier war gut so wie es war.
Connor begrüßte ihn bereits an der Tür. Schnell schnappte er sich seine alte englische Wachsjacke, die immerzu an einem Nagel hinter der alten Eingangstür griffbereit hing und entließ seinen Hund in den kleinen Bauerngarten, den er sich in mühevoller Arbeit selber angelegt hatte und der nun dringend wieder auf Vordermann gebracht werden müsste. Schnell wechselte er noch seine Schuhe, ein Blick in den alten Emailleherd, noch frisches Wasser in den Kessel für die obligatorische Tasse irischen Tees und dann nichts wie los! Ein Vormittag in der Stadt hatte erst einmal gereicht. Er brauchte frische Luft!
Als er wenige Minuten später den Weg auf der Kuppe des Spitzberges in Richtung Kirchlein einschlug, fühlte er sich sofort frei. Es roch einfach herrlich nach Wald. Aus dem Boden sprossen überall hellgrüne frische Grashalme hervor. Für einen Moment

schien es ihm so, als leuchtete ihm der Weg regelrecht entgegen. Das dichte Blätterdach der alten Buchen hatte etwas Schützendes, etwas Behütendes, und Heusingers Schriftstellerseele formte neue Gedanken für unbeschriebenes und noch jungfräuliches Papier. Wie einfach es doch war, die richtigen Worte zu finden, hier draußen in der Geborgenheit seiner Spitzbergwelt! Doch er musste auf der Hut sein. Die Welt da draußen machte auch vor seiner Tür, vor seinem Leben hier nicht halt. Lissie war der beste Beweis dafür. Fast war er sich schon sicher, dass sie ihn hier aufspüren würde. Er blickte sich um. Connor war wieder einmal im Wald verschwunden. Manchmal hatte Heusinger Angst um seinen noch jungen und übermütigen Landseer, denn es gab hier auch überall Wildschweine. Nicht, dass sein Hund sich noch mit einem dieser manchmal doch gefährlichen Tiere anlegen würde. Doch bis jetzt war alles gut gegangen und auch sein Garten war bisher von dem Borstenvieh verschont geblieben. Ab und zu mal ein Reh, ein Fuchs oder Kaninchen, das waren die Tiere, die er in der Regel in seinem Garten oder hier am Berg vorfand. Auch hatte er schon einmal Marder gesichtet und im Herbst konnte er die fleißigen Eichhörnchen beim Anlegen ihrer Futternester beobachten. Eine Zeit hatte sich das Gerücht gehalten, ein Luchs wäre für den Tod eines Schafes verantwortlich gewesen, doch Heusinger hatte so ein Tier noch nie in der freien Natur gesehen. Ein Jäger hatte ihm einmal davon berichtet, dass er die scheue

Raubkatze mithilfe einer seiner im Wald installierten Minikameras drüben im Wald in der Nähe von Kupferberg festgehalten und die Bilder auf dem heimischen Laptop abgerufen hatte. Die Technik hatte halt auch hier ihren Einzug gehalten. Selbst im Bayerischen Wald, so hatte er einmal gelesen, war es eher unwahrscheinlich, einem dieser unglaublich scheuen Tiere von Angesicht zu Angesicht zu begegnen. Wie wunderbar hatte die Natur es doch eigentlich eingerichtet bevor der Mensch so vieles zerstört hatte. Jedes Tier und jede Pflanze hatten ihre Bestimmung und eines hatte er jedenfalls hier droben auf seinem Spitzberg gelernt: Man durfte die Natur nie unterschätzen. Sie hatte ihre für den Menschen gefährliche, aber auch eine gute, heilende Seite. Allein der Ausblick hinunter auf die Felder und die frische Luft waren ihm immer wieder eine Wohltat.

Doch wie unbarmherzig konnten die Herbststürme sein, wie bitterkalt die Winter, wie nass die Frühjahrsregen und wie schnell war der Main dort unten über die Ufer getreten, wie oft hatte das nasse Element die Dörfer in der Nähe des Flusses überflutet und sogar brave Bäche zu reißenden Fluten werden lassen.

Der Spaziergang hatte ihm wieder einen klaren Kopf verschafft. Doch die Luft hatte sich kaum merklich verändert. Vielleicht würde noch ein Sommergewitter später am Abend heraufziehen. Es war Zeit heimzukehren, denn er wollte nicht im Wald von diesem Naturschauspiel überrascht werden.

Als er nach drei Stunden gut gelaunt wieder auf sein Bauernhaus zusteuerte, konnte er bereits von weitem den alten Passat seines Freundes Fritz Lux erkennen. „Gut, dass ich immer heißes Wasser auf dem Herd habe. Fritz wird sich sicher schon bedient haben. Komm Connor, wir haben Besuch“, spornte der Schriftsteller seinen Hund an, die letzten Meter des Waldweges zügig zu bewältigen.

Reifenberg hatte das Gefühl als drehe sich alles um ihn herum. Da, hatte er ein Geräusch gehört? Ja, wirklich, er hatte sich nicht getäuscht! Ein Scharren, eine Art Quietschen. Für einen Moment sah er einen Lichtschein unter der Tür seines Verlieses. Dann spürte er den kalten Luftzug und ein grelles Licht blendete ihn, so dass er zunächst überhaupt nichts erkennen konnte. Nur allmählich und mit vorgehaltener Hand erkannte er einen schemenhaften Umriss. Zeus, der Göttervater, war auf die Erde zurückgekehrt.

Sabine Hopfner hatte Verstärkung angefordert. Die Kriminaltechnik hatte die Kulissen im Theater untersucht und ihr die Ergebnisse der ersten Sichtung mitgeteilt. Jemand hatte die Halterungen der schweren Holzkulissen, auf denen reliefartige und mit Hilfe von diversen Materialien gestaltete Felsen den Zuschauern das Bild der antiken Landschaft und der Toteninsel Ogygia vermitteln sollten, gelöst. Ob sie durch Zufall durch Vibrationen auf der Bühne, oder

durch ein gezieltes Umstoßen umgestürzt waren, konnte noch niemand sagen. Doch Sabine Hopfner hatte so wie alle anderen Anwesenden niemanden hinter der Kulisse bemerkt. Der Bühnentechniker hatte sich direkt vor der Bühne und in der Nähe anderer Schauspieler befunden als es krachte. Auch er hatte keine Erklärung für das Unglück. Vehement verteidigte er seinen Standpunkt: „Frau Kommissarin, ich sage Ihnen doch, ich habe erst heute Morgen alles noch einmal durchgecheckt“, verteidigte er seine Berufsehre.
„Nun, sind Sie sicher, dass Sie auch die Metallhaken der Stellwände kontrolliert haben?“
„Ich habe nicht fest daran gerüttelt, wenn Sie das meinen“, antwortete der Techniker etwas pikiert.
„Es könnte also durchaus sein, dass Sie es auf Ihrem Kontrollgang nicht bemerkt haben, dass die Haken gelöst waren?“
„Ich bin nicht auf eine Leiter geklettert, wenn Sie das meinen. Die Befestigungen sind ja doch ziemlich weit oben. Die unten am Boden sahen ganz normal aus. Ich habe nichts Außergewöhnliches bemerkt.“
„Ist Ihnen sonst in der letzten Zeit mal etwas aufgefallen? Gab es Fälle von Sabotage, unerklärliche Unfälle, irgendwas in der Art?“
„Nun es gibt immer mal Pannen. Ab und zu streikt das Licht oder es klemmt der Vorhang, Probleme gibt es immer mal, je nachdem wie beansprucht das Material ist. Aber ist ja mein Job, alles in Schuss zu halten.“

„Also keine gefährlichen Situationen auf der Bühne für die Schauspieler?"
„Nun, wenn Sie mich so fragen, ich war nicht dabei, aber man hat mir erzählt, ein Schauspieler wäre fast vor einigen Wochen in ein offenes Loch in der Bühne gestürzt."
„Wie war das möglich?", hakte Hopfner nach.
„Normalerweise sind alle Abdeckungen verschraubt und sicher. Wenn ich Wartungsarbeiten mache, dann muss ich manchmal unter die Bühne. Da liegen Leitungen und so…"
„Hatten Sie denn in dieser Zeit Wartungsarbeiten vorgenommen?"
„Nein, das ist es ja. Auch war wohl keine Fremdfirma am Werk. Manchmal müssen wir Elektrofirmen oder Installateure von außen kommen lassen."
„Wer war der Schauspieler, wurde er verletzt?"
„Nein, er wurde nicht verletzt. Jemand hat ihn wohl im letzten Moment festgehalten. Ich glaube es war Max Fuggmann, der fast gestürzt wäre."
Sabine Hopfner war wütend. Hätte Hofmeister ihr nicht von diesem Vorfall erzählen können? Vielleicht hatte sie aber auch nicht zielgerichtet genug bei den Verhören nachgefragt. Der Intendant war nicht lebensgefährlich verletzt worden und würde vermutlich mit ein paar Prellungen davon kommen. Er würde laut Aussage des Notarztes einige Tage im Krankenhaus verbringen müssen. Sie würde noch einmal dorthin in die Blaich fahren, um ihn auf diesen Vorfall anzusprechen. Wenn das nicht purer Zu-

fall war, dann hatte man vielleicht schon zuvor einen Anschlag auf Fuggmann verübt. Und was hatte Reifenberg mit der Sache zu tun? Warum hatte man ihn entführt, oder war er bereits tot?
Fragen über Fragen schwirrten in ihrem Kopf herum. Sie würde später noch einmal mit ihren engsten Mitarbeitern alles Schritt für Schritt durchgehen. Lag die Lösung in der Odyssee, oder war diese nur theatralisches Beiwerk für einen Mord, um die Spur in Richtung der Schauspieler zu lenken? Wenn sie es sich recht überlegte, bildeten die Schreiben und die Wahl des Tatortes einen fast zu offensichtlichen Hinweis auf einen Täter, der irgendwie mit dem Theater in Verbindung stand. Und dann der Giftpfeil? Vielleicht war auch das eine falsche Fährte?
Auf dem Weg zur Klinik in der Albert-Schweitzer-Straße hatte sie mehrere Varianten gedanklich durchgespielt. Vielleicht könnte Hofmeister ja noch einen Hinweis geben. Ein Blick auf die Uhr sagte ihr, dass es wieder spät werden würde. Doch wenn sie es irgendwie hinkriegen könnte, würde sie in Danndorf auf dem Hof der Familie Lux übernachten. Sie hatte zwar immer noch ihr Appartement in Bayreuth, doch es hatte etwas wirklich Romantisches, die ersten Sonnenstrahlen des Tages mit Blick auf den Spitzberg zu genießen und dazu noch mit Fritz neben ihr aufzuwachen. Noch wohnten sie nicht wirklich zusammen, wenngleich Fritz ihr signalisiert hatte, dass sie jeder Zeit einziehen könnte. Auch Lisa, Johanna und Christian waren ihr wirklich wohlgesonnen und

sie fühlte sich unendlich wohl in der Familie. Für einen Moment kam ihr Christian, Fritz Sohn, in den Sinn, der ihr bei den Ermittlungen zum Herrenstein-mord sehr geholfen hatte. Es würde noch ein paar Tage dauern bis der leidenschaftliche Bergwanderer von seinem Kurzurlaub nach Hause kehren würde. Ja, Fritz hatte etwas zu bieten, was sie als Single in den letzten Jahren vermisst hatte: eine richtige Familie. Sabine Hopfner unterbrach ihre Überlegungen. Sie hatte die Klinik erreicht.

13

„Dei Tee, einfach gud. Und der Kuch´n! Wos is´n des?“, begrüßte Fritz seinen Freund John in dessen Haus auf dem Spitzberg.

„Tja, das ist ein altes Rezept aus meiner irischen Familienhälfte. Guinness-Kuchen, nur, dass ich ihn hier mit gutem Kulmbacher Kellerbier backe. Ich hatte mal wieder ein bisschen Sehnsucht. Außerdem hält der sich ewig und passt gut zu meinem Tee! Findest du nicht auch?“

„Du hosd Rechd. Wunderbor. Derf ich nuch a Stück nehma?“

„Bedien dich nur. Du bist doch nicht wegen meines Bierkuchens hierher gekommen. Was ist los?“

„Soch amol, wos hod´s´n mit der Engelhardt auf sich? Gibbds so irgendwos, wos Sabine in ihr´n Ermittlungen weiderhelf´n könnt?“

„Ah, sie hat dich also vorgeschickt?“
„Naja, song mer mol su, sie hod gemaand, dass a G´spräch under Männern ned schod´n könnt. Sie hod gedochd, vielleichd is´ der des Thema unongenehm.“
„Nun, du bist nicht der Erste, dem ich etwas über meine frühere Beziehung zu Lissie erzähle. Marga hab ich schon so Einiges erzählt. Also gut, pass auf…“
John Heusinger wiederholte seine Ausführungen über sein altes Leben in München und seine Beziehung zu der schönen Schauspielerin, die er zuvor schon Marga in Bayreuth gegeben hatte. Fritz Lux lehnte sich mit seiner Tasse heißen Tee zurück und lauschte dem Bericht seines Freundes ohne ihn zu unterbrechen. Dann stellte er die obligatorische Frage, die der Schriftsteller auch von ihm so erwartet hatte: „Und, trausd du ihr an Mord zu?“

Ruth Taurich und Markus Schmidt hatten so gut es ihnen in der kurzen Zeit möglich war Informationen über den Stalker Volker Merting gesammelt. Gemeldet war er noch in München, doch eine Überprüfung durch Kollegen vor Ort hatte den Mann bisher noch nicht auftreiben können.
„Fuggmann ist irgendwie ein Rätsel. Was macht der Mann hier in der Provinz, wenn er Aussichten auf einen Job in einer Filmproduktion des BR hat? Glaubst du, dass er hier nur eine gewisse Zeit überbrücken

wollte, oder gab es gar private Gründe?“, gab Ruth Taurich ihre Frage an Markus Schmidt weiter.
„Keine Ahnung. Aber das mit Reifenberg ist seltsam. Der hängt da irgendwie mit drin. Was hältst du davon, wenn wir mal diese Schauspieler WG in Reifenbergs Miethaus aufsuchen. Mich hat immer interessiert, wie Schauspieler so wohnen.“
„Gute Idee. Vielleicht plaudern die einmal etwas mehr aus dem Nähkästchen“, stimmte Ruth Taurich ihrem Kollegen zu und fuhr fort: „Ich informiere noch unsere Chefin und habe noch einige Telefonate zu erledigen, dann kann es nachher losgehen“.

Sabine Hopfner war richtig sauer. Frederik Hofmeister hatte sich selbst nach einer kurzen Untersuchung auf eigene Verantwortung entlassen. Keiner hatte es für notwendig gehalten sie darüber zu informieren. Andererseits war sie auch selber schuld. Sie hätte den Intendanten sofort unter Polizeischutz stellen lassen sollen. Hofmeister war auf und davon. Nachdem sie ihre Wut an einem etwas eingeschüchterten Oberarzt in guter direkter Ruhrpottmanier ausgelassen hatte, ging es ihr besser. Manchmal, nur ganz selten ging das Temperament etwas mit ihr durch, vor allem dann, wenn sie auf Inkompetenz und Dummheit stieß. Beides in Kombination konnte sie zur Weißglut treiben. Oft hatte sie von Angesicht zu Angesicht mit Waldmüller gestanden und hatte sich extrem zügeln müssen um nicht ausfallend zu werden. Aber so ganz konnte sie ihre direk-

te Art ihrer ehemaligen Landsleute oben im Norden nicht verleugnen. Diplomatie war noch nie ihre Stärke gewesen, dennoch hatte sie in den letzten Jahren dazu gelernt. Nicht immer hatte es sich als nützlich heraus gestellt, seine Meinung direkt und ohne Umschweife kund zu tun. Nun denn, wenn andere Leute Spielchen spielen konnten, auch sie hatte ihre Lektion in dieser Kunst bereits gelernt. Doch eines war ihr nach wie vor wichtig, sie würde immer ihre eigene Meinung vertreten und nicht irgendwelchen Vorgesetzen nach dem Mund reden. Immer wieder hatte sie Opportunisten getroffen, die sich vorzüglich darauf verstanden, ihren Chefs zu schmeicheln. Nein, das war nicht ihr Ding, viel wichtiger war es ihr, eine gute, solide und kompetente Arbeit abzuliefern. Und dennoch, sie hatte erlebt wie Vorgesetzte auf die Schmeicheleien irgendwelcher unfähigen Leute herein gefallen waren.
Doch was diesen Punkt anging, so glaubte sie ihre Truppe fest im Griff zu haben. Alle in ihrem Team wussten, dass es niemandem nützen würde, ihr als Leiterin der Abteilung nachzuplappern. Sie hatte Ihren Mitarbeitern klipp und klar mitgeteilt, dass sie sowohl Professionalität in Form konstruktiver Kritik als auch Loyalität von jedem Einzelnen erwartete.
Gerade als sie ihr Team in der SOKO kontaktieren wollte, klingelte ihr Handy. Ruth Taurich informierte sie über die neusten Erkenntnisse und ihr Vorhaben, die Schauspieler WG aufzusuchen.

„Gut ich bin einverstanden. Ich werde mir nochmal das Reifenberghaus vornehmen. Vielleicht zeigt sich die Haushälterin einsichtig und plaudert ein wenig aus dem Nähkästchen und führt mich im Haus herum. Ansonsten brauchen wir einen Durchsuchungsbeschluss. Irgendwo muss es doch einen Hinweis auf den Grund der Entführung geben. Ich bin sicher, Reifenbergs Verschwinden hat etwas mit dem Mord an Fuggmann zu tun. Irgendwo gibt es da eine Verbindung."
Nachdem sie das Telefonat beendet hatte, lenkte Sabine Hopfner ihren Wagen in Richtung des Bayreuther Festspielhauses. Eine teure Wohngegend: Hier in den umliegenden Straßen, die mit ihren Namen wie „Nibelungenstraße" und ähnliche Bezeichnungen an die großen Opern Wagners erinnerten, reihten sich Villen an Villen, eine größer und schöner als die andere. Auch Reifenberg hatte eine dieser Villen in der Nähe des bekannten Aufführungsortes der Opern des Lieblingskomponisten König Ludwigs zu seinem Refugium gemacht. Seltsam, dass ein Mann, der augenscheinlich über genügend Geldmittel verfügte, den Laufburschen für so einen Typen wie Hofmeister machte.
Hoffte er vielleicht auf den großen Durchbruch und sollte Hofmeister ihm gar dabei helfen? Oder war das Theater nur ein Zeitvertreib, eine Art Hobby für den wohlhabenden Adeligen?

Die Haushälterin hatte eine Parterrewohnung in der Villa. Sabine Hopfner klingelte und eine Dame von etwa Sechzig öffnete ihr die Tür.
„Guten Tag. Frau Hübner? Ich bin Hauptkommissarin Sabine Hopfner von der Kripo Bayreuth. Wir haben uns noch nicht persönlich kennengelernt, aber soweit ich weiß, haben Sie schon mit meinen Kollegen gesprochen. Ich hätte noch ein paar Fragen. Darf ich eintreten?"
Die Frau zögerte etwas, doch dann öffnete sie die Tür ganz und ließ Sabine Hopfner ein.
„Ich habe Ihren Kollegen doch schon alles gesagt. Ich kann Ihnen nicht weiterhelfen. Mir ist das Ganze ein Rätsel. Ich bin leider in der Küche zugange. Ich habe was auf dem Herd stehen…"
Sabine Hopfner folgte der Frau und sofort zog ihr dieser köstliche Duft frisch gebratener fränkischer Bratwürstchen in die Nase.
„Wissen Sie, ich mach mir immer um die Zeit etwas zu Essen. Die sind ganz frisch von meinem Lieblingsmetzger und das Kraut mach ich immer selber. Wollen Sie mal kosten? Es ist genug da. Ich hätte da auch noch eine frische Gemüsesuppe, a Schnitzla."
Sabine Hopfner zögerte. Erst jetzt merkte sie wie hungrig sie eigentlich war. Sie war zwar im Dienst, andererseits hatte sie die Erfahrung gemacht, dass die Leute in ungezwungenen Situationen bei einem Glas Bier oder etwas Ähnlichem viel gesprächiger waren.

„Gern, aber nur wenn Sie wirklich etwas übrig haben.“
„Sie sind aber nicht von hier, das kann man gut hören. Ich vermute Sie kommen aus nördlicheren Gefilden, oder etwa nicht?“, wollte die Haushälterin nun wissen.
„Ja, Sie haben ganz Recht. Ich komme aus Nordrhein-Westfalen, aus dem Ruhrgebiet. Ich lebe erst seit einigen Jahren in Oberfranken und habe bereits die gute Küche und die netten Leute hier schätzen gelernt.“
„Das Ruhrgebiet, das kenne ich auch. Meine Mutter stammte von da. Ist als junges Mädchen nach Bayern verschickt worden, damals, als dort droben alles in Schutt und Asche gelegt wurde. Ihre Eltern sind umgekommen. Sie hat dann später hier geheiratet. So bin ich hier geboren.“
„Mmmh, die sind wirklich gut“, gab Sabine Hopfner zu verstehen, während sie ein Paar Bratwürstchen verdrückte.
„Ich weiß, Sie sind schon befragt worden, aber wir versuchen verzweifelt Ihren Chef, den Herr Reifenberg, zu finden, doch bisher noch keine Spur. Fällt Ihnen noch irgendetwas ein, hat es irgendwelche seltsamen Vorfälle gegeben?“
„Nein, eigentlich nicht. Der Herr Reifenberg war wie sie halt alle so sind, die Schauspieler, etwas extravagant, manchmal auch ein bisschen nervös, na ja, kein Wunder bei dem Umgang…, aber seine Familie, seine Familie ist ganz anders. Einmal, das ist

aber schon eine Weile her, da war sein Bruder hier, aber ich glaube der Herr Reifenberg war froh, als dieser wieder fort war."
„Gab es denn Streit?"
„Nun Streit, ich würde es nicht ganz so nennen, aber etwas laut unterhalten haben sich die beiden schon. Ich lausche ja nicht, aber die beiden haben so laut gesprochen, dass ich es nicht überhören konnte, es ging wohl um, na ja, sagen wir mal die Männerbekanntschaften von Herrn Reifenberg."
„Und was war mit den Schauspielkollegen? Kamen die oft hierher?"
„Ja regelmäßig. Eigentlich jedes Wochenende. Herr Reifenberg hat sich immer hinterher bei mir entschuldigt für den Lärm und so, hat aber extra eine Putzfrau für die groben Arbeiten eingestellt, denn manchmal sah es wirklich fürchterlich aus nach diesen Treffen."
„Was haben die den da so gemacht? Kennen Sie die Leute mit Namen?"
„Nun der Herr Hofmeister war da und die Leute aus der Schauspieler WG, dann diese hübsche Schauspielerin, die Frau Engelhardt, ich kann mich noch gut an die letzte große Weihnachtsparty erinnern, droben im Wintergarten, wollen sie das Haus mal sehen?"
Sabine Hopfner hatte gehofft das Haus noch nach einem Hinweis durchsuchen zu können, die Dame war gesprächig und zeigte sich anscheinend inter-

essiert, ihr bei der Lösung des Falles behilflich zu sein. Gern ging sie auf das Angebot ein.
„Hier schauen Sie, ist der Wintergarten nicht schön?“, wollte die Haushälterin einige Minuten später von der Kripobeamtin wissen, nachdem sie die Wohnung des Vermissten betreten hatten. Sabine Hopfner schaute sich um. Die alte Architektur des Hauses war weitgehend erhalten, auch die edlen Holzvertäfelungen und die bunt verglasten Jugendstilfenster unterstrichen das Mondäne des Wohnortes. Erstaunlicherweise waren die Räume modern, ja fast spartanisch mit teuren Designermöbeln eingerichtet, wodurch es ihnen irgendwie an Wärme und Gemütlichkeit fehlte, kam es Sabine Hopfner während der Begehung in den Sinn. Einzig allein der Wintergarten wirkte wie ein exotisches Paradies, riesige Palmen, Farne, Bromelien, Orchideen und viele bunte Pflanzen, die sie zuvor noch nie gesehen hatte, waren zu einem perfekten Arrangement ähnlich der großen alten Gewächshäuser im Botanischen Garten in München, den sie einmal besucht hatte, zusammen getragen worden. Die Luft war feucht und warm. Dieser Raum schien eine eigene Klimaregelung zu besitzen.
„Wer pflegt das alles hier?“
„Das ist sozusagen Herrn von Reifenbergs Hobby. Und auch ein bisschen meins. Wissen Sie, eigentlich heißt er ja von Reifenberg, mein Chef stammt aus einem alten Adelsgeschlecht. Einmal in der Woche

kommt auch noch ein Gärtner, der kümmert sich um alles und pflegt auch das Terrarium."
„Welche Terrarium?"
„Da schauen Sie. Hier geht's lang. Herr Reifenberg hat ein Faible nicht nur für exotische Pflanzen, nein auch für Tiere. Eigentlich ist es ja kein richtiges Terrarium, er hat einfach hier an dieser Stelle eine Glasscheibe einbauen lassen, schauen Sie, man kann sie kaum sehen. Die Tiere dürfen nicht frei herumspringen, Herr Reifenberg meinte immer, sie seien unglaublich kostbar."
Die Haushälterin hatte Sabine Hopfner in eine Ecke des Wintergartens geführt. Kaum sichtbar war eine Art Terrarium kunstvoll in die grüne Landschaft integriert worden. Dahinter ein besonders interessant gestalteter Bereich mit Farnen und Wurzeln.
Irgendetwas darin bewegte sich. Sabine Hopfner trat vor um besser sehen zu können. Da wieder. Erschrocken rückte sie etwas zurück. Ein kleiner Frosch, kaum in dem Gewirr von Pflanzen auszumachen, war in Richtung der Scheibe gesprungen. Es dauerte einige Sekunden, dann hatte sich der Gedanke in ihr formuliert: „Sind das giftige Frösche? Sagen Sie Frau Hübner, war Ihr Chef schon mal in Südamerika am Amazonas?"

14

Fritz Lux hatte sich auf den Heimweg gemacht. Die Fahrt vom Spitzberg bis nach Danndorf zu seinem Hof dauerte nur wenige Minuten. Er würde noch kurz in der Kulmbacher Wache anrufen, um zu überprüfen, ob alles in Ordnung war. Dann könnte er sich in Ruhe ein wenig um Lisa und Johanna kümmern, die vielleicht das ganze Geschehen in Sanspareil noch verdauen mussten.
Es dämmerte bereits, als er in die Hofeinfahrt einbog. Er würde sich schnell umziehen und dann die Schafe versorgen, wenn Lisa dies nicht schon getan hatte. Vielleicht würde Sabine ja noch vorbeikommen. Irgendwie hoffte er doch sehr, dass es noch klappen würde.
Johanna begrüßte ihn freudig überrascht:
„Schö, dass da kummsd. Wos is´n mit der Sabine? Ich könnd wos Guds zur Brodzeid mach´n."
„Des is lieb vo dir Mudder, obber ich muss erschd amol telefonier´n, ob sa nuch kummd. Is Lisa daham?"
„Ja is sa. Sie machd sich aweng Sorng. Sie hod immer Angsd, dass dir odder der Sabine wos bei den Ermiddlungen bassierd. Ich glaab die hod im Inderned g´schaud, welcha Wirkungen su a Pfeilgifd hod, is ja ganz gruselich des Ganza…"
„Ich schau amol noch ihr. Iss´a im Ärberdszimmer?"
„Ja, sie sitzt om Combuter. Manchmol könnd mer

mana, sie wär a Polizistin, debei iss a doch Lehrerin…"
„Tja, sie konn eb´m ihra Gene ned verneina…", scherzte Fritz Lux und begab sich ins Arbeitszimmer.
Lisa freute sich, ihren Vater zu sehen und überfiel ihn gleich mit allerlei Informationen, die sie über Pfeilgifte und die Jagdtechniken eines Indianerstammes namens Yanomami zusammengetragen hatte.
„Hosd du gewussd, dass die Urvölker im Amazonas damid sogar Aff´n und annera Diere vo ganz weid ob´n aus den Wipfeln der Urwoldriesen schieß´n könna. Die Indianer sin darin echda Künstler. Des Gifd gewinna sa aus am Hautsekret der Baumsteigerfrösch. Es gibd hunnerd Ard´n vo Gift´n. Die Frösch gewinna des Gifd aus ihrer Nahrung. Sie fress´n gifticha Milb´n, Käfer oder Ameisen. Wenn sa des ned mach´n, produzieren sa a ka Gifd mehr…"
„Bisd du jez a under die Polizisten ganga?"
„Ich wolld irgendwos mach´n, des Ganza hod mich scho echd bedroff´n gemachd, der Mo, is´er an su am Gifd g´stob´m?"
„Des Labor undersuchd des nuch. Ja, es is wohrscheinlich su."
„Stell der vor, der Pfeil hädd an vo uns gedroff´n!"
„Mach der ned zer vill Gedank´n Lisa. Sabine und ihr Team tun ihr Besdes. Ich bin sicher, sie find´n den Däder. Ned jeder kummd auf die Idee mid su wos Exotischem an Mord zer begeh."

„Und wenn des Ganza irgenda Ablenkungsmanöver is?"
Fritz Lux hatte selber schon daran gedacht. Ein Pfeilgiftmord war etwas höhst Exotisches, im wahrsten Sinne des Wortes. Schnell konnten Personen wie Menschen mit Verbindungen nach Südamerika, in Verdacht geraten. Doch bisher hatten sie ja überhaupt noch keinen Hinweis. Entweder der Mörder war äußerst kaltblütig vorgegangen und dies ohne Rücksicht auf seinen persönlichen Hintergrund und die damit verbundene Gefahr, entdeckt zu werden oder er wollte den Verdacht ganz gezielt auf jemand anderen lenken, der in irgendeiner Weise etwas mit Giftfröschen zu tun hatte.
„Kumm, loss den Combuter. Mogsd mit nunder nei in Stoll?"
„Gern. Und dann setz mer uns gemütlich zur Johanna in die Küch´n."
„Ok, kummd Sabine a?"
Fritz Lux konnte die Frage seiner Tochter nicht beantworten. Er würde später noch einmal bei Sabine anrufen obwohl er ihr nicht auf die Nerven gehen wollte. Waldmüller saß ihr mal wieder im Nacken und auch die Presse hatte das Ganze kräftig hochgepuscht.
Vielleicht wäre es sinnvoll, sich ein wenig zurück zu halten. Wie immer würde seine Freundin wieder zwischen alle Fronten geraten, ob Presse, Politik oder Bevölkerung, oft wurde schnell ein Verantwortlicher gesucht, wenn ein Fall nicht sofort gelöst werden

konnte. Und Bayreuth war da ein heikles Pflaster, denn wie jedes Jahr würden sich in Kürze die Blicke aller auf die Festspiele und damit auch unweigerlich auf den bisher ungelösten Mordfall richten. Fritz Lux beneidete seine Lebensgefährtin in diesem Moment nicht. Doch er würde alles tun, um ihr so weit wie es ihm möglich war zu helfen.

Ruth Taurich war von Sabine Hopfner telefonisch informiert worden, dass der verschwundene Schauspieler exotische Frösche hielt, die vermutlich auch Gift produzieren konnten. Das Labor würde eine Reihe von Proben untersuchen, doch zunächst müsste ein Fachmann her, der es verstand, mit den giftigen Tieren umzugehen. Diese müssten eingefangen und untersucht werden, ohne dass eine Gefahr für die Kollegen bestand. Nach längerer Recherche hatte sie dann doch noch einen Tierarzt gefunden, der sich auf Reptilien und exotische Tiere spezialisiert hatte. Wenn die Giftfrösche von Reifenberg genau das Gift produzierten, mit denen Fuggmann getötet worden war, kam der Verschwundene automatisch in Verdacht. Aber warum war er dann entführt worden? Waren die Briefe nur ein Ablenkungsmanöver? Hatte er diese vielleicht selber geschrieben? Zugang zu den Büroräumen im Theater und auch zu seinem eigenen Mietshaus dürfte er ja jeder Zeit gehabt haben. Ruth Taurich kreisten so einige Gedanken im Kopf herum, während sie von ihrem Kollegen Mar-

kus Schmidt nun in die Innenstadt von Bayreuth zur WG der Schauspieler gefahren wurde.
„Wenn der Reifenberg nicht der Mörder von Fuggmann ist, bzw. wenn er nicht geflohen ist, warum hat man ihn dann entführt? Das macht doch alles keinen Sinn!“, ließ sie nun Schmidt an ihren Überlegungen teilhaben.
„Vielleicht sind die Briefe nur ein Fake, denk daran, der erste Brief wurde erst nach dem Mord gefunden, so besteht durchaus die Möglichkeit, dass sich irgendjemand den Mord zunutze machen wollte für seine eigenen Spielchen.“
„Du meinst so eine Art Trittbrettfahrer?“
„Ja, vielleicht. Vielleicht aber ist Reifenberg auch tot und wir haben seine Leiche noch nicht gefunden.“
„Na, ich hoffe doch sehr, uns helfen die Schauspieler weiter. Wir sind da.“
Ruth Taurich hatte sich vorher telefonisch abgesichert, dass alle fünf Bewohner der WG auch anwesend sein würden. Die Leute waren zwar nicht begeistert gewesen, zogen aber eine Befragung in ihrer Wohnung der im Präsidium vor. Die Kommissarin versprach sich davon eine etwas gelöstere Atmosphäre, die vielleicht dazu beitragen konnte, neue Informationen zu erhalten. Interessant war ferner die Tatsache, dass Elisabeth Engelhardt in diesem Haus wohnte. Auch zu dieser Person könnten sie eventuell noch weitere Dinge erfahren.
Kurz nachdem sie ihren Wagen vor der Haustüre geparkt hatten, fanden sich die beiden Kommissare der

SOKO Sanspareil in einem gemütlichen Wohnraum wieder, der wohl das Zentrum der WG darstellte und eine Art Aufenthaltsort für alle Bewohner war. Ruth Taurich blickte sich um. Einige der Gesichter kannte sie von den ersten Verhören im Theater. Die junge rothaarige Frau mit Namen Kirchner war ebenso vertreten wie einige andere Mitglieder des Ensembles. Drei Personen, die anwesend waren, hatte sie nicht persönlich befragt, doch sie konnte sich an die Gesichter dieser Schauspieler erinnern.
„Gut, kommen wir zur Sache: Fuggmann ist ermordet worden, Reifenberg verschwunden. Der Täter muss sich im Umkreis des Ensembles gut auskennen.“
„Wollen Sie damit sagen, dass Sie uns verdächtigen?“, unterbrach ein jüngerer Mann Markus Schmidt bei seinen Ausführungen.
„Nun, sagen wir mal so, es wäre ungewöhnlich, wenn der Täter nicht aus Theaterkreisen stammt. Diese Person muss die Tagesabläufe, ja, die Gewohnheiten von Fuggmann und Reifenberg genau kennen.“
„Gab es Streit? Hatten die beiden Feinde? Überlegen Sie bitte noch mal genau! Ist Ihnen nicht doch noch irgendetwas eingefallen?“, drängte Ruth Taurich die WG Bewohner.
„Nun es gab immer mal Streit. Aber nie was Ernstes.“
„Können Sie uns Beispiele nennen? Was ist mit Hofmeister.“

„Hofmeister, Hofmeister ist manchmal ein wenig kurzsichtig, was das Talent von einigen Leuten angeht. Er besetzt nicht immer ideal, das schafft manchmal Unfrieden, aber ein Mord, nein,..."
„Reden Sie von Fuggmann als Odysseus?"
„Ja, Fuggmann war ein arroganter Trottel…"
„Aber sollte der nicht eine Rolle im Fernsehen bekommen?"
„Wer weiß, wie der da dran gekommen ist. Da gibt es Mittel und Wege…"
„Da gibt es ja bekanntlich drei Möglichkeiten, ich bin zwar nicht vom Fach, aber entweder man ist außergewöhnlich talentiert, man hat gute Beziehungen oder die berühmte Besetzungscouch…, ist es nicht so?", stellte Markus Schmidt nun ganz direkt seine Frage.
Für einen Moment war es ruhig im Raum. Wollte oder konnte keiner die Frage beantworten?
„Fuggmann war nicht besonders gut, er war Durchschnitt…, oder glauben sie, man hangelt sich sonst von Engagement zu Engagement…", antwortete die rothaarige Frau nach einer Weile.
„Also gut, damit hätten wir einen Grund ausgeschlossen", warf Markus Schmidt ein.
„Also was war mit den guten Beziehungen?", bohrte Ruth Taurich nach.
„Die hat er wohl gehabt. Reifenberg hatte sie…"
„Wie, Reifenberg hatte sie? Was genau hatte Reifenberg mit Fuggmann privat zu tun?"

„Nun, wir sind nicht sicher, aber es ging das Gerücht um, die beiden, na ja, die hätten was miteinander."
„Fuggmann war schwul?"
„Nun, geoutet hat er sich nicht wirklich, aber manchmal war das schon komisch mit den beiden, ich habe oft gedacht, dass sie körperliche Nähe gesucht haben…"
„Ich glaube ja, der hat mit Männlein und Weiblein, wenn Sie wissen was ich meine."
„Reifenbergs Familie hat Einfluss, es gibt viele Verbindungen alleine durch Sponsoring, eine Wohltätigkeitsveranstaltung hier, ein Medienpreis dort, eine Preisverleihung hier, da kennt man sich untereinander, es kann nicht schaden, wenn man so jemanden in unserer Branche kennt, im Gegenteil …", erläuterte nun ein Mitglied der WG.
„Hatte Fuggmann Reifenberg irgendwie in der Hand? Hat er ihn vielleicht erpresst?"
„Keine Ahnung. Aber Fuggmann tat immer so, als ob er was Besseres wäre. Fühlte sich wohl Reifenberg gegenüber überlegen, hat ihn manchmal mit Verachtung bestraft…"
„Und Ihre Nachbarin und Kollegin Engelhardt? Welche Rolle spielt die dabei?"
„Rolle ist gut, die spielt immer eine Rolle…"
„Inwiefern?"
„Ab und zu war sie mal hier auf einen Drink, wenn es was zu feiern gab. Vielleicht war es ihr ja dann doch zu einsam in ihrer schmucken Bude da oben."
„Hatte sie Besuch von Fuggmann?"

„Von Fuggmann, aber auch von Reifenberg und von Hofmeister. Da gehen die Männer ein und aus…“
„Hatte sie ein festes Verhältnis mit einem der Männer?“
„Nein, ich glaube nicht, dass die zu einer festen Beziehung fähig ist. Einmal in einer Sektlaune hat sie erzählt, dass es mal etwas Ernstes in München mit einem Schriftsteller gegeben hat, ich glaube aber, hinterher tat es ihr leid, dass sie es ausgeplaudert hat. Die Frau ist sonst eiskalt und geht über Leichen, wenn es um ihre Karriere geht.“
„… über Leichen? Meinten Sie das wortwörtlich?“

Heusinger hatte seinen Freund Fritz Lux verabschiedet und noch einige Holzscheite aufgelegt. Die Frühsommerabende waren hier droben immer noch kalt. Auch hatte er mit seiner Vermutung recht gehabt. Es würde Regen und ein Gewitter geben. Gut, dass er jetzt nicht mehr im Wald unterwegs war. Es war Zeit, sich wieder an seinen alten Tisch unter dem Fenster mit Blick in seinen Bauerngarten zu setzen. Die ganze Sache in Bayreuth hatte ihn doch einiges an Zeit gekostet und die Eindrücke des Waldspazierganges warteten nur irgendwie schon in seinem Kopf darauf, niedergeschrieben zu werden. Er war froh und dankbar, dass ihm seine Schreiberei so gut gelang. Sein Talent ermöglichte ihm nicht nur seinen täglichen Broterwerb, nein, es war auch eine Art Balsam für seine Seele. Es befähigte ihn, sich einem Philosophen gleich mit allem, einschließlich seinen eigenen Befindlichkeiten zu beschäftigen, obwohl er nicht versucht war, diese wie ein Psychologe zu sezieren. Doch das, was ihm möglich war an Selbsterkenntnis, das, was er zustande und bereit war zu geben, das floss mit schwarzer Tinte auf Papier. Ein Buch musste mit der Seele des Schriftstellers gefüllt werden, sonst war es nichtssagend und tot. Erst viel später im Entstehungsprozess seiner Bücher griff er zum unvermeidlichen Computer, der Geißel dieser Zeit, wie er manchmal dachte.

Er hatte sich nieder gesetzt und schloss für einen Moment die Augen, atmete tief durch. Ein Ritual, das er stets pflegte, bevor er das Schreiben begann. Plötzlich sah er wieder die Bilder des Mordes vor sich, diese Bühne in Sanspareil, auf der sich wahrhaftig Dramatisches abgespielt hatte. Wortfetzen von Homer schwirrten in seinem Kopf: Der Felsengarten, Ogygia, die Toteninsel, die Calypsogrotte, das Ruinentheater! Er konnte sich noch gut erinnern, wie seltsam er es doch inmitten der einsetzenden Hektik empfunden hatte, dass die Sanitäter und der Notarzt mit ihren grell leuchtenden Westen im Ruinentheater hin und her gelaufen waren. Wie ein skurriles, futuristisches Bühnenstück war ihm die Szenerie vorgekommen. Wie deplatziert hatten die überall auf der Bühne verstreuten Überbleibsel der Wiederbelebungsversuche gewirkt, die eilig weggeworfenen Plastikverpackungen irgendwelcher Kanülen, Spritzen und des sonstigen medizinischen Equipments.

Das Schreiben würde ihn auf andere Gedanken bringen. Vielleicht würde es ihm ja gelingen, all seine Eindrücke zu sortieren oder sollte er sich noch auf den Weg in die Dorfgaststätte machen, sich dort ablenken lassen, ein Kulmbacher Kellerbier trinken und sich seiner Lieblingsbeschäftigung, dem Beobachten, hingeben? Die Vielseitigkeit des menschlichen Seins und Tuns faszinierte ihn immer wieder. Es war eben auch wichtig für ihn, aus seiner Einsiedelei heraus zu kommen und auch mal unter Menschen zu gehen. An bestimmten Tagen gab es nichts Schöneres für ihn, als sich in einer der Dorfgaststätten hier in der Gegend in eine Ecke zu setzen und das Treiben zu beobachten. Was, wenn es all das in den nächsten Jahren nicht mehr gab? Immer mehr dieser traditionellen Häuser schlossen für immer oder wichen irgendwelchen modern eingerichteten Trendrestaurants mit Feng-Shui-Ambiente. Würden die Menschen dann nur noch in ihren Wohnzimmern vor Fernseher und Computer vereinsamen, würden Gefühle bei dem Austausch irgendwelcher irrelevanten Kurznachrichten an weltweit nur im Cyberspace existierende, imaginäre Freunde, die in Wirklichkeit keine waren, verkümmern? Noch gab es sie, die guten Dinge hier in Oberfranken, die kleinen Gaststuben mit ihren individuellen Gesichtern, hier in Schimmendorf oder dort droben die Schäferstube in Oberdornlach, die alten Gasthäuser in Motschenbach oder in Buchau und wer weiß wo sonst noch. Immerhin gab es auch noch die

unzähligen Kerwas und natürlich das große Kulmbacher Bierfest. Es war noch Leben in den kleinen Orten, vom Feuerwehrfest bis zur Hochzeit, noch kamen die Menschen zusammen, doch das war etwas, was bewahrt und gepflegt werden musste, er als ehemaliger Stadtmensch wusste das nur zu gut und viele junge Leute zogen fort, ihr Glück in den großen Städten zu suchen …
Das Feuer im alten Herd knisterte ein wenig. Zeit, sich einen guten Single Malt einzuschenken. Nicht, dass er Alkohol, wie in diesen vorherrschenden Klischee von exzentrischen Schriftstellern zum Schreiben benötigte, doch das goldbraune und für ihn nach Torf und Malz duftende traditionelle Getränk der Iren erinnerte ihn an die Heimat seiner Mutter, die Bogs, den Atlantik, die Cliffs. Es dauerte nur wenige Sekunden und schon war er auf der grünen Insel, dem Ort mit dem immer währenden Spiel von Farbe, Licht und Schatten. Er konnte hören, wie über dem Spitzberch einer der ersten Sommergewitter aufzog. Connor hatte es als erster wahrgenommen. Ein leichtes Knurren und seine zügige Bewegung hin zur Tür hatten ihm signalisiert: jemand war im Begriff sich dem Haus zu nähern. Er hatte es ja bereits geahnt, doch irgendwie hatte er es doch lieber verdrängt: Elisabeth Engelhardt, oder besser Lissie, wie er sie früher nur genannt hatte, stand da vor seiner Tür mit einer Flasche Schampus im Arm. Sie hatte den Weg zu seiner Einsiedelei gefunden.

„Ich konnte ja nicht wissen ob du was G´scheites zum Anstoßen da hast hier in deiner Einöde. War gar nicht leicht, dich zu finden, aber die Leute im Dorf waren gar zu hilfsbereit. Willst du mich nicht herein lassen. Es regnet!“
Elisabeth Engelhardt drehte sich um und winkte einen Bauern zu, den Heusinger aus der Nachbarschaft kannte und der anscheinend die Schauspielerin zu seinem Haus geführt hatte. Lissie hatte immer Mittel und Wege gefunden, um ihr Ziel zu erreichen.
„Komm rein“, war alles, was er ihr zur Begrüßung sagen konnte, bevor sie mit einer eleganten Drehung zügig an ihm vorbei in das alte Bauernhäuschen schritt.

15

Es war bereits dunkel als Sabine Hopfner ein letztes Mal an diesem Tag im Präsidium alle Anwesenden der SOKO bat, die neuesten Erkenntnisse zusammen zu tragen und zu bewerten. Eine Mitarbeiterin aus der Kriminaltechnischen Abteilung hatte ihnen zu Beginn eine kurze Erläuterung zum Thema gegeben, aus der hervorging, dass anhand der Abriebspuren am Giftpfeil ein Blasrohr anzunehmen war, welches relativ einfach und aus einer im Amazonasgebiet vorkommenden Holzart gefertigt worden sein musste.
„Blasrohre dieser Art unterliegen nicht dem Waffengesetz, müssen also nicht gemeldet werden. Sie sind

unabhängig vom Alter oder einer Erwerbsberechtigung zu bekommen, insbesondere natürlich im Internet, was eine Suche nach einem möglichen Verkäufer oder Käufer sehr erschweren dürfte. Es handelt sich hier einwandfrei nicht um einen der typischen Giftpfeile, die für die Betäubung von Tieren, zum Beispiel im Zoo, in dringenden Fällen durch Tierärzte eingesetzt wird. Auch sind moderne Blasrohre im Sport oder in der Tiermedizin in der Regel aus Materialien wie Aluminium, Stahl oder Kohlefaser und nicht aus Holz. Ferner wird dabei eine ganz andere Art von Pfeilen verwendet. Im Unterschied zu den traditionellen Giftpfeilen im Amazonas verfügen moderne Varianten nämlich über zwei Kammern, eine mit dem Gift und eine andere mit Luft, um einen Überdruck zu erzeugen. So wirkt der Pfeil eher wie eine Injektion, vergleichbar mit einer Spritze", erläuterte die junge Frau die Ergebnisse der bisherigen kriminaltechnischen Untersuchung.
„Erfordert es sehr viel Übung, um so einen Pfeil über eine Distanz von mehreren Meter zu pusten?", wollte nun Sabine Hopfner noch wissen.
„Nun, wir haben einige Versuche im Labor unternommen, ähnliche Pfeile abzuschießen. Geübte Sportschützen treffen auf fünf bis fünfzehn Metern ein Ziel von einigen Zentimetern Durchmesser, doch ungeübt ist das fast unmöglich. Auch muss man über ein entsprechendes Lungenvolumen verfügen, ein Sportler oder ein gut durchtrainierter Mensch, der zum Beispiel regelmäßig viel joggt, hätte da mehr

Chancen als ein unsportlicher Mensch. Bei regelmäßigem Training soll sich das Lungenvolumen sogar erweitern, bei seltenen Fällen von Atembeschwerden wurde das Blasrohrschießen auch schon einmal als Therapie eingesetzt."
„Darüber müssten doch die entsprechenden Ärzte oder Krankenhäuser Bescheid wissen, Ruth notieren Sie diesen Punkt bitte. Was ist aber mit dem Gift?"
„Nun bei diesem Gift handelt es sich um Bachtrachotoxin, das Gift der Pfeilgiftfrösche der Gattung Phyllobates. Die tödliche Dosis für den Menschen beträgt 1 bis 2 μg pro kg Körpergewicht. Damit ist dieses Gift das bekannteste Steroid-Alkaloid und sogar noch zehnmal stärker als das Gift des Kugelfisches und stärker als Curare."
„Ganz schön gefährliches Zeug!", bemerkte Kommissar Schmidt.
„Ja, es ruft starke Krampfanfälle hervor. Wir konnten noch nicht feststellen, ob es genau mit dem Hautsekret der Reifenbergfrösche übereinstimmt. Wir sind dran, aber problematisch ist, dass die in der Villa gefundenen Frösche momentan ungiftig sind, das heißt, sie sind eigentlich giftig, wenn sie in die Lage versetzt werden, die entsprechend giftige Nahrung ihrer natürlichen Umgebung aufzunehmen. In Gefangenschaft, gerade hier in Europa, ist es oft nicht möglich, die Tiere wirklich artgerecht, so zum Beispiel mit giftigen Insekten zu ernähren. Die fehlende, natürliche Nahrung, bzw. die nicht artgerechte Beute verhindert die Bildung ihres eigenen

giftigen Sekrets. Das schließt aber nicht aus, dass die Frösche zu einem früheren Zeitpunkt mal giftig waren, bzw. dass vielleicht irgendwo noch weitere Tiere oder Giftsekret aufbewahrt werden. Und was erschwerend hinzukommt, es gibt unzählige Unterarten dieser Frösche. In jedem Fall muss der Täter über gewisse Grundkenntnisse verfügen. Kommt das Gift mit gesunder, unverletzter Haut in Berührung, ruft es Schmerzen, Kribbeln, Taubheitsgefühle und Irritationen, nicht aber den Tod hervor."

„Sind die entsprechenden Zoos, Tierhandlungen und Sammler schon überprüft? Woher stammen die Tiere?", wollte Sabine Hopfner nun von ihren Mitarbeitern wissen.

„Wir sind dabei. Das Problem ist, dass der Schwarzmarkt, was exotische Tiere angeht, blüht. Es besteht keine Meldepflicht für Privathalter und oft werden Tiere illegal ins Land gebracht", erklärte Markus Schmidt und fuhr fort: "Ich werde morgen einmal den Zoll kontaktieren, ob irgendwelche Spuren bis zu uns nach Oberfranken zu verfolgen sind. Auch gibt es einige Tierschutzorganisationen, die sich, was den Artenschutz angeht, intensiv mit dem Thema befassen. Vielleicht ist denen ja jemand bekannt, der sich insbesondere für diese Frösche interessiert. Oft werden diese auch auf irgendwelchen Börsen als angebliche Nachzuchten gehandelt. Vielleicht ist Reifenberg ja in der Szene unterwegs gewesen, das könnte uns weiter helfen."

„Was ist mit dem Gärtner? Wurde der schon überprüft?“, formulierte Sabine Hopfner eine weitere Frage.
„Ja. Aber der Mann scheint harmlos. Hat einen guten Ruf und arbeitet schon seit vielen Jahren für die wohlbetuchten Bayreuther Bürger als Gärtner. Auch hat er ein Alibi für die Tatzeit. Ich glaube, wir können ihn als Täter ausschließen.“
Der Fall wurde immer mysteriöser und undurchsichtiger. Sabine Hopfner befürchtete, dass ihnen die Zeit davonraste. Zu viele Dinge, die noch ermittelt werden mussten. Als jedoch Ruth Taurich nun den Bericht über die Befragung in der Schauspieler WG vortrug, schöpfte sie ein wenig Hoffnung.
Vielleicht lag das Motiv doch im privaten Umfeld des Opfers: Wenn Fuggmann wirklich eine Affäre mit Reifenberg gehabt hatte, kamen eventuell Liebe, Leidenschaft, Eifersucht oder Hass als Auslöser für den Mord in Frage, alles altbekannte Motive, denen sie im Laufe ihrer Tätigkeit immer wieder begegnet war.
„Morgen nehmen wir uns Hofmeister noch mal vor. Mir reicht es, wir machen Schluss für heute. Morgen früh in alter Frische. Heute Nacht können wir nichts mehr ausrichten. Die Fahndung läuft, alle verfügbaren Kräfte sind dran, hier läuft die Notbesetzung, vielleicht haben wir morgen neue Ideen wie es weiter geht, schlaft erst mal drüber“, verabschiedete die Leiterin der SOKO die meisten ihrer Mitarbeiter, nachdem alle Fragen geklärt und die Auf-

gaben verteilt worden waren. Ein kurzes Telefonat mit Waldmüller und dann machte auch sie sich auf den Weg über die Bundesstr. B85 in Richtung Kulmbach. Als die oberfränkische Landschaft an ihr vorbeizog, gelang es ihr, die Gedanken in andere Bahnen zu lenken. Ein wenig abschalten von der Arbeit, das wäre jetzt genau das Richtige.
Kulmbach kam in Sicht. Sie liebte es, wenn die Plassenburg beleuchtet war und man schon von Weiten dieses altehrwürdige Bauwerk bewundern konnte. Die Burg, der lokale Radiosender mit seiner guten Oldiemusik, selbst die Stimmen der unterschiedlichen Moderatoren und Moderatorinnen signalisierten ihr nun das „Dahoam“. Viele Gerüche, Anblicke, ja nicht nur Gebäude, auch viele mittlerweile vertraute Gesichter gaben ihr das Gefühl, immer ein kleines bisschen mehr Teil dieses Ganzen zu sein, doch natürlich waren es insbesondere die Menschen in ihrem privaten Umfeld, namentlich John, Marga und Fritz mit seiner Familie, die ihr das Gefühl vermittelten, eine neue Heimat gefunden zu haben. Sie hatte Kulmbach passiert und fuhr weiter in Richtung Mainleus. Vielleicht standen die Kollegen wieder bei Burghaig und blitzten? Sie musste zu ihrer Schande gestehen, dass man sie dort schon mal erwischt hatte. Sabine Hopfner passierte die bei den Einheimischen gut bekannte Stelle, an der momentan eine Kerwa stattfand. Als sie kurz darauf in Schwarzach an der alten Metzgerei vorbei fuhr, konnte sie schon fast den guten Wacholderschinken

und den Pressack schmecken, den Johanna ihr mit Sicherheit zu einer späten Brotzeit reichen würde. Die Mutter ihres Lebensgefährten erstand dort regelmäßig die köstlichsten und typisch fränkischen Wurstwaren. Erst jetzt merkte sie, wie hungrig sie eigentlich war.
Als sie in Danndorf in die Hofeinfahrt fuhr und Fritz Wagen in der Garage stehen sah, pochte ihr Herz ein wenig heftiger. Oben war noch Licht. Fritz war zu Hause und vermutlich noch wach. Er hatte auf sie gewartet.

Reifenbergs Mund war ausgetrocknet. Das bisschen Wasser, das ihm die verkleidete Gestalt hingestellt hatte, hatte er schnell und gierig getrunken. Das weiße Gewand und die Gesichtsmaske mit dem Antlitz des Zeus glaubte er aus dem Kostümfundus im Theater zu kennen. Er selber hatte dieses, oder ein ähnlich aussehendes vor einigen Tagen in der Hand gehalten, als er die neue Lieferung für die Aufführungen und Rezitationen aus Homers Odyssee begutachtet hatte. Für einen Moment hatte er geglaubt, etwas Bekanntes in dieser Gestalt zu erkennen, eine Gestik, eine Bewegung, den Körperbau, doch das Gewand war zu lose und schwer, als dass man die genaue Körperstatur darunter hätte erkennen können. Aber eines war sicher, der Täter musste Zugang zum Theater haben, es konnte gar nicht anders sein, es musste jemand aus dem Ensemble sein! Immer noch grübelte er über den Grund. Kein Wort war gefallen. Er hatte es mit allen Tricks versucht, hatte gebettelt und gefleht, hatte Geld angeboten, viel Geld, doch nach und nach hatte ihn dieses Gefühl beschlichen, dass es nicht das Geld war, das dieser Entführer wirklich im Sinn hatte. Da war irgendetwas anderes, doch es war nicht greifbar, noch nicht. Vielleicht würde er noch darauf kommen. Doch warum ließ man ihn dann am Leben? Oder sollte er langsam des Hungertodes sterben? Nur das bisschen Wasser, das war das Einzige, was er bekommen hatte in diesen letzten einsamen und dunklen Stunden. Wie lange war er schon hier? Waren es gar schon Tage? Er hatte jegliches Zeitgefühl verloren. Wie lange konnte man ohne Nahrung leben?

Wenn er sich doch nur aus diesem dunklen Loch befreien könnte.

Seine Hände schmerzten von den Handschellen, doch er war froh, dass diese ihm wenigsten nach vorne und nicht hinter seinem Oberkörper gebunden waren. So konnte er wenigstens, wenn auch unter schwierigen Umständen, seine Notdurft verrichten. Dafür hatte man ihm wohl einen Zinkeimer hingestellt, über den er nach seiner ersten Runde durch den Raum sofort gestolpert war. Vorsichtig hatte er sich an der Wand entlang schiebend einmal herum getastet. Wenn er nur eine Lichtquelle hätte. Doch es war stockdunkel. Nur für einen Moment hatte er durch das einfallende Licht einer stark blendenden Lampe die Größe des Raumes erahnen können. Vielleicht ein kleiner Kellerraum ohne Fenster. Der Geruch kam ihm irgendwie bekannt vor. Als die Tür sich geöffnet hatte, war für einen Moment etwas frische Luft hineingezogen, doch nun konnte er nur noch den Inhalt des stinkenden Eimers in der Ecke wahrnehmen. Wenngleich er auch den Raum nicht wirklich kannte, irgendetwas war ihm vertraut vorgekommen. Doch was? Es dauerte noch einige Sekunden, bis er glaubte zu wissen wo er war. Das Theater! Er musste im Theater sein. Wenn nicht nur das Zeus- Kostüm des Entführers nach Mottenpapier mit Lavendelduft gerochen hatte, dann musste er sich irgendwo im Theater in Nähe der Kostüme befinden. Lavendel, ja, es hatte nach Lavendel gerochen. Vielleicht war alles ja nur Einbildung. Vielleicht wurde er ja nur langsam verrückt. Das Theater wäre doch der erste Ort, den die Polizei absuchen würde. Ja, der erste Ort. Oder suchte man gar nicht nach ihm? Vielleicht, ja vielleicht vermutete man ihn auf der Flucht, vielleicht sah man den Mörder Fuggmanns in ihm. Zu viele Gedanken schwirrten in seinem Kopf. Er sehnte sich nach seinem warmen, gemütlichen und weichen Bett. Doch alles was er hier hatte war ein kalter Betonboden und eine feuchte alte Wolldecke, die er als einziges Utensil nebst dem Blecheimer in seinem Kerker gefunden hatte. Mit einem Seufzer lehnte er sich an die kühle Wand. Ein wenig Schlaf würde ihm gut tun. Vielleicht war alles nur ein böser Traum, ein Alptraum, aus dem er bald erwachen würde.

Es donnerte und grollte bereits kräftig und grelle Blitze tauchten den Wald und Heusingers Stube für Sekunden in ein unwirklich, grell-blaues Licht. Die Luft war kurz vor dem Gewitter extrem schwül gewesen, doch ein kühlender Wind war nun mit den ersten Regentropfen aufgekommen. Heusinger hatte die Türe seines Häuschens geöffnet, um die frische und feuchte Luft des nun heftiger einsetzenden Regenschauers ins Haus zu lassen.
Lissie hatte sich in seinem Lieblingssessel verzogen und schmollte vor sich hin. Jeder Blitz rief ein leichtes Zucken in ihrem Gesicht hervor, doch sie war zu sehr Schauspielerin, als das sie ihre Angst im Angesicht der Naturgewalten zugegeben hätte. Elisabeth Engelhardt hatte also diese Variante ihrer Darstellung gewählt. Nun gut. Eine andere wäre vermutlich gewesen, sich bei jedem Donner und Blitz wie ein verschrecktes Huhn in seine Arme zu flüchten und diese Situation auszunutzen. Misstrauisch blickte er in ihre Richtung. Da! Wieder ein mächtiger Donner. Nicht unweit vom Haus musste es in einen Baum eingeschlagen haben. Vielleicht würde sie sich ja doch noch zu dieser anderen Rolle hinreißen lassen. Er müsste auf der Hut sein. Lissie konnte durchaus hartnäckig sein, wenn sie sich etwas in den Kopf gesetzt hatte. Ein „Nein" zu akzeptieren war ihr noch nie wirklich gelungen.
Er hatte zu Beginn ihres Besuches noch alles versucht, sie möglichst schnell wieder loszuwerden, doch seine Exfreundin hatte sich schnell in seinen

Sessel neben dem Kachelofen niedergelassen und verkündet, sie hätte nicht vor, nach diversen Gläsern ihres Lieblingsgetränkes noch Auto zu fahren. Und dann wäre ja dann auch noch das Gewitter. Er könne ihr ja wohl nicht zumuten, durch diesen entsetzlichen Sturm zu fahren. Sie könne gut hier in diesem Sessel nächtigen, wenn es überhaupt gar keinen anderen Schlafplatz für sie gäbe. Und dann hatte er nachgegeben, der alten Zeiten wegen, und ihr seine Schlafkammer unter dem Dach angeboten. Er war schon selbst immer wieder mal neben dem gemütlichen Kachelofen in seiner Wohnstube eingeschlafen, und so machte es ihm nichts aus, diesen Platz in dem Sessel dort für eine Nacht einzunehmen, wohlwissend, dass Elisabeth Engelhardt darauf warten würde, dass er den Weg zu ihr nach oben finden würde. Doch er würde hart bleiben.
Er blickte ihr nach, als sie mit einem perfekten Hüftschwung elegant und aufreizend begann, die steile, alte Holztreppe nach oben zu besteigen. Es dauerte nur wenige Sekunden und ihr Kleid, welches nach Moschus duftete, segelte wie eine leichte, überflüssig gewordene zweite Haut zu Boden.
Ein guter Single Malt wäre jetzt genau das Richtige. Für einen Moment erwärmte er das im Feuer seines Ofens bernsteinfarben, leuchtende Getränk, indem er die Hände fest um das geschliffene Whiskyglas presste. Der Donner hatte bereits nachgelassen. Das Gewitter war weitergezogen. Heusinger leerte das

Glas zügig aus, bevor er aufstand um die immer noch geöffnete Türe zu schließen.

Johanna war auf den Balkon getreten und blickte hinüber zum Spitzberg. Das Gewitter würde bald vorüber ziehen. Immer wenn es blitzte und donnerte, wurde sie unruhig, ging hinaus auf ihren Balkon, um das Naturschauspiel näher zu betrachten und dabei zu beobachten, ob Gefahr für Haus und Hof bestand. Schon so manche Scheune war vom Blitz getroffen worden und war abgebrannt. In der Umgebung hatte es schon immer wieder mal Brände gegeben. Hier draußen in den kleinen Dörfern waren die freiwilligen Feuerwehren von außerordentlicher Wichtigkeit. Es war ein gutes Gefühl, dass fast überall Menschen bereit waren, diese gefährliche Tätigkeit zu verrichten. Und so war auch hier in Danndorf mitten im Dorf das kleine Gebäude der Freiwilligen Feuerwehr positioniert, in dem nicht nur das notwendige Equipment zum Löschen gelagert wurde, sondern in dem auch immer wieder die Dorfkerwa abgehalten wurde. Nein, das Gewitter würde den Ort nur streifen. Dort, weit hinüber in Richtung Görauer Anger, sah es jedoch wirklich bedrohlich aus. Es war, als würden irgendwelche Götter ihre Blitze im Zorn auf die Erde schleudern. Für einen Moment sah Johanna die weißgekleidete Gestalt vor sich, die vor ihren Augen im Ruinentheater ermordet worden war. Wer weiß, vielleicht waren sie alle ja nur Figuren in einem göttlichen Spiel.

16

Fritz Lux hatte die Zeit am Abend mit seiner Lebensgefährtin genossen, auch wenn die Nacht wieder einmal zu kurz gewesen war. Natürlich hatten sie noch über den Fall geredet, während Sabine ihre Brotzeit genüsslich vertilgt hatte. Erst später, als er ihre ruhigen Atemzüge neben sich hören konnte, war es ihm möglich, abschalten.
Der nächste Morgen brachte gutes Wetter. Man konnte die aufkommende Wärme des Tages schon erahnen, wenngleich es noch recht frisch war und die feuchten Morgennebel noch über den Hügeln um Danndorf lagen. Früh war er wieder aufgestanden, hatte schnell die Tiere versorgt, um so noch ein wenig mehr Zeit für das Frühstück mit den drei Frauen zu haben. Auch Johanna war schon wach und klapperte bereits in der Küche mit dem Geschirr, als er hinunter zum Schafstall ging. Ein verführerischer Kaffeeduft lag bereits im Haus und er freute sich auf den ersten Schluck des heißen Gebräus, das er auch in seiner Dienststelle immer wieder gerne zu sich nahm. Doch wenn er bei seinem Freund John auf dem Spitzberg war, dann entschied er sich immer für Tee, den John aus der Heimat seiner verstorbenen irischen Mutter kommen ließ.
Die Schafe waren schnell versorgt, auch im Hühnerstall und bei den Hasen war alles in Ordnung. Manchmal schlich sich ein Marder oder Fuchs herein, aber in der Regel hatte er nie große Probleme

damit gehabt, er achtete stets darauf, dass die Stalltüren am Abend geschlossen und die Zäune intakt waren. Denn nicht nur die vierbeinigen Räuber, auch die Turmfalken und Eulen, die rund um seinen Stall nisteten, waren eine Gefahr für das Federvieh. Doch er liebte die Raubvögel, und wenn es ihm seine Zeit erlaubte, setzte er sich manchmal auf eine alte Holzbank am Haus und beobachtete die ersten Flugversuche der jungen Turmfalken, die manchmal aus Unerfahrenheit sogar in Bodennähe auf den seltsamsten Orten wie Wassertonnen, Traktoren oder Geländern landeten und mit ihren typischen Rufen auf sich aufmerksam machten. Noch einmal schaute er sich um und inspizierte den Stall und das umliegende Gelände. Alles war in bester Ordnung, das nächtliche Gewitter hatte keinen Schaden angerichtet. Der Hof, das war sein Refugium. Wenn John seines oben auf dem Spitzberg gefunden hatte, dann war dieser Hof sein persönlicher Rückzugsort, den er immer wieder für seine Erholungsphasen von der oft gefährlichen und anspruchsvollen Arbeit als Gesetzeshüter benötigte. Immer wieder war er, wenn es ihm nur irgendwie möglich war, stundenlang allein in seinem Wald oder auf seinen Feldern unterwegs. Dann konnte er abschalten. Die Natur um seinen Hof herum trumpfte immer wieder mit irgendwelchen Höhepunkten und Überraschungen auf. Auch an diesem Morgen hatten drei junge Rehe ihren Weg aus dem Wald heraus auf eines der umliegenden Felder gefunden und genossen das reichliche Nahrungsan-

gebot und die ersten wärmenden Sonnenstrahlen des Tages. Ein schöner Anblick, wie er fand.
Als er die Wohnküche nach einer guten halben Stunde betrat, war der Tisch fertig gedeckt und auch Lisa und Sabine hatten sich bereits eingefunden.
„Ich glaab des werd a richtich schöner Doch heut."
„Ja, nur leider muss ich ins Präsidium und kann ihn nicht mit dir auf einer Wanderung oder einen Ausflug genießen. Manchmal beneide ich John, dass er seine Arbeit so frei einrichten kann", gab Sabine Hopfner zu.
„Ja, der John hod´s scho gud do ob´m. Abber ich denk immer es is ned gud, wenn der Mo allaa is", kommentierte Johanna das Gespräch.
„Neja, des mid dem allaa sa hod sich ja vielleichd bald erledichd. Ich denk der verstidd sich gud mit der Marga."
„Lisa, was du immer so weißt! Was ist eigentlich mit dir und deinem Sven?", wollte nun Sabine Hopfner wissen.
„Nix, wos soll denn sa? Am Woch´nend treff´mer uns amol mit Freund´n in Kulmboch."
„Aha...", scherzte die Kripobeamtin um Lisa ein wenig aus der Reserve zu locken.
„Also, du fährsd direkt nach Bareuth. Ich hob gedochd, ich fohr nuch amol noch Höferänger zer der Frieda Eber und red nuch amol mit ihr. Vielleichd schau ich mer a nuch amol die Wohnung von Fuggmann in Kulmboch näher on und versuch amol in der unmiddelbar´n Nachbarschafd mehr über den Monn

zuerfahr´n. Ich denk der Fuggmann is der Dreh- und Angelpunkd. Wenn mer mehr über sei Privatleb´n wissen, dann hilfd´s ech weider."
„Danke Fritz, aber nicht dass du noch deine Arbeit in der Dienststelle vernachlässigst."
„Mach der kanna Sorng. Ich mach regelmäßig mei Rund´n durch die Stodt, hier und da amol a G´spräch und scho is mer gud informierd und konn reagier´n. Der direkda Drohd is wichdich, so erfährd mer zum Beispiel wo´s wieder Ärcher geb´n hod und wos die Bürger störd, wo wir helf´n könna."
„Papa, du bisd werklich Polizist mit Leib und Seel´n, wos machsd du eigendlich, wenn du späder amol pensionierd bisd?"
„Neja, schau dich um, hier gibd´s Ärberd genuch! Oder ich schnapp mer einfoch mei Freundin und reise mit ihr um die Welt…"
„Du und a Weltreis, das ich ned lach…", war es nun an Lisa, ihren Vater zu necken.
Das Frühstück hatte Fritz Lux gut getan. Immer noch tat es ihm leid, dass der Geburtstagsausflug für Sabine so schrecklich ausgegangen war. Er müsste sich noch etwas Neues einfallen lassen. Wenn erst mal dieser Fall erledigt war, sollte er wirklich ein paar Tage mit ihr verreisen, vielleicht wäre es gut, einfach etwas im Voraus zu buchen, damit sie beide nicht wieder eine Ausrede hatten. Arbeit gab es immer, bei ihm in der Kulmbacher Dienststelle genauso wie für Sabine bei der Kripo in Bayreuth. Das

Verbrechen nahm halt keine Rücksicht vor Dienst- oder Urlaubsplänen.
Fritz Lux hatte die steile Anfahrt auf der erst kürzlich neu mit Asphalt bedeckten Waldstraße hinter seinem Grundstück hoch nach Oberdornlach bewältigt und lenkte seinen Wagen in Richtung Unterdornlach. Von da aus war es ein Katzensprung bis zum Eberhof. Er wollte noch einmal mit den Bauersleuten sprechen, irgendetwas musste es doch noch geben, was ihnen bei der Suche nach einem möglichen Motiv helfen könnte. Er hatte sich zuvor telefonisch angekündigt, und so wurde er bereits von Frieda Eber erwartet, die gerade mit der Bepflanzung von Blumenkübeln vor ihrem Hof beschäftigt war.

Der Mann war gut untergebracht. Niemand würde ihn so schnell aufspüren. Erst jetzt hatte sich eine gewisse Genugtuung eingestellt, ein Gefühl, dass dieses Kapitel bald für immer abgeschlossen wäre. Doch nicht vergessen und begraben sollte alles sein, nein, so schnell würden all das begangene Unrecht und das Böse nicht in der Versenkung verschwinden. Dafür würde gesorgt werden, mit allen Mitteln. Es gab noch viel zu tun.

„Du bist richtig häuslich wie ich sehe, ich kann mich nicht erinnern, dass du früher mal am Herd gestanden hast."
Elisabeth Engelhardt verstand es immer noch, sich in Szene zu setzen: Mit einer Hand an der Hüfte

und den anderen Arm lässig angelehnt am Türrahmen, schien sie geradezu die ersten rötlich wirkenden Sonnenstrahlen des Morgens, die nun bis in die Stube drangen, aufzufangen und zu reflektieren. Ihr ungekämmtes und nun zerzaust wirkendes Haar unterstrich die Tatsache, dass sie gerade erst aus dem Bett gekommen war. Der Decke nach zu urteilen, welche sie lässig um ihren makellosen, schlanken und nackten Körper geschlungen hatte, hatte sie anscheinend ganz bewußt auf jegliches Kleidungsstück darunter verzichtet, um ihren Anblick unwiderstehlich erscheinen zu lassen.
Kalypso und Odysseus, der Held in den Fängen der schönen Nymphe, Heusinger musste unwillkürlich schmunzeln.
„Nun, findest du ich sehe lächerlich aus? Oder was zaubert dir dein süffisantes Lächeln ins Gesicht?“, wollte die schöne Frau in seiner Küche nun von ihm wissen, die von einer Sekunde zur anderen gar nicht mehr göttlich auf ihn wirkte.
„Komm zieh dich an. Ich mach dir einen Tee. Und danach, danach gehst du zurück auf deine wirkliche Bühne, du wirst bestimmt schon erwartet. Du gehörst hier nicht hin!“, brummte er.
Der Bann war gebrochen, die Aufführung beendet. Elisabeth Engelhardt verzog das Gesicht. Heusinger konnte sehen, dass sie mit diesem Kommentar nicht gerechnet hatte. Heusinger hatte ganz vergessen, welch giftige Blicke sie Menschen, die nicht nach ihrer Pfeife tanzten, zuwerfen konnte. Dann

etwas später, kurz bevor sie sein altes Bauernhäuschen ohne ein Frühstück oder eine Tasse Tee verließ, gab sie ihm noch zum Abschied eine beeindruckende Kostprobe davon. Doch das war es nicht, was ihn für einen Moment fassungslos machte: Ohne sie auch nur eines Blickes zu würdigen, hatte Elisabeth Engelhardt die verdutzt wirkende Frau, die nun plötzlich mit einer Semmeltüte in der Hand auf dem kleinen Gartenpfad vor dem Häuschen aufgetaucht war, passiert. Marga Scherzer! Verdammt! Ausgerechnet jetzt!

„Fritz ich ko der sunsd nix weider erzilln. Ich hob den Max nur seld´n als erwachsena Mensch´n g´seng. Als Bu, ja do hob ich mich ofd mit na beschäftigd, wenn mei Schwesder ka Zeid g´hobd hod und ihrm Monn bei der Ärberd auf dem Sächwerch helf´n mussd."
„Soch amol, des moch jez vielleichd aweng seldsam klinga, obber hodd der Max mol vor g´hobd zer heiern? Hodd´der a fesda Freundin g´hobd", versuchte Fritz Lux sich vorsichtig zu einem Thema hin zu bewegen, was in dieser Generation immer noch tabuisiert wurde.
„Ich waß nix devon. Ich glaab mei Schwesder hod a scho die Hoffnung aufgeb´n, jemols Enkelkinner zer bekumma. Der Max war doch immerzu mit dies´n Künstlern und Schauspielern underwegs. Amol, als Margret scho krank war, do hod´er sa alla zu am Geburtsdochfest aufs Sächwerch eingelod´n, bis aus

Münch´n sin sa kumma und homm seltsams Zeuch aufg´führd, homm Fackeln ongezünded und sin in Gewändern rumgeloff´n. Stell der vor, Fackeln auf am Sächwerch! Die Margret hod mer erzilld, dass sa aus Angsd um Haus und Huf versuchd hod, wach zer bleib´m, aber irgendwann is´sa dann doch midden in der Nochd eing´schlofen. Letztlich is nix bassierd. Und die Leud wor´n widder su schnell ford, wie sa kumma sin."

„Hod sa welcha von dena gekannd? Wor a Freundin von Fuggmann debei?"

„Margret hod mer erzilld, dass a äußerd attraktiva Fraa debei gewesen wor und zererschd hod sa a vermuded, es könnd sich um die Freundin ver ihrm Sohn handln, obber irgendwie wor sa ana der erschdn, die früh verschwund´n wor. Ned amol a Frühstück hod sa eigenumma, obwull alles schö hergerichded gewesen wor. A baar Freunde sin dann nuch bis zerm Middoch geblieb´m und homm aufgerammd. Des ganza Areal muss schlimm ausg´seng homm."

„Konnsd du mir sunsd nuch wos über des Privatleb´m vom Max erzilln?"

„Na, wie scho g´sochd, ich wass do ned vill drüber. Ober mei Schwester hod a baar Fotos gemachd vo dem Doch, vielleichd finds´d da wos. Des Album und a Reiha Fotos sin glaab ich nuch drüb´m in am Karton mit der Aufschrifd „Margret". Matthias hod mer g´holf´n aufzerramma und des Hab und Gut meiner Schwester in Kartons verbackd. Hier is der Schlüssl. Schau selber noch."

„Ich dank´der schö Frieda. A letzda Froch: Hosd du den Monn scho amol g´seng?“, wollte Fritz Lux nun abschließend wissen und hielt der Bäuerin in Foto von Johannes Reifenberg hin, dass er zuvor von Sabine bekommen hatte.
„Na, ich waß ned su rechd. Also persönlich g´seng hob ich den Mensch´n, glaab ich, ned. Obber irgendwos kummd mer bekannd vor. Irgendwo hob ich amol a Foto ver na g´seng…“
Der erste Hauptkommissar verabschiedete sich von der Bäuerin und machte sich auf den Weg in Richtung Kronach.
Er würde schnell noch an der alten Mühle vorbeifahren und nach dem Karton mit den Fotos suchen.

Reifenbergs Arme, Hände und Finger schmerzten. Immer wieder hatte er an die Tür gehämmert, doch nichts. Wenn er sich im Theater befand, dann müsste ihn kurz über lang jemand hören. Vielleicht hatte er sich aber nur getäuscht. Vielleicht hatte er sich den Lavendelduft von Theaterkostümen des Fundus, an den er sich zu erinnern glaubte, auch nur eingebildet. Vielleicht wurde er allmählich verrückt! Warum wollte er kein Geld dieser Entführer, warum nicht? Warum wurde er hier gequält? War es Fuggmanns Mörder, der ihn hier festhielt? Oder war es eine Art von Racheakt? Rache wofür? Er hatte nicht viel Schuld auf sich geladen in seinem Leben, hatte im Gegenteil immer sein Bestes getan, um die nicht so betuchten Kollegen zu unterstützen, hatte ihnen Engagements und billigen Wohnraum verschafft, hatte ihnen Vorschüsse gezahlt, wenn es am Ende des Monats mal wieder eng wurde. Nein, seine Ensemblemitglieder konnten sich nicht über ihn beschweren. Da gab es ganz andere, die sich nicht immer an Regeln gehalten hatten, ganz andere. Es dauerte noch wenige Sekunden, dann tauchte plötzlich dieses Bild vor ihm auf. Nicht er, jemand anderes hatte ein Unrecht begangen. Auf einmal konnte er sich erinnern. An die Euphorie, die Drogen, den Alkohol, den Wald, den Geruch des Baumharzes... Erst jetzt begann er zu schreien. Jemand musste ihn doch hören! Irgendwer!

17

Sabine Hopfner war im Präsidium schon von der Staatsanwältin Frau Dr. Baunach erwartet worden. Soweit es ihr möglich war, informierte sie ihr Gegenüber über den Stand der Ermittlungen, doch Frau Baunach zeigte sich besorgt.

„Ich muss Ihnen nicht sagen, dass wir uns als Festspielstadt in einer besonderen Position befinden. Wir stehen in Kürze im Mittelpunkt des Interesses der ganzen Republik. Bis dahin muss der Fall vom Tisch sein. Wir können doch nicht alle Schauspieler und Opernsänger unter Polizeischutz stellen. Es gab schon eine Anfrage aus dem Kanzleramt, ob die Bundeskanzlerin bei ihrem Besuch der Festspiele

auch wirklich sicher sei. Stellen Sie sich das einmal vor!"
„Ich glaube, dass wir es nicht mit einem Verrückten oder einem Schauspielerkiller zu tun haben, sondern dass es ein Motiv im privaten Umfeld der beiden Opfer geben muss. Fuggmann hat ein unstetes Leben geführt, er war nicht beliebt und hatte unzählige Affären. Auch gab es da wohl einen Stalker, wir sind da gerade dran. Und was Reifenberg angeht, der hat nicht nur das Theater, sondern anscheinend auch die männlichen Schauspieler geliebt. Alles deutet darauf hin, dass er ebenfalls jede Menge Affären hatte, vielleicht sogar mit Fuggmann, doch beweisen können wir da noch nichts. Ich werde mir den Intendanten Hofmeister nochmal vorknöpfen, der scheint uns nicht alles erzählt zu haben", informierte die Hauptkommissarin ihre Gesprächspartnerin.
„Sie müssen Reifenberg so schnell wie möglich finden. Die Familie hat Beziehungen bis in den Landtag. Auch wenn der Mann nicht unbedingt beliebt in seiner Familie ist, er gehört doch dazu, man will unbedingt einen Skandal vermeiden und den Namen der Familie und die Details aus der Presse raushalten. Ich stehe unter Druck."
„Wir geben unser Bestes. Aber Reifenberg ist ein undurchsichtiger Mann. Obwohl er über Bildung und Vermögen verfügt, gibt er sich mit einer Position als Assistent und gelegentlicher Nebenrollendarsteller zufrieden. Das finde ich äußerst seltsam."
„Was ist mit dem Gift?"

„Die Frösche in Reifenbergs Terrarium sind tatsächlich momentan ungiftig. Sonst keine Spur von dem Gift. Doch niemand kann sagen wie lange schon. Wir haben auch noch nicht herausgefunden, wo die Tiere her stammen. Sie sind meldepflichtig und unterliegen dem Artenschutz. Der Zoll konnte uns auch noch nicht weiter helfen. Seltsam ist es schon, dass Reifenberg ausgerechnet diese Tiere hielt. Einmal nur war er auf einer Reise in Süd- und Mittelamerika, wo es noch Urvölker im Regenwald gibt, die mit Blasrohr und Pfeilen ihre Beute erlegen. Das ist verdächtig."
„Das kann sich wirklich nicht um Zufall handeln. Entweder, Reifenberg ist in die Sache verstrickt, oder jemand will die Aufmerksamkeit auf ihn lenken."
Es klopfte an Sabine Hopfners Bürotür und ihre Mitarbeiterin Ruth Taurich trat ein.
„Wir haben den Stalker gefunden. Lebt momentan in Kulmbach!"
„In Kulmbach, wirklich, das kann doch nicht sein?"
„Ja und rate mal wo: als Untermieter direkt beim Fuggmann um die Ecke. Wir konnten ihn zunächst nicht ausmachen, weil er nicht mit seinem richtigen Namen als Mieter der Wohnung in Erscheinung tritt, doch über seinen Telefonanbieter, über einen älteren Handyvertrag haben wir ihn lokalisiert. Er wohnt bei einem Hans Zapf, aber anscheinend nicht unter seinem richtigen Namen."

„Den Zapf kenn ich. Das ist doch der Nachbar von Fuggmann. Dann lebt der Stalker ja wirklich in unmittelbarer Umgebung des Opfers. Endlich eine heiße Spur! Ich werde mich sofort drum kümmern. Wir brauchen einen Durchsuchungsbeschluss. Frau Baunach....“
„Kein Problem. Ich leite alles in die Wege. Bitte halten Sie mich auf dem Laufenden. Und vergessen Sie Ihren Vorgesetzten Herrn Polizeirat Waldmüller nicht. Auch er bekommt momentan so einiges von seinen Parteifreunden zu hören und ich mag mir sein Gejammer auch nicht gerne anhören...“
Als die Staatsanwältin wieder gegangen war griff die Leiterin der SOKO Sanspareil zum Telefon um Waldmüller zu informieren und sich bei ihrem Lebensgefährten in Kulmbach anzumelden. Sie würde Fritz in der Kulmbacher Polizeidienststelle aufsuchen und ihn bitten, sie in die Innenstadt zu begleiten. Vielleicht hatten sie ja in der Person des Stalkers den gesuchten Mörder gefunden. Doch irgendetwas in ihr sagte ihr, dass das zu offensichtlich und fast schon zu einfach war. Doch eine Spur war eine Spur. Vor Überraschungen war man in diesem Job nie sicher und schon mancher hatte seine vorgefasste Meinung revidieren müssen. Beweise, Beweise, darauf kam es an. Niemand sollte mit ihrer Hilfe in diesem Land ohne ausführliche Beweise ins Gefängnis gehen. Dafür würde sie sorgen.

Marga hatte genau so reagiert, wie John es erhofft hatte. Ruhig hatte sie ihren Weg fortgesetzt, hatte ihm die frischen Semmel auf den alten Küchentisch gelegt und gesagt: "Ich dachte, es wäre eine gute Idee heute morgen gemeinsam zu frühstücken." Dann hatte sie das Geschirr aus seinem alten Buffetschrank genommen, den Tisch gedeckt, als ob nichts gewesen wäre und daran Platz genommen.
Heusinger hatte wortlos den Tee zubereitet, doch in seinem Kopf brummte es gewaltig, anscheinend hatte er doch ein paar Gläser zuviel getrunken. Litt er unter Gedächtnislücken? Es arbeitete in ihm und er wusste nicht so recht, was er sagen sollte. Er hatte doch hier unten im Sessel geschlafen oder nicht? So ganz genau konnte er sich nicht erinnern, da war das Gewitter, Lissie mit ihrem Schampus, die Treppe, … Er konnte sich aber an dieses Gefühl erinnern, an dieses unangenehme Gefühl, dass ihn sein altes Ich, sein altes Leben, eingeholt hatte und er nicht genau wußte, wie er damit umgehen sollte. Hatte er all das zu sehr verdrängt? Hatte er es sich zu leicht gemacht?
Die Frau hatte hier heute übernachtet, es bestand so oder so Grund genug, sich Marga zu erklären. Egal, was gewesen war. Er wollte gerade mit seiner Entschuldigung beginnen, doch irgendwie wusste er nicht, die rechten Worte zu finden und druckste herum: „Du Marga, ich…" Doch die Kulmbacherin unterbrach ihn: „John, du bist mir keine Rechenschaft schuldig, du kannst tun und lassen was du willst",

war alles was sie ihn wissen ließ, bevor sie zu der alten Blechdose griff und zwei Löffel Zucker in ihren Tee verrührte.
„Der alten Zeiten willen, ich hab sie halt oben schlafen lassen, sie hatte getrunken, wir hatten getrunken und ich hab sie reden lassen von früher, von den guten Dingen…“, versuchte er es weiter sich zu verteidigen.
„Was meinst du, gehen wir gleich in den Wald?“
Die Art und Weise wie sie das gesagt hatte, ließen sofort dieses Gefühl von Wärme in ihm aufsteigen. Der Wald! Sie hatte genau das Richtige gesagt. Ja, sie beide würden in den Wald gehen. Sie würden vielleicht erst schweigend nebeneinander her gehen, die frische Morgenluft einatmen, hier und da einen Baum berühren, dem Gezwitscher der Vögel lauschen und Connor auf der Suche nach Kaninchenlöchern beobachten. Dann würden sie sich vielleicht auf irgendeinen, in einen der letzten Herbststürme umgestoßenen Baum setzen, das Spiel von Licht und Schatten durch das Blätterwerk der Bäume betrachten, er würde ihre Hand nehmen und ihre Nähe spüren. John Heusinger war froh.

Fritz Lux hatte das Sägewerk so verlassen vorgefunden wie Tage zuvor, als er mit Sabine Hopfner das erste Mal hier gewesen war.
Alles war ruhig, ja idyllisch. Der Bach plätscherte vor sich hin und das alte Haus strahlte eine ganz besondere Wärme aus, fast fühlte er sich in seine

Kindheit versetzt, wo er mit seinem Vater auf dem Bulldog hierher gefahren war, um die im Wald zuvor geschlagenen Bäume zu Brettern sägen zu lassen. Schade, dass es diese alten Sägemühlen immer seltener in noch intaktem Zustand gab. Die alten Leute, die es noch verstanden, die alte Technik zu bedienen, starben allmählich aus, und große moderne Anlagen hatten das Geschäft der kleinen Betreiber ersetzt. Eigentlich, so dachte Lux, sollte man aus diesem Kleinod ein Museum machen. So könnte man den folgenden Generationen die Arbeit ihrer Großväter in und um den Frankenwald mit dem Holz nahebringen.

Nichts hatte sich verändert. Alles wirkte so wie er und Sabine es verlassen hatten. Auch die Kartons, die sie bereits durchgesehen hatten, waren noch da. Er konnte sich nicht erinnern, einen mit der Aufschrift „Margret" gesehen zu haben. Noch einmal schob Fritz Lux die Kisten hin und her, um die gesuchte Markierung zu finden.

Hier unten war nichts. Vielleicht sollte er oben in den Schlafräumen noch einmal nachschauen. Die alte Holztreppe knarrte, als er sich nach oben in den ersten Stock der alten Sägemühle begab.

Dies hier musste das Schlafzimmer von Margret, Friedas verstorbener Schwester gewesen sein. Obwohl die Möbel mit Tüchern verhüllt und der Kleiderschrank verschlossen war, konnte er diesen leichten Duft von Lavendel und Mottenpapier wahrnehmen. Vielleicht gab es noch Kartons unter dem

Bett oder in der alten Waschkommode, auf der immer noch die Waschgarnitur mit Rosenmuster auf einer Marmorplatte stand, als hätte sich nichts in den letzten hundert Jahren verändert.
Fritz Lux zog nach und nach alle Schubladen auf. Die meisten waren leer. Nur eine Bibel, eine alte Haarbürste und sonstige Toilettenartikel wiesen darauf hin, dass er sich nicht geirrt hatte und sich wirklich in dem Schlafraum der verstorbenen Tante des Opfers befand. Der Kleiderschrank! Auch da müsste er noch nachsehen. Die Türe ließ sich nur durch ein Anheben derselben bewegen. Der Schrank war vermutlich ebenfalls über einhundert Jahre alt und hatte sich im Lauf der Zeit verzogen. Es quietschte laut, als er den Kleiderschrank mit der Spiegeltüre in der Mitte öffnete. Auch hier hatte man die meisten Sachen bereits entfernt. Nur ein alter Lodenmantel und eine Pelzjacke hingen wie verloren an der alten Messingstange vor ihm. Fast hätte er geniest, der Geruch von Mottenpapier und Staub war ihm sofort in die Nase gedrungen. Dann konnte er ihn sehen. Einen alten Schuhkarton mit der Aufschrift „Margret". Konnte es sich wirklich um die gesuchten Fotos handeln? Fritz Lux griff nach dem gefundenen Objekt und hob den Deckel. Ungeordnet und wahllos hineingeworfen konnte er nebst etlichen Schwarz-Weiß-Fotografien auch eine Reihe von farblichen Aufnahmen ausmachen, sowie ein Fotoalbum. Auf den ersten Bildern, die er sich nun herauspickte, konnte man eindeutig Max Fuggmann

erkennen. Auch in verschiedenen Kostümen und mit ebenfalls verkleideten Kollegen war er in schauspielerischer Pose abgelichtet worden. Auf der Rückseite waren oft Datum und Aufführung notiert. Fritz Lux stöhnte. Es musste sich um mehrere hundert Bilder handeln. Sabines Team hätte einiges zu tun, um das Material zu sichten. Er wollte gerade den Deckel wieder schließen, als er durch irgendetwas irritiert wurde. Doch es dauerte einen Moment, bis er realisierte, dass es nicht die Schranktüre war, die er gerade wieder schließen wollte, die quietschte, sondern es war die alte Holztreppe, die er selber vor kurzer Zeit noch nach oben in den ersten Stock des Hauses bestiegen hatte. War jemand im Haus?
Noch bevor er der Sache auf den Grund gehen konnte, war es geschehen! Die Kleiderschranktür zu seiner Rechten wurde ihm mit voller Wucht gegen den Kopf gestoßen. Er spürte noch, wie er den Karton fallen ließ. Das letzte was er hören konnte, war das Zerbersten des Spiegelglases. Schon bemerkte er nicht mehr, wie Scherben in seine Haut drangen. Alles wurde schwarz. Er war überrumpelt worden.

18

„Ich hobs scho bei Johanna versuchd, obber dahaam is´er ned und on sei Handy gid´der a ned“, berichtete Ernst Obermeier, der stellvertretende Dienststel-

lenleiter der Kulmbacher Polizeidienststelle seinem Besuch Sabine Hopfner.
„Soweit ich weiß, wollte er sich nochmal das Sägewerk vornehmen. Vielleicht liegt sein Handy im Wagen und er hört es nicht“, versuchte Sabine Hopfner sich selber zu beruhigen.
„Gud. Wenn´er sich innerhalb der nächsden dreißich Minuden ned melded oder mir na ned erreich´n, fahr ich naus und schau noch“, gab ihr nun Obermeier zu verstehen.
„Alles klar, dann mach ich mich derweilen auf in die Altstadt. Könnte ich einen Kollegen als Begleitung mitnehmen?“
„No freilich. Ich glaab, der Sven is grod frei. Der werd fruh sa in den Außendiensd zer kumma. Ich denk amol, der Jung würd sich späder a gud als Kommissar der Kribo mach´n.“
Sabine Hopfner benötigte nur wenige Minuten Fußmarsch, bis sie und ihr junger Begleiter das Haus in der Innenstadt erreicht hatten, in der der gesuchte Stalker zur Untermiete wohnen sollte.
„Ach Frau Kommissarin. Mir kenna uns doch. Kumma Sa rei“, wurden sie vom Nachbarn des ermordeten Fuggmann begrüßt.
„Herr Zapf, ist Ihnen ein Volker Merting bekannt? Der soll als Untermieter bei Ihnen wohnen.“
„Volker Merting, noch nie g´hörd. Obber an Undermieter hob ich scho. Der lebd ob´n in aner glann Dochkammer. Is als Saisonkrafd in der Kommunbräu ong´stelld. Warum frong sa?“

„Ist das der Mann?“ Sabine Hopfner hielt ihm ein Foto unter die Nase.

„Ja, ich glaab scho. Obber die Hoorfarb is annersch. Ned blond, sondern eher schwaz. Und den Bard trägd´er a nimmer. A Brill´n hod´er, su a modischa. Obber wieso Merting? Mir hod´er sich als Veit Mausner vorg´stelld.“

„Nun, da hat Ihr Untermieter Sie belogen. Ist Ihnen bekannt ob dieser Mann Kontakt zu ihrem Nachbarn Fuggmann hatte? Haben Sie die beiden einmal zusammen gesehen?“

„Ned das ich wüssd. Obber amol, do is mer scho wos komisch vorkumma. Ich hob Masner, mmh diesen Merting eb´n, mol im Hausflus getroff´n. Irgendwie hob ich des G´fühl g´hobd, er wolld ned naus geh. Er hod gezögerd und hod mich irgendwie aufg´haldn. In dem Momend is der Fuggmann draußen verbei ganga. Hier, seng sa, mer konn durch des Flurfensder des Nachberhaus seng.“

„Danke Herr Zapf, Sie haben uns sehr geholfen. Wo können wir ihren Untermieter um diese Uhrzeit finden?“

„Also, vielleichd is´er ob´n. Ich hob na seid gestern nimmer g´seng. Oder frong sa auf seiner Ärberdsstell noch …“

Sabine Hopfner wartete bis der Vermieter seine Wohnungstür wieder geschlossen hatte. Dann zog sie ihre Dienstwaffe und entsicherte diese.

„So junger Mann. Jetzt kannst du mir mal zeigen, ob du auch für die Kripo geeignet bist. Du sicherst mich ab." Mit diesen Worten bestieg Sabine Hopfner vorsichtig und mit Bedacht die Treppe zur Dachkammer, damit der Stalker nicht gewarnt werden würde. Nur noch wenige Stufen und sie hatten die hellblau gestrichene Türe erreicht.

Elisabeth Engelhardt fühlte sich irgendwie gedemütigt. Noch nie hatte sie ein Mann so plump abserviert. Was war bloß los mit John? Sie hatte sich alle Mühe gegeben, doch nur für einen kurzen Moment war er schwach geworden, letztendlich hatte er sie aus seiner Hütte - ja man konnte dieses Ding da auf dem Berg nur als Hütte bezeichnen - hinaus geworfen. Und dann noch diese Frau, dieser Bauerntrampel!
Sie würde ein heißes Bad nehmen und sich dann mit Hofmeister beschäftigen. Im Gegensatz zu Heusinger, der anscheinend nur noch auf Landpomeranzen stand, war der Intendant wenigstens ein Mensch, der es verstand, zu leben. Irgendwie brauchte sie jetzt diese Bestätigung durch einen anderen Mann. Hofmeister würde ihr schmeicheln, ihr jeden Wunsch von den Augen ablesen, sie in jeder Hinsicht verwöhnen, in jeder! Wütend schleuderte sie die Kleidungsstücke, die sie am letzten Abend getragen hatte, auf den Boden. Heusinger würde schon sehen, irgendetwas würde ihr einfallen um sich an ihm zu rächen. Vielleicht sollte sie mal heraus bekommen, wer diese Frau in seiner Begleitung war, ja, ein guter Plan. Und überhaupt, noch keiner hatte je ihren Rei-

zen dauerhaft widerstehen können, mal sehen, noch war sie nicht bereit, aufzugeben. Vielleicht hätte sie doch eher eine Flasche guten irischen Whiskys und nicht den Champagner mitnehmen sollen.
Das Wasser in ihrer Badewanne gluckerte bereits, als sie zum Telefon griff, um Frederik zu sich zu bitten. Eine Flasche Champagner wäre jetzt auch nicht schlecht. Der Geruch dieses starken und dunklen Tees Heusingers, der heute am Morgen das ganze alte Haus dort droben auf dem Berg durchzogen hatte, lag ihr immer noch in der Nase. Tee! Wie gern hatte John früher morgens Champagner mit ihr getrunken. Wie viel Zeit hatten sie im Bett zugebracht. Ein Seufzer des Bedauerns entronn ihrer vom Selbstmitleid zerfließenden Seele. Gott sei Dank! Hofmeister meldete sich sofort. Mit etwas weinerlicher Stimme und einer gewissen Theatralik, die, wie sie wusste, Hofmeister durchaus in bestimmten, insbesondere erotischen Situationen zu schätzen wußte, flehte sie ihren Gesprächspartner am anderen Ende der Leitung an: „Frederik. Ich hatte eine fürchterliche Nacht. Kannst du nicht ein wenig zu mir kommen? Ich brauche eine Aufmunterung. Und bring mir bitte ein schön gekühltes Fläschchen von meinem Lieblingsblubber mit, ja!"
Frederik hatte sofort zugesagt. Sie hatte die freudige Erwartung in seiner Stimme natürlich wahrgenommen. Nur noch schnell den Schlüssel unter die Türe und dann ab in das heiße und mit duftendem Schaum versehene Nass. Sie konnte die Entspan-

nung ihrer Muskeln bereits spüren. Frederik würde ihr gut tun. Sollte Heusinger da oben auf seinem Berg doch mit seinen Rehen und Wildschweinen vergammeln. Sie bemerkte, wie sich ihre Laune langsam besserte. Hoffentlich würde Frederik sich beeilen. Sie war das Warten nicht gewohnt. Insbesondere heute nach diesem Rausschmiss wollte sie ihre Geduld nicht übermäßig strapaziert wissen. Als sie in das heiße Badewasser stieg, war John Heusinger schon fast vergessen. Mit einem Ausruf der Entspannung griff sie zum Badeschwamm und ließ das leicht orange-verfärbte und mit allerlei Badezusätzen vermischte Wasser genüsslich auf ihr Dekolleté und ihre Schultern tropfen.

Fritz Lux fühlte sich benommen. Noch auf den Boden liegend tastete er vorsichtig seinen Kopf ab. Eine Platzwunde an der Schläfe hatte dafür gesorgt, dass er nun stöhnend und allmählich, den nun einsetzenden pochenden Schmerz spürend, auf seine blutverschmierten Hände blickte. Er hatte einige der Scherben des zerborstenen Spiegels abbekommen. Sein Arm blutete. Doch anscheinend waren die Wunden nicht sehr tief. Wie hatte er sich nur so ausser Gefecht setzen lassen können? Die Fotos! Als er sich nun langsam hochrappelte, bemerkte er sofort: Der Karton, die Fotos, alles war verschwunden. Vorsichtig versuchte er, sich gerade aufzurichten. Da! Schon wieder ein Geräusch! Seine Dienstwaffe, sie

war noch da. Gott sei Dank hatte der Täter sie nicht entwendet.
Langsam und möglichst leise nahm er die Pistole aus dem Halfter. Jetzt! Gleich würde er dem Verbrecher gegenüber stehen.
Gerade noch hatte er erneut das Knarren der Treppe wahr genommen. Diesmal nicht mein Freund! Diesmal nicht! Halb verdeckt und auch gestützt durch den Kleiderschrank nahm er die Waffe in Anschlag. Sein Kopf dröhnte und er glaubte, sein eigenes Herz pochen zu hören.

Die Wohnung war verwaist. Keine Spur von Merting. Sabine Hopfner hatte bereits geahnt, dass sie nicht erfolgreich sein würden. Doch ganz leer war die kleine Dachkammer nicht gewesen. Eine Menge Material würde es zu sichten geben. Merting hatte überall im Raum auf Boden, in Regalen oder Schubladen wahllos und ungeordnet Privates verteilt: Briefe, Zeitungsausschnitte und vieles mehr. Sie würde Ruth Taurich informieren. Die Spusi sollte sich das Ganze mal hier vornehmen und die Sachen sichern. Wenn sie nicht alles täuschte, hatte Merting nicht aufgehört, den Schauspieler Fuggmann zu verfolgen. Eine Menge der überall verteilten Fotos zeigten Fuggmann in unterschiedlichen Situationen und Posen. Fuggmann im Theater, Fuggmann im Supermarkt, Fuggmann beim Bier in der Gaststätte, und, und, und…

Könnte dieser Stalker vielleicht der Mörder sein? Vielleicht hatte ihn Eifersucht oder die ständige Ablehnung dazu getrieben, wer weiß.
„Hier, überall Liebesbriefe, der Mann war wirklich verrückt nach Fuggmann…“, machte Sven Maßberger die Leiterin der SOKO Sanspareil nun auf die Tatsache aufmerksam, dass er eine Kiste mit Papieren gefunden hatte.
„Ja, ich seh‘ schon, das wird unsere Leute eine Weile beschäftigen. Wir müssen sehen, dass wir ihn möglichst schnell finden. Auch den Theaterleuten müssen wir Fotos von dem Mann zeigen und sie befragen, ob ihn jemand in letzter Zeit gesehen hat. Ist ja richtig schade, dass ich Sie wieder in der Kulmbacher Wache abliefern muss. Kommen Sie, wir gehen zurück. Hier können wir vorerst nichts mehr ausrichten“, ließ Sabine Hopfner ihren Begleiter wissen.

Frederik Hofmeister kam das Angebot Elisabeth Engelhardts ganz gelegen. Etwas musste passiert sein, dass sie ihn sogar zu sich in die Wohnung rief. Nun gut, wenn er den Tröster geben sollte, warum nicht. Schließlich verfügte er über ein gewisses Maß an schauspielerischem Talent und auch sonst fand er, war er nicht ganz unattraktiv.
Das Haus, in dem sie wohnte, hatte er bereits erreicht. Reifenberg war äußerst großzügig, was das Umfeld der Kollegen anging. Für diese hatte er immer etwas übrig, eine Flasche Wein, ein gutes Essen, interessante Partys und eben diese Wohnungen

in der Nähe des Bayreuther Zentrums, die sich sonst vielleicht nicht jeder aus dem Ensemble hätte leisten können. Viele Schauspieler arbeiteten nur in Teilzeitverträgen und hielten sich mit Jobs im Bereich der Werbung oder im Rahmen von sozialen Projekten über Wasser. Andere tingelten durch die Lande für die, in den letzten Jahren immer beliebter gewordenen Krimidinnerevents, die auch hier in Franken, sogar in der Gastronomie in der Eremitage abgehalten wurden. Doch natürlich träumte ein jeder vom Ruf an die großen Bühnen der Welt. Viele strebten gar nach einer Karriere bei Film und Fernsehen. Wer würde denn auch schon nein sagen, wenn Hollywood an die Tür klopfte? Allein ein Engagement in einer Produktion des Bayerischen Fernsehens oder auch eines anderen Fernsehsenders wäre für viele seiner Kollegen wie ein Sechser im Lotto gewesen, wer träumte nicht davon, einmal im Münchener „Tatort“ oder einer anderen bekannten Produktion mitzuspielen, doch er selber war da durchaus realistisch. Er war kein überragend guter Schauspieler, nein das war er nicht. Aber er hatte es sich gut eingerichtet, hier, im beschaulichen Oberfranken. Bedingt durch die Festspiele gab es jede Menge interessanter Leute, die als Besucher oder Akteure in die Provinz kamen und neben dem Festspielhaus auch sein Theater beehrten. Er wurde eingeladen zu Galaveranstaltungen, Presseterminen, Ausstellungen und privaten Feiern. Und dann gab es noch eine Vielzahl anderer außergewöhnlicher Events mit jeder Menge

Prominenz und auch das Kulmbacher Bierfest würde wieder Tausende von Besuchern anlocken und ihm Gelegenheit bieten, den ein oder anderen prominenten Menschen zu treffen.
Hofmeister hatte die Wohnungstür Engelhardts nun vor sich. Wie versprochen lag der Schlüssel unter der Matte. Noch einmal strich er sein etwas länger gewachsenes Haar zurück, öffnete die Tür und betrat die Wohnung. Sie hatte bereits für Stimmung gesorgt. Der ganze Raum duftete nach Blumen. Die Bee Gees hauchten „How deep is your Love“ und ihr schweres, orientalisches Parfüm lag in der Luft. Sie wusste, er war verrückt danach. Auch ihr Badewasser würde danach duften. In Erwartung dessen, was er hinter dieser Badezimmertür erblicken würde, beschloss er, sein Jackett abzulegen. Für einen Moment überlegte er noch, ob er sich völlig entblößen sollte, doch vielleicht hatte sie ja Spaß daran, ihn selber zu entkleiden. Mit der gut gekühlten Flasche Champagner bewaffnet stieß er die Badezimmertür auf, hinter der er ein sanftes Plätschern wahrnahm. „Schau mal Schatz, was ich dir…“. Frederik Hofmeister stoppte abrupt. Sein Atem stockte! Er konnte es nicht fassen: Elisabeth Engelhardt würde diesen gut gekühlten Champagner nicht mehr trinken können.
Elisabeth Engelhardt, seine Calypso, war tot. Wie automatisch griff er zum Wasserhahn, um das kleine Rinnsal, welches er nun als Auslöser des Plätscherns

ausmachte, zu schließen. Ihre weit geöffneten Augen starrten ihn an.
Für einen Moment spürte er, wie dieses Bedauern in ihm hochkroch. Elisabeth war trotz ihrer verdrehten und etwas unnatürlich wirkenden Körperhaltung auch im Tode noch eine schöne Frau. Doch dieses Gefühl hatte ihn nur für Sekunden erstarren lassen. Das nächste was er fühlte war Panik, eine ihm den Atem fast komplett raubende Panik: Man würde ihn verdächtigen! Was sollte er bloß tun, was? Hofmeister spürte, wie seine Knie zu zittern begannen und der Raum begann, sich um ihn zu drehen.

Der Eindringling hatte das Zimmer betreten, doch noch konnte er gut versteckt hinter dem Schrank nichts sehen. Er müsste jetzt aus seiner Deckung kommen, wenn er den Überraschungsmoment
auf seiner Seite haben wollte. Er konnte spüren wie das Adrenalin in seine Adern schoss. Ohne jetzt noch weiter zu zögern, bewegte Fritz Lux sich nun einen Schritt nach vorn, die Waffe im Anschlag.
„Halt! Polizei! Stehenbleiben!“
Doch auch sein Gegner hatte so etwas Ähnliches gebrüllt. Für eine Sekunde starrte er perplex sein Gegenüber an: Ernst Obermeier! Fast hätte er noch auf seinen Freund und Stellvertreter geschossen.
„Mensch Fritz, wie schausd´n du aus! Kumm ich helf der. Ich fohr dich gleich zerm Krank´nhaus. Dei G´sichd!“
Fritrz Lux durchflutete eine Welle der Erleichterung.

„Halb so wild! Des gidd scho.“ Doch entgegen seiner Aussage benötigte Fritz Lux doch ein wenig Hilfestellung bei der Bewältigung der steilen Treppe. Noch war es ihm schwindelig und sein Kopf dröhnte nach wie vor. Auch schmerzten ihn so einige Schnittwunden , die er erlitten hatte.

„Warum bisd du eigendlich do?“, wollte der Kulmbacher Hauptkommissar ein wenig später von seinem Freund und Kollegen wissen, als beide auf ihrem Weg zurück nach Kulmbach im Fahrzeug saßen.

„Also die Hopfner wor bei uns in der Diensdstell in Kulmboch und hod dich g´suchd.“ Kurz berichtete Ernst Obermeier, was es an neuen Entwicklungen in Sachen Stalker gegeben hatte.

„Und, hosd sa allaa geloss´n?“

„Wu denksd du hie. Sven is bei ihr. Mach der kanna Sorng. Ich glaab, mir kümmern uns jetz erschd amol um dich.“

Fritz Lux gab keine Widerworte mehr. Vorsichtig lehnte er seinen Kopf zurück und versuchte sich zu entspannen. Doch so recht wollte es nicht gelingen. „Du mussd soford die Kolleng informier´n. Der Täter konn nuch in der Gegend sa. Und die Spurensicherung soll ins Sächwerch. Wenn´er kanna Händschich gedrong hod, müss´n Fingerobdrück om Kleiderschronk sa, su fesd wie der zug´schlong hod.“

Ernst Obermeier nickte und gab kurz darauf die Informationen und Anweisungen an die Kollegen in Kulmbach weiter. Fritz Lux ahnte, was ihm da be-

vorstand. Sabine würde vermutlich auf ihn warten und ihm eine Standpauke von wegen irgendwelcher „Alleingänge“ halten.
Doch irgendwie hatte das Ganze auch sein Gutes. Jetzt konnten sie sicher sein, dass sie dem Täter auf der Spur waren. Die Fotos waren vielleicht der Schlüssel zu dem Ganzen. Könnte es sein, dass da noch irgendwo Negative oder Speicherchips in Fuggmanns Wohnung oder im Theater gelagert waren? Sie müssten noch einmal alles gründlich durchsuchen. Denn wenn Margret Eber die Fotos nicht selber geschossen hatte, wer dann? Irgendwo gab es unter Umständen noch Daten auf einer Speicherkarte oder einem Computer? Danach müsste man noch einmal gezielt suchen: bei Fuggmann in der Wohnung, bei Reifenberg, bei den Schauspielern. Die Gedanken überschlugen sich in seinem Kopf.

Sabine Hopfner hatte gerade mit Sven Maßberger die leere Wohnung des Verdächtigen verlassen, da klingelte ihr Handy und Ruth Taurich teilte ihr mit, dass Hofmeister die Engelhardt tot in ihrer Badewanne gefunden hatte. Als sie und Maßberger die Kulmbacher Wache erreicht hatten, wo sie zuvor ihren Dienstwagen abgestellt hatten, war Obermeier gerade dabei, seinem lädierten Chef aus dem Wagen zu helfen.
„Fritz, was ist passiert?“, wollte Sabine Hopfner sofort wissen, als sie auf ihn zuging. Mit sorgenvoller Miene betrachtete sie die schmerzverzerrte Mimik

ihres Freunds, der nicht verbergen konnte, dass der Überfall nicht ganz so glimpflich abgelaufen war.
„Is alles halb su wild. Nur a Pladzwund´n. Sven, Sie könna mich gleich zum Arzd fohr´n“, wandte er sich an seinen jungen Kollegen und fuhr an Sabine Hopfner gerichtet fort: „ Ich wolld nur seng, ob mid dir alles in Ordnung is.“
„Mit mir? Ich glaube, ich spinne! Ich bin nicht derjenige, der wieder allein unterwegs ist, ich hatte mich abgesichert. Du bist doch derjenige, der immer nur Alleingänge unternimmt! Schau dich doch mal an, wie du aussiehst!“
Fritz Lux konnte die Wut, aber auch Sorge in ihren Augen erkennen. Sabine hatte ja Recht. Er liebte es nun einmal, allein unterwegs zu sein. Irgendwie kamen ihm dann die besten Ideen. Und wer konnte schon damit rechnen, dass auf dem Sägewerk etwas derartiges passierte.
„Ich muss nach Bayreuth. Die Engelhardt ist ermordet worden. Lag tot in ihrer Badewanne, Hofmeister hat sie gefunden“, informierte sie kurz und knapp ihren Lebensgefährten über die neuste Entwicklung im Fall.
„Noch a Mord! Der Fall werd immer komblizierder. Ich kumm späder mol rüber. Ich bin do auf wos Interessant´s g´stuß´n. Jemond hod Fotos g´stull´n, die die Stiefmudder vom Fuggmann in aner Schochd´l im Kleiderschronk aufg´hob´n hod. Außerdem könnd der Däder, als´er mich niederschlong

hod, Spur´n hinderloss´n hab´n. Es wär sinnvoll, die Spurensicherung dazu zu hol´n."
„Gut. Ich werde das veranlassen. Aber ich denke, du siehst erst mal zu, dass du zum Arzt kommst. Du siehst richtig schlecht aus."
Fritz Lux konnte sehen, dass Sabine Hopfner trotz ihrer direkten Ausdrucksweise, die sie so von ihrer alten Heimat mitgebracht hatte, und die manchmal durchkam, wenn sie aufgeregt oder angespannt war, erleichtert war, dass ihm nicht mehr passiert war.
Ein weiterer Mord! Sabine würde noch stärker unter Druck geraten. Elisabeth Engelhardt tot! Wenn er ehrlich war, hatte er die schöne Schauspielerin doch immer in Verdacht gehabt, etwas mit dem Mord an Fuggmann und dem Verschwinden Reifenbergs zu tun zu haben. Zumindest hatte er das Gefühl gehabt, dass die Frau nicht mit offenen Karten gespielt hatte und irgendetwas zurückgehalten hatte. Doch nun war sie selber zum Opfer geworden, doch warum? Hatte sie zuviel gewußt?
Vielleicht hatte gar der Anschlag im Theater nicht Hofmeister sondern der schönen Schauspielerin gegolten, möglich wäre es, denn auch sie war auf der Bühne gewesen, als die Kulissen umgestürzt waren. Eines war sicher, wenn es so war, hatte der Täter nicht locker gelassen und einen neuen Mordanschlag auf die Engelhardt verübt, doch diesmal, diesmal war er wirklich tödlich gewesen.

Ruth Taurich und Markus Schmidt waren nach dem Notruf Hofmeisters an den Tatort geeilt und hatten den äußerst verstörten Intendanten in der Wohnung der Ermordeten angetroffen. Der Mann wirkte wirr und irgendwie auch extrem aufgedreht, so dass Ruth Taurich den eintreffenden Arzt bat, Hofmeister auch einem schnellen Drogenscreening zu unterziehen. Positiv! Der Mann war mit Koks in Berührung gekommen!

Als Sabine Hopfner eintraf, versuchte Markus Schmidt gerade Hofmeister zu beruhigen, der nervös mit den Armen umher fuchtelte. „Alles nur Theater?“, fragte sich die Hauptkommissarin als erstes, als sie nun das Wohnzimmer betrat und auf Hofmeister zusteuerte, der anscheinend schon ungeduldig und in einem völlig hysterischen Zustand auf sie gewartet hatte.

„Frau Kommissarin, endlich! Ihre Kollegen hier wollen mir nicht glauben, dass ich mit dem Mord nichts zu tun habe. Gar nichts! Hätte ich sonst angerufen? Ich hätte genauso gut verschwinden können. Nein, ich habe die Polizei informiert. Sie lag schon so da, es war schrecklich, schrecklich…“ Hofmeister hatte seine Stimme immer weiter erhoben und schrie: „Ich war es nicht, so glauben Sie mir doch, ich war es nicht…“

„Ich denke, wir klären das in Ruhe im Präsidium. Nehmt Herrn Hofmeister mit. Ich komm gleich nach“, gab sie ihre Anweisungen, bevor sie ins Ba-

dezimmer der Wohnung ging, um sich Tatort und Opfer näher anzuschauen.
Elisabeth Engelhardt Anblick wirkte auf sie wie ein sorgsam arrangiertes Bühnenbild in einem Drama: Das lange, blonde Haar schwebte wie ein Fächer um das aufwendig geschminkte Gesicht im Badewasser, der Körper wirkte durchtrainiert und fit, aber auch unwirklich feenhaft, bleich und zerbrechlich. Nur die etwas seltsame Haltung wirkte unnatürlich. Die Schauspielerin musste ihn im Todeskampf verdreht haben. Der Anblick erinnerte sie irgendwie an Fuggmann. Noch bevor sie fragen konnte, wies sie der Gerichtsmediziner auf die Todesursache hin: "Giftpfeil, hier am Oberarm ist der Einstich noch zu sehen. Haben wir im Wasser gefunden. Sie muss noch versucht haben, ihn zu entfernen. Doch ich vermute, er wurde ihr mit Gewalt in den Körper gedrückt. Sie hat Kratzspuren an Armen und Händen."
„Das heißt, es könnte DNA Material des Täters geben?"
„Ja, ich denke schon. Alles Weitere später."
Die Leiterin der SOKO Sanspareil blickte sich noch einmal um. Elisabeth Engelhardt hatte ihre letzte Szene gespielt, dieses Bühnenbild hier sollte ihr letztes sein.
Sabine Hopfner hörte draußen einen Tumult und blickte aus dem Fenster. Die Presse hatte mittlerweile Wind von der Sache bekommen und neben diverser Fotografen und Journalisten warteten auch Hofmeisters Schauspielerkollegen aus dem Haus vor

der Eingangstüre. Hofmeister schrie immer noch mit den Armen fuchtelnd laut herum, ja er brüllte regelrecht immer wieder: “Ich war´s nicht, ich war´s nicht,...“
Entweder der Mann war wirklich nicht der Mörder, oder er strafte dem Urteil vieler seiner Kollegen Lügen, vielleicht war er ja ein viel besserer Schauspieler als einige dachten.

Reifenberg war wieder wach. Hatte er ein Geräusch gehört? Angestrengt lauschte er, doch nichts. Wenn man ihn hier nicht verhungern oder verdursten lassen wollte, brauchte er bald Nahrung und Wasser. Vorsichtig tastete er den Boden ab. Die Flasche! Er schüttelte sie, ja, noch war ein wenig Wasser vorhanden. Vorsichtig, damit nichts verschüttet wurde, trank er etwas davon. Wenn er nur wüsste, warum er hier wirklich festgehalten wurde. Man hätte ihn schon längst töten können, doch hier wollte ihn jemand quälen, erniedrigen, foltern.
Quälen! Er hatte einige Sekunden gedauert, doch dann konnte er sie plötzlich sehen, diese Bilder in seinem Kopf von dem Fest damals, draußen am Sägewerk, als Max seinen Geburtstag gefeiert hatte, alles hatte es im Überfluss gegeben: Getränke, Essen und Drogen.
Da Max immer knapp bei Kasse war, hatte er selber wieder einmal das Ganze gesponsert, um Max einen Gefallen zu tun. Außerdem waren sie sich in der Zeit damals sehr nahe gekommen und hätte Eli-

sabeth nicht immer dazwischen gefunkt, wer weiß, vielleicht hätte es ja wieder geklappt…
Es war hoch her gegangen, die Stimmung war extrem gut, bis, ja, bis Fuggmann sich dieses Mädchen geschnappt hatte, dieses hübsche Dorfkind, das er zum Kellnern eingestellt hatte. Er hatte zunächst gar nicht gewußt, worum es ging. Das Mädchen hatte sich irgendwo verkrochen, und Max, Max hatte dann erst richtig aufgedreht, wie immer, wenn er was genommen hatte. Verkleidet hatte er sich als eine seiner Lieblingsfiguren und den großen Auftritt genossen. Was war es noch gewesen? Er konnte sich nicht recht entsinnen. Irgendein Drama, irgendein König, …

19

Hofmeister hatte sich etwas beruhigt. Sabine Hopfner versuchte, einen Hinweis in seiner Mimik oder Gestik zu finden, dass er Theater spielte. Doch sie war sich nicht sicher. Die Empörung, die seine vorläufige Festsetzung hervorgerufen hatte, wirkte auf sie echt. Vielleicht fürchtete der Mann wirklich nur um seinen Job.
„Sie können sich gar nicht vorstellen, was für einen Skandal das auslösen wird. Nicht nur, dass Sie nicht in der Lage sind, diesen verrückten Schauspielerkiller zu fangen, nein, jetzt ruinieren Sie auch noch meinen Ruf, was glauben Sie, was morgen alles in der Presse zu lesen sein wird."

„Beruhigen Sie sich, Herr Hofmeister. Wir müssen Sie intensiv verhören, immerhin waren Sie der Erste am Tatort. Also, was ist Ihnen aufgefallen? Gab es etwas Besonderes?“
„Nein, nichts, ich weiß nicht. Der Schlüssel war unter der Matte, das hat sie schon mal gemacht, wenn sie zuvor in Pose gehen wollte, in der Badewanne, im Bett, auf der Liege, sie liebte so Spielchen, war immer vorbereitet, geschminkt, mal mit, mal ohne Bekleidung, oft schlüpfte sie auch in eine Rolle, irgendeine besondere Frauenfigur, Calypso eben, Kleopatra, Lady Macbeth, eben die Rolle, auf die sie gerade Lust hatte, es kam auf ihre Stimmung an…“
„Und, war diesmal etwas anders?“
„Nein, auch die Musik hatte sie schon mal an, Kerzen und so ein Kram, Parfüm…“
„War alles so wie immer, denken Sie noch einmal nach!“
„Ja die Musik und die Kerzen schon. Nur der Duft. Es roch anders, irgendwie blumig. Sie bevorzugte schwere orientalische Düfte, ich habe ihr auch schon einmal so ein Parfüm gekauft, sie verbrauchte es literweise…“
„Wie war der Duft? Können Sie ihn beschreiben?“
„Nun, blumig eben, ich bin kein Experte.“
„Gut. Wir werden Ihnen einige Proben aus der Wohnung zum riechen geben. Sonst noch was?“
„Nein, wirklich nicht. Ich war´s nicht. Sie war schon tot, glauben Sie mir doch. Was hätte ich davon, sie zu töten? Ich habe sie im Theater gebraucht, und

auch so, ich, ich habe sie gemocht…, sie war so eine schöne Frau!“ Hofmeister verfiel nun in leises Schluchzen.
„Was ist mit Fuggmann und Reifenberg? Was ist mit denen? Gab es da mehr als eine kollegialen Beziehung?“
„Ach ich verstehe, der Tratsch der Kollegen, …“
„Nun?“
„Na gut, Fuggmann hat gerne herumexperimentiert. Besonders, wenn er Drogen genommen hat. Manchmal waren es Frauen, manchmal Männer, er hat eben so einiges ausprobiert.“
„Und Reifenberg?“
„Reifenberg hat fast alles für Fuggmann gemacht. War wohl verliebt in ihn, hat ihn auch finanziell unterstützt, seine Partys und auch seine Drogen finanziert. Max hat ihn jedoch immer wieder vor dem Kopf gestoßen. Vorgeführt hat er ihn vor der Truppe einfach nur so aus Spaß, wenn es ihm danach war. Er liebte das. Hat sich gerne über Johannes lächerlich gemacht. Dann gab es aber wieder Tage, da ist er angekommen, weil er irgendetwas wollte. Reifenberg hat immer nachgegeben. Immer.“
„Glauben Sie, dass Reifenberg hinter den Morden steckt?“
„Ich weiß es nicht. Nein, ich glaube nicht. Eigentlich ist Reifenberg ein sehr sensibler Mensch. Ich trau‘ ihm nicht wirklich einen Mord zu. Der hätte mit seinen Beziehungen und seinem Geld Fugg-

mann auf ganz andere Art fertig machen können. Glauben Sie mir."
„Und Sie? Wie standen Sie zu Fuggmann? Hatten Sie auch eine Beziehung?"
„Ich und schwul! Nein! Das wissen Sie doch schon! Dazu liebe ich die Frauen viel zu sehr!"
„Und Elisabeth Engelhardt?"
„Elisabeth war göttlich. Jeder, und ich meine wirklich jeder, fühlte sich geschmeichelt, wenn sie wieder mal ein Auge auf einen Mann geworfen hatte."
„Und welche Beziehung gab´s da zu Fuggmann?"
„Nun Elisabeth experimentierte auch gerne, wenn Sie verstehen was ich meine. Ja, ich gebe es zu, es gab mal ein oder zwei erotische Treffen zwischen Reifenberg, Fuggmann, Elisabeth und mir. Sie fanden bei Reifenberg in der Villa statt. Das Ambiente, der tropische Wintergarten, wir kamen uns vor wie in einem Sommernachtstraum, jeder verführte jeden, Drogen waren das Liebeselixier des Pucks, wir nannten ihn dann Puck, unseren Reifenberg, der alles immer so gut organisiert und vorbereitet hatte, eben der gute Geist der Truppe. Es war, ja wie soll ich es sagen, es war wie Theater spielen, wir befanden uns auf Zeitreise in die Antike, nach Rom oder Athen, an Königshöfen und auf einsamen Inseln, es war irgendwie zauberhaft und aufregend. Ab und zu waren auch Freunde dabei, Fuggmann hat manchmal einfach irgendwelche Leute mitgebracht, die er irgendwo aufgegabelt hatte und Reifenberg war immer so großzügig, alles vorbei, alles..."

Sabine Hopfner konnte sein Bedauern heraushören, trauerte er um die Toten oder um die nie wiederkehrende Zeit?
„Und Sanspareil? Was war da? Was wollte Fuggmann da? War das auch so ein zauberhaftes Spiel?“
„Ich vermute es! Aber damit habe ich nichts zu tun! Dort haben wir uns nie getroffen. Obwohl einmal, ich erinnere mich, hat Fuggmann davon gesprochen, dass das doch ein guter Ort wäre für ein kleines Fest, wie er es nannte.“
„Wer war dabei, als er davon sprach?“
„Nun einige Leute von Ensemble, Johannes, Elisabeth, es war auf einer Gartenparty bei Reifenberg. Max überlegte, wo man sich an einer lauen Sommernacht treffen könnte, in irgendeiner Ruine, einer Burg, einem Park, er war verrückt nach skurrilen Orten. Waren Sie schon mal in dieser Sägemühle? Auch die fand er klasse für so etwas. Einmal sind wir sogar auf den Staffelberg, von wegen alter keltischer Ort und so, und das mitten in der Nacht, Max war da unerbittlich, wenn er sich was in den Kopf gesetzt hatte, musste es durchgeführt werden.“
„Könnten Sie sich vorstellen, dass er nach Sanspareil gelockt wurde, vielleicht unter einem Vorwand?“
„Ich weiß es nicht! Vielleicht ist es möglich. Fuggmann liebte diese Spielchen und Herausforderungen, das habe ich doch schon gesagt.“
„Was wissen Sie von einer Party auf dem Sägewerk?“

„Das Sägewerk! Das war toll. Aber ich war nur einmal da. Auf der berühmten Party war ich selber nicht dabei. Essen, Trinken, alles im Überfluss, Reifenberg hatte all dieses Dekozeug aus dem Theaterfundus besorgt. Alle trugen irgendwelche Kostüme. Überall Fackeln! Es gab sogar Eselskostüme, hat mir Reifenberg später berichtet…"
„Eselskostüme?"
„Ja, Esel spielen in Shakespeares Sommernachtstraum eine Rolle."
„Und sonst? War etwas Besonderes?"
„Besonders? Nein, so wie mir berichtet wurde, war Fuggmann wie ein echter Hahn im Korb, eben so wie immer, hat sich wohl an die Schauspielkolleginnen und an die Kellnerin rangemacht. Das war aber immer so, nichts Besonderes. Befragen Sie besser die anderen aus dem Ensemble dazu, die dabei waren. Aber was soll das alles, lassen Sie mich nun gehen? Ich habe Ihnen alles gesagt was ich weiß."
Sabine Hopfner beendete das Gespräch. Hofmeister war bei der besagten Party nicht dabei gewesen. Vielleicht hatte der Anschlag auf der Bühne nicht ihm, sondern wirklich nur der Engelhardt gegolten, die nun das zweite Opfer des Täters geworden war. Sie würde all ihre Leute zusammen rufen, um jeden Punkt noch einmal durchzugehen. Gerade als sie nach der Verabschiedung Hofmeisters, den sie lieber die nächsten Stunden noch in Gewahrsam sehen wollte, den Besprechungsraum betreten wollte, kam ihr Ruth Taurich entgegen. „Wir haben ihn, den

Stalker. Ist gerade den Kollegen aus Kulmbach in die Arme gelaufen. Hatte sich wohl betrunken droben von der Plassenburg stürzen wollen und jede Menge Touristen erschreckt. Sie bringen ihn hierher! Und, Sabine, Hauptkommissar Lux bringt ihn persönlich vorbei."

Der Stalker gefasst! Eine weitere Möglichkeit, die sie betrachten mussten. Es würde mit Sicherheit einen langen Tag geben. Was würde sie jetzt für einen ruhigen Spaziergang im Wald geben. Manchmal beneidete sie John Heusinger um sein Domizil. John! Sie hatte gar nicht mehr daran gedacht. Auch er sollte über den Tod seiner Ex-Freundin unterrichtet werden. Sie würde ihn selber sobald wie möglich informieren. Per Handy war er ja nicht zu erreichen. Oder vielleicht könnte sie einfach Marga informieren? Für einen Moment blitzte dieser Gedanke in ihr auf, dass sie auch John als möglichen Täter ausschließen musste. Immerhin hatte er mit dem Opfer lange eine Beziehung gehabt und sie waren anscheinend nicht als Freunde auseinander gegangen. Natürlich war es undenkbar, dass John damit etwas zu tun hatte, aber dennoch, man würde es von ihr verlangen. Waldmüller, der den Schriftsteller nie hatte ausstehen können, würde sie schon darauf aufmerksam machen, wie immer. Er würde sich einmischen und mit einem Täter um die Ecke kommen wollen. John kam ihm da bestimmt gerade recht. Oh Gott, dann noch ausgerechnet seine verehrte Frau Engelhardt, die ihr Chef so hofiert hatte. Sabine Hopfner konnte sich noch gut an die Szene auf dem Flur des Polizeipräsidiums erinnern, sie musste schnell handeln. Schon alleine, um John zu schützen und aus der Schusslinie zu ziehen.

20

Fritz Lux hatte sich bei seinem Hausarzt in der Kulmbacher Innenstadt schnell durchchecken lassen. Gott sei Dank war nichts gebrochen, eine kleine Wunde am Arm hatte genäht werden müssen, doch etliche, nun allmählich blau anlaufende Flecken, waren recht schmerzhaft und ließen sein Gesicht nicht gerade gut aussehen. Johanna und Lisa würden erschrecken, wenn sie ihn so sehen würden. Besser er würde sie telefonisch vorwarnen. Ernst hatte ihn über die Ergreifung des Stalkers informiert und ihm empfohlen, den Rest des Tages frei zu nehmen, doch jetzt, wo er überrumpelt worden war, fühlte er sich noch mehr angespornt, den Täter zu fassen. Er hatte sich angeboten, den Verdächtigen nach Bayreuth zu fahren. Es war Zeit, den Täter zu stellen. Nicht nur, dass mittlerweile zwei Menschen ermordet und einer vielleicht entführt oder ebenfalls getötet worden war, jemand trieb hier sein Spielchen mit ihm und der Polizei. Wenn er doch nur etwas mehr vom Täter, der ihn im Sägewerk niedergestreckt hatte, gesehen hätte! Durch die geöffnete Kleiderschranktür hatte er nichts wahrnehmen können, doch ganz so schmäch-

tig konnte derjenige nicht gewesen sein. Die Fotos! Wenn er sich noch genauer an die Fotos erinnern könnte. Vielleicht würde es helfen die Szenen, die er gesehen hatte, schriftlich zu fixieren. Vielleicht waren seine Notizen ja für irgendetwas gut. Er fing an, seine Eindrücke aufzuschreiben:
Fuggmann als Kind, Fuggmann mit Stiefeltern auf Familienfeiern, Fuggmann als Teenager, Fuggmann der Schauspieler, Kostüme, Parties, Menschen mit Verkleidung, Fuggmann und Engelhardt, Fuggmann und Reifenberg, Fuggmann mit Frauen, ….
Die Fotos mussten für denjenigen wichtig gewesen sein. Vielleicht war ja der Mörder auf ihnen zu sehen? Vielleicht war das Motiv auf ihnen zu erkennen?
Lux war in Gedanken vertieft, als das Telefon in seinem Büro klingelte und Sabine sich am anderen Ende der Leitung meldete.
„Fritz, ich würde gern mit John sprechen. Er muss hier noch einmal zu seinem Verhältnis zur Engelhardt und seinem Alibi verhört werden. Ich denke, er sollte möglichst schnell erfahren, dass die Engelhardt tot ist. Ich muss ihn genau so behandeln wie jeden anderen, schon allein um ihn aus Waldmüllers Schusslinie zu ziehen und keinen Verdacht aufkommen zu lassen, ich würde ihn bevorzugt behandeln. Wenn du kommst, können wir dann noch einmal alle gesammelten Informationen gemeinsam durchgehen. Vielleicht haben wir einfach etwas übersehen."

„Gut. Wenn es dir Recht ist, schick ich dir dann den Stalker schon einmal mit Obermeier vor und kümmer‘ mich zuerst um John. Ich denke, es ist wirklich wichtig, dass er möglichst schnell informiert wird. Ich fahr gleich noch einmal hin. Du, ich habe mir Notizen zu den Fotos gemacht, vielleicht hilft ja auch das weiter.“
Sabine Hopfner beendete das Gespräch. Fritz Lux hielt für einen Moment inne, um sein weiteres Vorgehen zu planen. Er würde noch schnell einiges regeln, um dann hinaus nach Schimmendorf zu fahren. Hoffentlich war John daheim. Wenn er bei einer seiner Waldtouren unterwegs war, würde er ihn nicht so schnell auftreiben können. Insgeheim hoffte er sehr, dass John ein wirklich wasserfestes Alibi hatte.

Der Mann zitterte und sah elendig aus, doch der Arzt hatte ihr versichert, dass er vernehmungsfähig war. Volker Merting, der Mann, der in einer Dachkammer in der Nähe von Fuggmanns Kulmbacher Wohnung lebte, war mit den Nerven am Ende. Immer wieder brach er in Schluchzen aus.
„Herr Merting, welche Beziehung hatten Sie zu Max Fuggmann? Haben Sie ihn in den letzten Tagen gesehen?“
„Ich habe Max gesehen, immer, jeden Tag aus der Ferne. Ich wusste, wann er zur Arbeit geht, wann er sich mit Freunden trifft, mit Frauen, mit Männern…“
Der junge Mann um die Dreißig fing wieder an zu weinen.

„Max tot. Max ist tot“, stammelte er nun immer wieder.
„Herr Merting. Wo waren Sie am Sonntagmorgen um 11.00 Uhr?“
„Sie glauben, Sie glauben, ich habe ihn getötet? Ich! Ich könnte Max kein Haar krümmen.“
„Woher kennen Sie ihn?“
„Aus München. Ich war beim Kulissenbau beim Theater tätig und habe ihn oft bei den Proben gesehen. Dann, eines Abends hat er mich mitgenommen. Es war eine schöne Zeit. Doch dann tauchten immer wieder Frauen auf und dieser andere, der Theatermensch, dieser Puck, wie ihn alle nannten.“
„Sie meinen Reifenberg, den Assistenten des Intendanten der Bayreuther Studiobühne?“
„Ja, wegen dem ist er doch überhaupt erst nach Bayreuth gekommen. Hat ihn gelockt mit seinen Versprechungen, große Karriere, Beziehungen, Geld und so.“
„Hat Fuggmann sich mit Ihnen darüber unterhalten?“
„Unterhalten? Nein, sehen wollte er mich nicht mehr. Hat mich immer nur noch weggeschickt. Fühlte sich dann wohl gestört.“
„Und Elisabeth Engelhardt? Was ist mit der?“
„Diese Schlampe! Hat sich an Fuggmann geheftet und wollte ebenfalls profitieren.“
„Wer könnte Max umgebracht haben? Hatte er Feinde?“

„Feinde, keiner im Theater mochte ihn wirklich, außer dieser Reifenberg. Max war ein guter Schauspieler, ein guter Schauspieler, ich habe ihn verehrt, ihn geliebt, das verstehen Sie nicht, das Leben ohne ihn ist so sinnlos!"
Der Stalker fing wieder an zu schluchzen und Sabine Hopfner entschied sich, ihn zunächst weiter in ärztlicher Obhut zu übergeben, nicht ohne jedoch einen Kollegen für die Bewachung abgeordnet zu haben. Ihr Gefühl sagte ihr, dass der Mann nicht in der Lage war, derartige Verbrechen zu planen und durchzuführen. Ein Blick auf die Uhr zeigte ihr, es war Zeit! In zehn Minuten würde die große Besprechung stattfinden. Vielleicht könnte John noch Einiges zu dem Fall beitragen. Hoffentlich würden Fritz und auch John bald zur Vernehmung eintreffen.

Reifenberg ahnte, woher er diesen blumigen Geruch kannte. Wie blind er doch gewesen war. Doch das Motiv! Er konnte kein Motiv erkennen! Was hatte Fuggmann denn so Schlimmes getan, dass er dafür ermordet worden war? Oder hatte vielleicht doch Elisabeth ihre Hände im Spiel? Elisabeth, nein, die würde sich die Hände nicht schmutzig machen. Und ein Mord mit einem Giftpfeil schon gar nicht! Die würde eher zum Dolch greifen. Doch wer kam dann in Frage? Vielleicht dieser Stalker, diese alte Beziehung von Max aus München? Ein Motiv hätte er, immerhin hatte er selber diesem Kerl Max ausgespannt. Wie gut konnte er sich noch an diesen ersten Abend in München erinnern, damals in Schwabing auf der Premierenfeier in den privaten Räumen eines Freundes. Er hatte Max sofort bewundert, sobald er diesen Raum betreten hatte, waren alle Augen auf ihn gerichtet. Doch der Abend war gut gelaufen. Er war Max als adeliger Sprössling der bekannten Winzerdynastie vorgestellt worden, und nicht als der kleine Schauspieler, der er selber war und Max hatte reagiert, hatte sich mit ihm unterhalten, es war reichlich Champagner geflossen. Und als sie beide spät nachts völlig betrunken über die Maximilianstraße gelaufen waren, hatte er, der gut betuchte Erbe, seine Kreditkarte gezückt und für ein unvergessliches Wochenende in dem bekanntesten Luxushotel in München gesorgt, mit einer Suite, mit noch mehr Champagner und wunderbarem Essen. Sie hatten zusammen im Bett gelegen, hatten geträumt von Erfolg auf der Bühne oder im Film, von Auszeichnungen und Anerkennung und er, den alle nur Puck, den dienstbaren Geist nannten, er sollte alles mit seinen Beziehungen möglich machen. Ja, und es hatte sogar eine Weile angehalten, diese Hochstimmung, diese Euphorie, die sie für einige Tage erfasst hatte. Und sie waren sich wirklich nahe gewesen, ganz nahe. Nie wieder in der darauffolgenden Zeit hatte Max ihn so nahe an sich heran kommen lassen, an seine Sehnsüchte und Gefühle. Tränen stiegen in ihm auf, als er an die schönste Zeit seines Lebens denken musste.

Doch irgendwann waren sie dann beide wieder in der Realität angekommen. Max hatte ihn fallen lassen wie eine heiße Kartoffel. Hatte sich nach und nach irgendwelchen gut aussehenden Frauen und Männern aus dem Ensemble zugewandt und obwohl Max nicht sonderlich beliebt gewesen war, schien doch irgendeine Verzauberung von ihm auszugehen, etwas Besonderes. Immer wieder hatte er Menschen in seinen Bann ziehen können, hatte sie in seine Spielchen mit einbezogen, sie in seine kleinen privaten Aufführungen integriert. Kleine private Aufführungen! Das Gartenfest auf dem Sägewerk! Die kleine Kellnerin! Max hatte nicht von ihr lassen können, hatte sie umworben, betört und mit Drogen betäubt, hatte alles aufgeboten um sie gefügig zu machen, hatte es sich selber und vielleicht ihm sogar zeigen wollen: Seht her, ich. Max Fuggmann, der begehrte Schauspieler und Verführer! Reifenberg war sich gar nicht sicher, ob es Max nur um das Rollenspiel gegangen war oder um den eigentlichen sexuellen Akt. Eine Trophäe mehr! Elisabeth hatte dann wohl Max und das völlig verstörte Mädchen in einem Nebengebäude gefunden und die beiden genüßlich beobachtet, ohne einzuschreiten. Er selber hatte sie dann später alle drei gefunden: Elisabeth süffisant lächelnd mit einem Glas Champagner in der Hand, Max mit diesem triumphierenden Lächeln und das Mädchen aufgelöst und schluchzend.
Elisabeth hatte es sich nicht nehmen lassen, ihn zu verletzen und ihn begrüßt mit: “So wie es aussieht,

steht er momentan eher auf jung, knackig und weiblich.“ Dann hatte sie sich umgedreht und war wieder zur Party zurückgegangen. Max hatte ihm auf die Schulter gehauen und nur gesagt: “Du kümmerst dich, Puck, ja!“ Und war dann mit glasigen Augen und bester Laune davon geeilt.
Es hatte dann eine Weile gedauert, das Mädchen zu beruhigen und er hatte sie nach Hause gefahren und ihr Geld gegeben, jede Menge Geld. Sie war vielleicht nicht wirklich von Max vergewaltigt worden, denn sie hatte, so konnte er sich erinnern, selbst heftig mit Max geflirtet. Doch es war so ein ungleiches Duell gewesen und die Drogen hatten ihr Übriges getan. Max hatte nie wieder darüber gesprochen und er selber hatte das Mädchen nur einmal wieder gesehen, als es bleich, abgemagert und ohne erkennbare Gemütsregung im Publikum gesessen war. Er hatte sie schon fast vergessen, doch danach, nach diesem Besuch in einer ihrer Aufführungen hatte er sich noch lange an ihre Augen erinnern, ihre leeren und anklagenden Augen in diesem weißen und vom Leben gezeichneten, stark gealterten Gesicht.

John Heusinger hatte Fritz nicht mehr erwartet und wollte sich gerade wieder ans Schreiben machen als er den Wagen seines Freundes bemerkte. Es war schon spät, es musste etwas passiert sein, denn sonst wäre Fritz nicht noch einmal zu ihm heraus gekommen. Sofort verspürte er ein mulmiges Gefühl in der Bauchgegend.

„Was ist passiert?“, begrüßte er seinen Gast bereits in der geöffneten Tür stehend.
„Elisabeth Engelhardt ist ermordet worden. Sie lag vergiftet in ihrer Badewanne. Hofmeister hat sie gefunden. Sabine möchte mit dir sprechen. Komm, wir fahren nach Bayreuth. Und wenn du magst, trinken wir später einen Whisky zusammen, ja?“
Heusinger starrte seinen Freund an. Eine Menge Gefühle strömten auf ihn ein. Er fand keine Worte. Irgendetwas krächzte, erst später begriff er, dass es seine Stimme gewesen sein musste.
Wortlos folgte er seinem Freund zum Auto, nachdem er alles verschlossen und Connor mit Futter versorgt hatte. Auf der Fahrt nach Bayreuth kreisten seine Gedanken immer wieder hin und her und er fragte sich, ob er vielleicht sogar als Verdächtiger galt. Lissie tot! Noch vor wenigen Stunden hatte er sich mit ihr gestritten. Fast war es ihm, als könne er den Geschmack des Champagners noch auf seiner Zunge spüren und ihren Duft riechen. Um sie weinen konnte er nicht, doch für einen Moment blitzte ihr Lachen auf, ihre funkelnden Augen auf irgendeinem Event in seiner Vergangenheit. Es hatte sie gegeben, die guten Momente in ihrer Beziehung. Doch nach einigen Sekunden war er wieder ganz im Hier und Jetzt.
„Hat Sabine sonst noch was gesagt?“
„Na ja, ich denke, sie will dich ganz sicher aus der Schusslinie von Waldmüller ziehen.“
Waldmüller! Dieser Vorgesetzte von Sabine hatte ihn schon bei den Spitzbergmorden zur Zeit des Kulm-

bacher Bierfestes verdächtigt. Vielleicht wollte er jetzt nur über ihn triumphieren.
„Du Fritz, glaubst du, ich bin in Schwierigkeiten? Wann wurde Elisabeth ermordet? Sie war bis heute Morgen in der Früh noch bei mir auf dem Spitzberg."
„Sie wor bei dir, die ganza Nochd?" Fritz Lux war laut geworden und hatte für einen Moment den Fuss vom Gaspedal genommen, so dass die Fahrt urplötzlich verlangsamt wurde.
„Ja, sie hat mich regelrecht überfallen. Wir haben getrunken, der alten Zeiten willen, sie tat mir leid, ich konnte sie nicht wegschicken, es war Gewitter, und…"
„Und wos wor zwisch´n euch…, ich maan…"
„Nein, nein, nichts war, ich schwöre es dir, nichts was mir jedenfalls einfällt, ich hatte getrunken…, aber ich kann mich an nichts Genaues erinnern, mir fällt es halt wirklich nicht mehr ein, der Whisky, ich glaub ich hab wirklich im Sessel unten geschlafen…"
Da waren sie plötzlich wieder, die Blitze der Nacht, das Prasseln des Regens,..., für einen Moment tauchten Erinnerungsfetzen in seinem Kopf auf, auf einmal verspürte er Panik in sich hochsteigen.
„Und Marga, was ist mit Marga?"
„Marga hat sie noch getroffen. Sie kam morgens um mit mir zu frühstücken und in den Wald zu gehen."
„Wie long wor denn die Marga do?"
„Zwei bis drei Stunden."

„Des wor bevor die Engelhardt ermorded worn is. Wos hosd´n du gemachd und wu is´n die Marga hie?“
„Also Fritz, jetzt hör mal, du glaubst doch nicht, dass Marga oder ich…“
„Ned des, wos ich glaab, is wichdich. Die wer´n dich vielleichd gleich in die Mang´l nehma. Es is bekannd, a der Waldmüller is bekannd, dass du mit der Engelhardt befreunded worsd und er hod wull a midgrichd, dass du mid der Marga befreunded bisd.“
„Marga könnte nie einer Menschenseele was antun. Niemals! Also wenn du das glaubst, dann kannst du den Wagen gleich hier anhalten!“
Fritz Lux hatte seinen Freund noch nie so echauffiert gesehen. Aber auch er selber fühlte, wie sein Pulsschlag in den letzten Minuten ihres Streitgespräches heftiger geworden war.
„Mensch John, du bist mei Freund und Freunden vertraud mer. Beruhich dich. Freilich denk ich des ned. Obber die Sabine werd ned annersch könna, als euch zwaa zer befrong.“
Heusinger konnte nun deutlich heraushören, dass jetzt auch sein Freund aufgeregt und betroffen war. Sofort tat es ihm leid, dass er seine Loyalität in Frage gestellt hatte, der nun fortfuhr: „Ich verdrau der ja. Ich will euch nur helf´n. Du mussd auf alles vorbereided sa. Sabine machd nur ihr´n Job. Es is für uns alla des Besda, wenn ned der geringsda Zweifl auf-

kummd, dass ihr in die Sach versdrickd sein. Verstissd du des denn ned?“

„Tut mir leid Fritz. Ich habe überreagiert. Natürlich weiß ich, dass du nur unser Bestes willst. Es tut mir leid.“

Der Rest der Fahrt saßen beide Freunde schweigend nebeneinander.

Die Anspannung im Auto war greifbar. Heusinger hoffte, dass Marga nicht in Verdacht geraten würde. Er konnte den Gedanken nicht ertragen, dass ihr jemand ein Haar krümmen würde und dieser Waldmüller war zu allem fähig.

Auch Lux war in seine Gedanken vertieft. Was, wenn doch irgendwas gewesen war? Wenn Marga Verdacht geschöpft hätte, dann gäbe es auch für sie ein Motiv: Eifersucht! Vielleicht hätte sein Freund John einmal auf einen Whisky verzichten sollen! Manch ein Verbrechen war im Alkoholrausch begannen worden. Fritz Lux hasste sich für seine eigenen Zweifel, doch er konnte nicht aus seiner Haut: Er war eben durch und durch Polizist.

Sabine Hopfner hatte alle ihre Leute zusammen gerufen. Das Gespräch mit dem Stalker hatte nicht unbedingt etwas Neues ergeben, nur konnte sie sich jetzt ein etwas deutlicheres Bild von Max Fuggmann machen. Der Ermordete hatte sich viele Feinde gemacht. Sie war sich nun sicher, dass das Motiv im Privatleben des Mannes zu finden war.

Als Fritz mit John im Schlepptau auftauchte, waren die meisten Dinge noch einmal besprochen worden.
„Schmidt, führen Sie bitte Herrn Heusinger in das Verhörzimmer, ich komme gleich“, ordnete sie an, als sie der beiden ansichtig wurde. Doch Polizeirat Waldmüller, der ebenfalls bei der Besprechung anwesend gewesen war, mischte sich sofort ein, nachdem er den Schriftsteller bemerkt hatte.
„Also ich denke, Frau Hauptkommissarin, das Verhör können Sie ruhig Schmidt und mir überlassen. Soweit ich informiert bin, sind Sie privat mit dem Mann bekannt. Das gefährdet Ihre Objektivität. Ich vermute Frau Staatsanwältin Dr. Baunach ist bestimmt auch damit einverstanden, nicht wahr?“, richtete Waldmüller sich an die ebenfalls anwesende Staatsanwältin.
Ein kurzes bestätigendes Nicken von Baunach in ihre Richtung, Sabine Hopfner hatte diese Runde verloren.
„Komm, mach dir nichts draus, schau mal, ich habe mir Notizen über die Fotos gemacht. Vielleicht helfen sie“, versuchte Fritz Lux sie zu beruhigen, als er einige Minuten später mit ihr allein im Büro saß.
„Danke Fritz. Wir müssten den Chip mit den Originalaufnahmen auftreiben. In seiner Wohnung wurde kein Fotoapparat gefunden und auf seinem Computer war auch nichts in der Richtung.“
„Was ist mit dem Theater? Könnte da noch was sein?“

„Gute Idee, wir fahren nochmal hin und nehmen Hofmeister mit. Waldmüller lässt mich sowieso nicht an John ran und so helfen wir ihm am besten. Ich sag nur kurz Ruth Bescheid, die soll John nach dem Verhör wieder nach Hause fahren."
Fritz Lux war froh, Sabine wieder so aktiv zu sehen. Er konnte sie verstehen. Alles war besser als Stillstand. Jede Spur musste verfolgt werden, jede! Allein John und Margas wegen. Insgeheim hoffte er, dass es nicht irgendwelche DNA Spuren seines Freundes John an dem Opfer zu finden waren. Ganz besonders hoffte er jedoch, dass John nicht mit der Schauspielerin geschlafen hatte. Vielleicht war die letzte Nacht doch nicht so harmlos gewesen, wie sein Freund zu wissen glaubte. Der Alkohol hatte schon so manchem ein Schnippchen geschlagen, und er hatte die leere Flasche Champagner gesehen, die unter dem Tisch in Heusingers Häuschen gestanden hatte. Blödsinn, alles Blödsinn, dachte er. Er musste John vertrauen!

Marga Scherzer hatte ihr kleines Esoterik- und Kräutergeschäft in der Bayreuther Innenstadt geöffnet und war gerade dabei, ihre neuen und selbstkreierten Teesorten in kleine Beutel zu verpacken, als sie den Anruf von Kommissar Schmidt erhielt, der sie bat, in ihrer Mittagspause ins Bayreuther Polizeipräsidium zu kommen.
Auf ihre Frage hin, was sie dort solle, bekam sie nur die etwas ungenaue Antwort, dass sie noch ein-

mal als Zeugin vernommen werden würde. Doch sie hatte doch bereits ausgesagt. Was sonst könnte die Polizei noch von ihr wissen wollen? Sie konnte sich nicht helfen, ein komisches Gefühl beschlich sie, dass irgendetwas ganz und gar nicht in Ordnung war. Innerlich stellte sie sich bereits auf etwas Unangenehmes ein. Ihre Vorahnungen hatten sie bisher noch nie im Stich gelassen. Es war bestimmt diese Frau, dessen war sie sich sicher. Als sie heute Morgen dieses aufgetakelte Geschöpf bei John auf dem Spitzberg gesehen hatte, hatte sie Ärger und Mitleid gleichermaßen empfunden. Gewiss, sie hatte keinen Besitzanspruch auf John, so etwas war nicht ihr Ding, doch andererseits waren sie sich sehr nahe gekommen und sie konnte sich nicht vorstellen, dass John so wechselhaft war und ihre noch so frische Beziehung sofort gefährden würde. Laut John war der nächtliche Aufenthalt der Dame wirklich völlig harmlos gewesen. Sie musste ihm vertrauen und ihrer jungen Beziehung eine Chance geben!
Der Tee duftete köstlich und sie beschloss, ihn noch vor ihrem Gang zum Präsidium zu kosten. Eine Tasse der selbstgepflückten Wald- und Wiesenkräuter, die sie selber im Umkreis von Kulmbach, ihrem Heimatort gesammelt hatte, konnte jetzt wirklich nicht schaden.

21

Sabine Hopfner und Fritz Lux hatten sich auf den Weg in die Studiobühne gemacht. Hofmeister würde ihnen bei der Suche nach möglichen Fotodateien des Max Fuggmann behilflich sein. Vielleicht hatte die Spurensicherung bei ihrer letzten Suche etwas übersehen. Jetzt konnten sie noch einmal ganz gezielt suchen. Einen Versuch war es in jedem Fall wert. Hofmeister schien immer noch verstört und mitgenommen. Die Auffindung der Leiche Engelhardts, das anschließende intensive Verhör und der geäußerte Verdacht, dass er womöglich selber etwas mit der Sache zu tun haben könnte, hatten seine Spuren hinterlassen.
„Ich helfe Ihnen ja gern. Aber was wollen Sie denn sonst noch? Ich bin doch erst heute Vormittag von Ihnen ausführlich verhört worden."
„Es geht diesmal nicht um Sie. Es geht nochmal um Fuggmann. Wir suchen Fotos oder Fotodateien. Gibt es hier noch irgendwo eine Möglichkeit, einen Fotochip oder eine CD zu verstecken?"
„Sie sind gut", antwortete Hofmeister auf dem Weg in die Garderobenräume, „schauen Sie sich mal hier um. Das ist ein Riesengebäude. Hier gibt's überall Ecken und Winkel, Schränke, Regale, Kisten…".
„Gab es vielleicht einen besonderen Ort, den nur Fuggmann benutzte?", wollte Sabine Hopfner von dem Intendanten nun wissen.

„Er teilte sich die Garderobe mit mehreren. Wir sind hier nicht in München. Seinen Spind haben sie ja schon durchsucht. Ansonsten wüsste ich nicht…, warten sie mal, vielleicht doch. Jeder Schauspieler hat sein eigenes Kostüm bereits maßgeschneidert und vorbereitet im Theaterfundus. Es wird vom Gewandmeister auf speziellen, provisorischen und fahrbaren Garderobenständern platziert, so dass jeder seine Kostüme und sonstige Requisiten immer griffbereit hat. Vielleicht ist da ja etwas dabei…“
Fritz Lux und Sabine Hopfner nickten einander kurz zu. Der Intendant führte sie nun hinter die Bühne in einen speziellen Raum, wo die Kostüme teilweise in Plastikfolie verpackt auf ihren nächsten Einsatz warteten.
„Ich könnte auch unseren Gewandmeister anrufen, der kennt sich hier besser aus. Oder Frau Hübner, die hilft manchmal aus wenn es pressiert.“
„Frau Hübner, die Haushälterin von Reifenberg?“
„Ja, Reifenberg hat sie mit ins Theater gebracht. Sie unterstützt die Schauspieler hinter der Bühne wenn sie sich umziehen, bedient die Zuschauer in der Garderobe, usw., alle hier mögen sie. Sie hat mal erzählt, sie liebt die Theaterluft, ihre Eltern waren wohl selber Schauspieler. Als kleines Kind ist sie mit denen durch die ganze Welt getingelt, bevor sie hier in Oberfranken geheiratet hat.“
„Hier sind Fuggmanns Kostüme.“
Sabine Hopfner begann die Gewänder zu untersuchen. Keines der Gewänder, die der griechischen

Kleidung der Antike nachempfunden waren, besaßen irgendwelche Taschen oder andere Unterbringungsmöglichkeiten.
„Hier ist nichts. Alles nur weicher Stoff."
„Schau mal, dort hängt eine Art Tasche", schlug nun Fritz Lux vor. Doch auch hier war ihre Suche vergeblich.
„Hatte Fuggmann einen Computer hier, oder Zugang zu einem Computer?", fiel Sabine Hopfner nun ein und sie hoffte auf eine positive Antwort.
„Ja, es gibt hier ein kleines Büro, so eine Art Arbeitsraum für alle. Da kann, wer will, sich zurückziehen, um Texte zu studieren oder diese aus dem Netzwerk zu kopieren. Jeder hat einen eignen Zugangscode und ein eigenes Konto. Das ist praktisch für die Rollenüberarbeitung oder wenn mal Text verändert werden soll. Aber ihre Kollegen haben da ja schon reingeschaut."
„Mag sein. Aber die waren auf der Suche nach den Schreiben des Mörders und nicht nach harmlos anmutenden Fotos. Könnte durchaus sein, dass die etwas übersehen haben."
„Ja, um was für Fotos geht es denn überhaupt? Kann ich Ihnen da weiter helfen?"
Hofmeister war sichtlich bemüht, sich durch seine Zusammenarbeit beliebt zu machen, um vielleicht so den Verdacht, der auf ihm lastete, weiter zu entkräften. Sie hatten den etwas abseits liegenden Raum erreicht. Hofmeister schaltete den Computer an und

alle blickten gespannt auf den Bildschirm, wo das Programm gerade hochgefahren wurde.
„Hier, sehen Sie. Jeder Schauspieler hat sein eigenes Konto. Hier ist Fuggmanns. Ihre Kollegen hatten das Passwort schon geknackt. Ich glaube es war Kalypso."
Und tatsächlich. Der Name der schönen Meernymphe öffnete die Datei des ermordeten Schauspielers. In einem der Ordner befand sich eine Anzahl von Fotos, von denen Fritz Lux einige nur allzu bekannt vorkamen.
„Wir brauchen eine CD oder einen USB-Stick, haben Sie so was da?"
„Da unten in der Schublade. Bedienen Sie sich", bemühte sich Hofmeister weiter um die beiden Polizisten.
„Sagen Sie, Herr Hofmeister. Welche Länder hat denn die Haushälterin so bereist mit ihren Eltern? Sie sprachen davon, dass sie durch die ganze Welt getingelt sei", wollte die Leiterin der SOKO Sanspareil nun einer Eingebung folgend noch von dem Intendanten der Theatertruppe wissen.
„Ich bin mir nicht sicher, aber ich glaube, Südamerika. Die Familie hatte irgendwo jüdische Wurzeln meine ich. Es gab auch noch Geschwister, sind wohl alle geflohen. Kamen erst später wieder hierher in die Gegend, aus der ihr Vater ursprünglich stammte. Ich denke, die Frau Hübner ist aber erst hier geboren worden, nach dem Krieg. Genaues weiß ich aber nicht."

„Danke, Sie haben uns sehr geholfen."
Später im Auto sitzend ergriff Fritz Lux wieder das Wort: „Ich glaube wir fahren zur Reifenbergvilla, oder?"
„Ja das ist doch wohl kein Zufall, ich bitte dich: Südamerika! Aber was hat diese Frau mit Fuggmann zu tun?"
„Wir haben zwei Spuren: Die Party und die Haushälterin. Wenn wir jetzt noch rauskriegen, was die beiden miteinander zu tun haben, sind wir vielleicht weiter. Vielleicht weiß die Schauspieler WG noch mehr. Aber erst mal zur Villa, mein Bauchgefühl sagt mir, dass wir die Frau dort nicht antreffen werden", ergänzte der Kulmbacher Kommissar seine Überlegungen.

Heusinger hatte die Nase voll. Während Markus Schmidt sich noch freundlich gegeben hatte, war Waldmüller wieder heftig geworden und hatte in der sogenannten Zeugenbefragung versucht, ihn in die Enge zu treiben. Doch am Allerschlimmsten hatte er den Moment empfunden, als er nach Beendigung seiner Befragung Marga auf dem Flur gesehen hatte. Waldmüller hatte sofort dafür gesorgt, dass sie kein Wort miteinander reden konnten, doch Ruth Taurich hatte die Szene auf dem Flur verfolgt und ihn erst mal aus Waldmüllers Sichtfeld in das Büro ihrer Chefin verfrachtet.
„Mögen Sie einen Tee? Ist zwar bestimmt nicht so gut wie Ihr eigener oben auf dem Spitzberg, da hab

ich ja schon viel von gehört, doch er wird Ihnen gut tun", versuchte die Mitarbeiterin der SOKO Sanspareil Heusinger zu beruhigen.

„Der glaubt doch wohl nicht allen Ernstes, dass Marga damit etwas zu tun hat?", machte der Schriftsteller seiner Empörung Luft, als er die Tasse dampfenden Tees von der Kollegin Sabine Hopfners entgegennahm.

„Machen Sie sich nicht zu viele Sorgen. Wir werden nachweisen, dass Marga Scherzer nichts damit zu tun hat."

„Aber dieser Waldmüller ist so, so stur!"

„Wir sind auch noch da und außerdem ist es gut, dass er Sie beide befragt. So kann man Sabine, ich meine Frau Kommissarin Hopfner, keine Vetternwirtschaft vorwerfen. Wenn Sie es wünschen, können Sie hier solange auf sie warten. Waldmüller wird Ihre Freundin nicht festhalten können. Es gibt keine Verbindung zwischen ihr und Fuggmann und wir sind alle der Ansicht, dass der Mörder von Fuggmann mit dem der Engelhardt übereinstimmt. Und es gibt ja auch noch die Beweissicherung durch die DNA- Analysen."

Bei dem Gedanken daran, wurde Heusinger unruhig. Gewiss würde man Marga damit entlasten können. Doch was war mit ihm? Lissie war in der Gewitternacht bei ihm im Häuschen gewesen, noch lagen keine Ergebnisse vor..."

Es klopfte und Lindner trat ein.

„Die Chefin hat gerade angerufen. Sie sind auf dem Weg zur Reifenbergvilla. Es scheint, die Haushälterin hat sich verdächtig gemacht. Sie haben außerdem die Fotos von Fuggmann gefunden.“
„Danke. Habt ihr schon jemanden zur Unterstützung hingeschickt?“
„Ist schon erledigt.“
„Kannst du bitte noch Waldmüller und Schmidt informieren? Vielleicht verkürzt das ja die Befragung von Frau Scherzer“, bat Ruth Taurich ihren Kollegen.
„Sehen Sie, manchmal wendet sich alles urplötzlich zum Guten“, lächelte die junge Frau nun Heusinger ermutigend an.
„Ich hoffe, Sie haben Recht“, kommentierte der Schriftsteller die Neuigkeiten. „Ich hoffe wirklich sehr, Sie haben Recht!“

In der Reifenberg Villa war alles ruhig. Nichts rührte sich. Weder in der Reifenbergwohnung, noch im Souterrain-Appartement der Haushälterin schien jemand zu sein.
„Und was jetzt? Gehen wir rein?“
„Ich ruf schnell die Baunach an. Es wird bestimmt kein Problem sein. Sie wird uns die Genehmigung erteilen.“
„Gut. Ich guck schon mal, wo es rein geht!“
„Fritz, warte lieber auf mich. Ich war schonmal in der Villa. Du kennst dich dort nicht aus. Ich telefoniere schnell, ja?“

Doch ehe sich die Leiterin der SOKO Sanspareil versah, war Fritz Lux im Garten hinter dem Haus verschwunden.
„Immer diese Alleingänge. Der Mann treibt mich noch in den Wahnsinn“, rief sie nun laut, während sie die Nummer der Staatsanwältin im Display ihres Handys aufrief.

Reifenberg war müde. Was würde mit ihm geschehen? Er hatte der jungen Frau kein Haar gekrümmt, im Gegenteil, er hatte sich um sie gekümmert, hatte sie nach Hause gefahren, ihr Geld gegeben. Danach hatte es keine weiteren Forderungen gegeben. Ging es darum? Ging es um eine weitere Entschädigung? Max war tot, doch was wollte der Täter von ihm? Langsam aber sicher hatte er das Gefühl wahnsinnig zu werden. Wenn sich die Türe noch einmal öffnen würde, musste er trotz Handfesseln versuchen seinen Gegner zu überrumpeln, vielleicht sollte er einfach aufspringen und ihn umstoßen. Doch er befürchtete, dass er nicht genügend Kraft dazu besaß. Er war eh schon schmächtig gebaut und die letzten Tage, waren es wirklich schon Tage, er konnte es nicht wirklich sagen, hatte sich der Mangel an Nahrung bemerkbar gemacht. Er fühlte sich schlapp. Vielleicht war das Wasser ja vergiftet?
Da, ein Kratzen an der Türe. War seine Chance jetzt gekommen? Reifenberg merkte, wie er zu zittern begann und sein Pulsschlag sich beschleunigte.

Marga Scherzer war froh, als John sie nach der Befragung abfing. Ruth Taurich würde sie beide nach Schimmendorf fahren.
„Geht‘s dir gut?“
„Ja, es geht mir gut. Ich begleite dich nach Hause. Ich könnte einen guten Whisky und ein gemütliches Feuer in deinem Kachelofen gebrauchen. Außerdem wärmt Connor mir immer so schön die Füße mit seiner Schnauze, ja!“
John Heusinger hatte eine andere, negativere Reaktion erwartet und freute sich, die nächsten Stunden mit Marga verbringen zu dürfen. Sie könnten die Zeit nutzen um zu reden. Er könnte ihr noch ein bisschen mehr von seiner Vergangenheit und seinem alten Ego erzählen. Jetzt, wo Elisabeth Engelhardt tot war, fühlte er sich freier und entspannter. Es wusste, dass es pietätlos war, so zu empfinden, aber er konnte nichts daran ändern.
„Gut Marga. Ich hab da einen echt guten Tropfen auf Lager. Ich glaube, wir beide brauchen jetzt eine richtige Auszeit.“
Marga nickte nur stumm und ergriff seine Hand. Heusinger konnte gar nicht fassen, wie glücklich er auf einmal war. Bitte, bitte lass das nicht vorbei gehen, kam es ihm in den Sinn, denn irgendwo in dem tiefsten Winkel seiner Seele wusste er um die Zerbrechlichkeit und Kurzlebigkeit des Glückes, dem so viele Menschen ein Leben lang nachjagten und von denen es viele niemals erfahren durften.

Fritz Lux hatte ein gekipptes Kellerfenster entdeckt und mit einiger Mühe den Fensterhebel öffnen können. Gerade als er im Begriff war in die Öffnung einzusteigen, hörte er Sabine Hopfner hinter sich.
„Du willst dich doch nicht wirklich durch dieses kleine Fensterchen zwängen, oder? Komm lass mich mal. Ich glaub ich bin ein bisschen schmaler als du."
„Gut. Du hast gewonnen. Ich geh zur Terrassentür. Kannst mir die dann ja öffnen", gab Fritz Lux etwas brummig nach und war doch irgendwie froh, dass Sabine ihm diesen Teil der Arbeit abnahm.
Nachdem Sabine Hopfner ihren Lebensgefährten in das Haus gelassen hatte, dauerte es nicht lange, und die beiden fanden sich in der unteren Wohnung wieder, die von der Haushälterin bewohnt wurde. Zunächst bemerkten sie nichts Außergewöhnliches. Die Wohnung war mit vielen originalen Möbeln aus der Gründerzeit ausgestattet und hätten die Zimmer sehr düster wirken lassen, wenn nicht überall frische oder getrocknete, sehr bunte Blumensträuße aufgestellt oder aufgehängt worden wären. Eine Mischung von Lavendel-, Maiglöckchen- und Rosenduft lag in der Luft. Sabine Hopfner konnte sich erinnern, dass sie diesen blumigen Geruch ebenfalls an der Haushälterin bei ihrem ersten Besuch wahrgenommen hatte, ohne ihn jedoch wirklich ganz bewusst zu registrieren.
„Die Frau liebt Blumen. Wenn man den Garten so anschaut, kann man sich gar nicht vorstellen, dass

sie vielleicht was mit den Morden zu tun hat“, ergriff nun Sabine Hopfner wieder das Wort.
„Na, des moch mer werklich ned glaub´n. Ich vermud, es steckd irgenda Tragödie, a schlimma G´schichd dehinder. Die Fraa liebd doch des Theader, also warum solld sa ihm oder den Schauspielern schoden? Mir müss´n rausfind´n, wos dehinder steckd, mir brauch´n des Motiv.“
„Ja Fritz, du hast Recht. Komm wir schauen uns mal weiter um.“
Noch bevor die Kollegen von der Kripo eintrafen, entdeckte Fritz Lux ein Foto auf dem Nachttisch der Haushälterin, welches ein junges Gesicht zeigte, das ihm irgendwie bekannt vorkam.
„Du Sabine, ich hab wos. Schau mol des Foto do. Ich glaab des Madla is au auf den Bildern ver die Fuggmanns. Jetzt hom mer unser Verbindung zer Party.“
„Wir nehmen es mit und ich lass die ganzen Fotos auswerten. Ich schick meine Leute raus, um nochmals bei den Schauspielern ganz gezielt nach der Haushälterin zu fragen. Wir müssen heraus bekommen, wer das ist. Vielleicht kannst du noch mal zu den Eberbauern rausfahren und fragen, ob die das Mädchen kennen. Wir machen schnell noch eine Kopie in der Zentrale.“
„Ist gut. Ich melde mich dann, wenn es etwas Neues gibt.“

22

Reifenberg hatte sich nicht getäuscht. Jemand öffnete die Tür.
Ein starker Lichtstrahl blendete ihn. Die Gestalt in der Tür war erneut verkleidet. War es sein Racheengel?
„Was wollen Sie von mir, was habe ich getan? Lassen Sie mich gehen, ich habe Geld, viel Geld…“.
„Ja, Geld hast du. Aber mit Geld kann man nicht alles kaufen. Was nutzt dir dein Geld jetzt? Nichts.“
„Bitte, ich kann nichts dafür! Geht es um das Mädchen? Das war Fuggmann!“
„Ja, das war Fuggmann. Der hat dafür gesorgt, dass meine Nichte, die ich wie eine Tochter aufgezogen habe, nun tot ist. Sie hat sich das Leben genommen, nachdem sie mit ihrer Drogensucht nicht fertig wurde. Fuggmann hat sie mit diesem Dreck kaputt gemacht und Engelhardt, diese Hure, hat noch zugesehen. Doch jetzt kann auch sie nichts mehr anrichten. Bleiben noch Sie übrig!“
„Ich habe doch helfen wollen. Ich habe ihr die Drogen nicht verabreicht, sie nicht verführt.“
„Du hast das Ganze erst möglich gemacht durch dein Geld, deine Geltungssucht bei den anderen und bei Fuggmann. Ohne dein Geld hätte Fuggmann so nicht leben können. Ohne dein Geld hätte es keine Party gegeben.“

Reifenberg überlegte, ob er nun den Ausbruch wagen sollte, doch er hatte das Gefühl, seine Beine hätten nicht genug Kraft, um seinen Plan umzusetzen. „Du wirst nicht gleich sterben wie die anderen. Es wird eine Weile dauern. Du wirst langsam kaputt gehen, ganz langsam, und selbst wenn du bald gefunden wirst, es wird zu spät sein, du wirst nach dem Zeug schreien, betteln wirst du, ja, betteln. Ich habe es bei meiner Nichte erlebt. Alle werden danach süchtig, alle!“

Erst jetzt konnte Reifenberg das lange Rohr sehen, welches die Frau an ihren Mund führte. Er versuchte sich noch aus der Schusslinie zu bringen, doch vergeblich! Er spürte das Eindringen des Geschosses fast gleichzeitig mit dem Gefühl, dass er sich nicht mehr bewegen konnte. Stumm und mit starr aufgerissen Augen registrierte er noch, wie der Schatten auf ihn zuzukommen schien. Er war betäubt und unfähig, sich zu bewegen. Für einen Moment fühlte er sich an die ersten und uralten „Schwarz-Weiß-Filme“ der frühen Filmgeschichte erinnert. Es war völlig verrückt, dass er nun daran denken konnte. Sollten nicht die wichtigsten Stationen in seinem Leben vor ihm ablaufen? Das Ganze war völlig irreal. Er hätte gern gelacht, doch kein Muskel in seinem Gesicht verzog sich zu dem gewünschten Ausdruck. Er war gelähmt. Jetzt hob der Schatten an der Wand die Hand. Eine überdimensionale Spritze war jetzt deutlich zu erkennen. Als das Gift in seine Adern gepresst wurde, fiel es ihm wieder ein: Nosferatu, genau, er hatte sich auf Zeitreise begeben und war mitten in den Dreharbeiten zu Murnaus Film gelandet. Reifenberg wollte immer noch lachen. Doch langsam und stetig wurde er immer weiter in die schwarz-weiße Welt seiner Visionen gezogen. Das musste es sein, Metropolis! Sah so der Tod aus? Reifenberg versank in seine schwarz-weißen Träume.

Fritz Lux hatte sich auf dem Heimweg über die B85 gemacht. Er wollte auf alle Fälle bei den Eberbauern vorbeischauen, vielleicht könnte er ja doch noch etwas erfahren, was Sabine in ihren Ermittlungen weiterbrachte.

Als er auf dem Hof in der Nähe von Höferänger ankam, war die Bäuerin gerade damit beschäftigt, den Teig für ein kräftiges Landbrot in einem riesigen Holztrog anzusetzen.

„Mensch Frieda, des hob ich scho lang nimmer g´seng. Mei Grußmudder hod des immer nuch gemachd. Mir homm früher und´n im Dorf in der ald´n Schmied´n a unsern Backuf´n g´hobd. Backd ihr nuch regelmäßich?“

„Alla boor Woch´n tu ich mich mid a boor Frau´n aus´m Dorf zam. Ich find es schod, wenn unner ald´a Tradition ausstirbd. Matthias hod den ald´n Backuf´n drauß´n widder herrichd´n loss´n. Du glabsd gor ned, wie gud des Brod schmeckd.“

„Doch, des glaab ich gern. Gibsd du a ordendlich Gewürz mid nei?“

„Ja, Kümm´l und annera Gewürze nach am ald´n Familienrezebd. Und derzu a frischer Ziebeleskäs oder Obazd´n, do brauchsd nix annersch.“
Fritz Lux schaute der Bäuerin noch eine Weile zu, wie sie den zähen Teig immer wieder hin und her knetete und schlug, bevor er zu dem eigentlichen Anlass seines Besuches kam.
„Frieda, konnsd du mir vielleichd wos über die grußa Feier aufm Sächwerch song? Schau amol, kennsd du des Madla?“
„Ja, die kenn ich freilich. Des is die Maria Heulein aus Kerleus, des arma Ding!“
„Arm? Wos is´n bassierd?“
„Suweid ich waaß, hod die sich des Leb´m genumma. Irgendwos mid Tableddn oder su. Mer hod sa drüb´n in der Näh ver Lösau g´fund´n. Obber es wor zer späd. Ich hob die Mudder gud gekennd. Mir sin zamm zer Schul ganga. Obber a sie is scho früh g´storbm. Krebs. Dann nuch der Vodder. A schrecklicher Autounfall drüb´n auf der A70. Konnsd dich vielleichd nuch erinnern? Hosd ja bestimmd mit zer do g´hobd. Do wor des Madla erschd zehn Johr old. Ihr Dande hod sa dann aufgezung. Die zwa homm a Weil´n in Kerleus und dann späder a in Kulmboch gelebd. Des Haus in Kerleus g´hörd der Ellie Hübner immer nuch.“
Fritz Lux hatte für Sekundenbruchteile Bilder des zerstörten Wagens vor Augen. Der Vater des Mädchens war von einem LKW abgedrängt worden und hatte sich überschlagen. Er hatte Dienst gehabt und

die Kollegen der Autobahnpolizei unterstützt. Er konnte sich noch gut an die Pressemitteilungen erinnern. Der Fall hatte für Aufsehen gesorgt, weil der verstorbene Autofahrer eine Tochter als Vollwaise zurück gelassen hatte. Ohne, dass er es steuern konnte, tauchten plötzlich weitere Szenen vor seinem geistigen Auge auf, er hatte nicht damit gerechnet. Er konnte den Schmerz, der ihn ergriff, sofort körperlich spüren. Der Unfall seiner Frau, der Geisterfahrer, alles so lange her, doch oft unerwartet und brutal kam sie wieder, diese unerbittliche Erinnerung…

„Gidds der gud Fritz? Du siggsd a weng blass aus. Ärbersd wull zer viel, oder?“

„Ja, ich denk scho. Eigendlich wolld ich mer a boor doch Urlaub nehma, obber…“

„Es gibbd immer a „Aber“. Denk amol drüber noch Fritz. Jeder Mensch brauchd für sich wos zum Endspanna. Bei mir is´es des Back´n. Ich liebe es und nimm´mer Zeid defür. Wennsd mogsd, loss ich den Matthias a, zwa Laib Brod noch Danndorf nauf zer deiner Mudder bringa, wenns ferdich is.“

„Gern. Do werd sich die Johanna freua. Wie ich sa kenn werd sa selber amol verbeischaua um der dei Rezebd obzerluchs´n. Soch amol Frieda, waßd du nuch, wo die Maria gewohnd hod in Kerleus?“

„Ich bin mer nimmer sicher, obber ich glaab, des wor auf der annern Seidn ver der Bundesstross den Berch nauf. Des Madla hod ja des Haus ver ihra Eldern geerbd. Obber seiddem sa g´strob´m is, stidds leer. Die Dande is wull weggezung. Hod irgendwu Ärberd g´fund´n, wos genau´s waß ich obber ned." Die Tante hatte Arbeit gefunden! Fritz Lux wusste sofort, von welcher Arbeit hier die Rede war. Die Frau hatte eine Anstellung als Haushälterin bei Reifenberg gefunden. So langsam fügten sich alle Puzzleteile des Falls für ihn zusammen. Er bemerkte, wie er nun innerlich immer angespannter wurde. Fritz Lux verabschiedete sich von der Bäuerin und fuhr los. Kurz nachdem er den Hof verlassen hatte, traf auch Matthias Eber ein, der mit dem Schlepper auf dem Feld unterwegs gewesen war.

„Wos wolld denn der Fritz nuchmol do?"

„Ach der hod mich noch dem arma Madla, der Marie Heulein g´frochd. Konnsd du dich nuch on sa erinnern? Die schrecklicha G´schichd domols. Wassd du nuch wie mir auf ihrer Beerdigung worn? Ned alla sin domols noganga, weil sa wos mid Drog´n zer so g´hobd hod. Mensch, ich wor doch mid ihrer Mudder in der Schul. Du hosd doch ihr´n Vodder gud gekennd, der wor doch a Jächer, oder?"

„Ja Frieda, ich hob ihr´n Vodder gud gekennd. Er hod mir amol des Leb´m geredded, als a ong´schossner Eber auf mich zukumma is, des is scho lang her, drüb´m wor des, hinderm Spitzberch im Wold."

„Du der Fritz wor su komisch, ob die alda G´schichd irgendwos mid dem Mord om Max zer do hod?"

„Ich wass ned. Wo wolld´er jetzt eigendlich hi, der Fritz Lux, hod´er dir wos g´sochd?"

Fritz Lux hatte in kürzester Zeit das kleine Dorf Kirchleus, welches unmittelbar an der B85 zwischen Kronach und Kulmbach lag, erreicht. Von hier waren es nur wenige Kilometer bis zur Sägemühle, dort wo Fuggmann seine opulente Geburtstagsparty gefeiert hatte.

Die zusammengetragenen Informationen ergaben nun allmählich ein Motiv für den Mord:

Ellie Hübner hatte sich in den Kreis der Schauspieler um Fuggmann eingeschlichen, um sich durch ihre Nebentätigkeit Zugang zum Theater zu verschaffen und um den Leuten nahe zu sein, die ihre Nichte auf dem Gewissen hatten. Vielleicht hatte sie hier und da mal etwas aufgeschnappt, hatte den Hergang des Partyabends rekonstruiert, hatte sich ein Bild von den Leuten gemacht und ihr Urteil, ihr Todesurteil, gefällt. Fritz Lux war sich nun sicher, in Ellie Hübner die Mörderin Fuggmanns und mutmaßliche Entführerin Reifenbergs gefunden zu haben. Er funkte Obermeier an und es dauerte nur einen kurzen Moment, dann hatte er die Adresse, die er benötigte. Er würde sich das alte Elternhaus der Maria Heulein nur einmal kurz anschauen. Danach könnte er ja Sabine anrufen und ihr seine neusten Erkenntnisse mitteilen. Es dauerte nicht lang und er hatte den ehemaligen Wohnort des verstorbenen Mädchens erreicht. Nichts deutete von außen darauf hin, dass sich jemand in dem Gebäude befand. Er entschloss sich, es zunächst einmal bei den Nachbarn zu versuchen. Vielleicht hatte ja jemand etwas beobachtet. Gleich

beim ersten Haus, einem kleinen fränkischen Fachwerkhaus, wurde er fündig. Eine Frau war im Garten damit beschäftigt, ihre Beete in Ordnung zu bringen.
„Grüß Gott. Ich haß Fritz Lux und kumm von der Kulmbocher Polizei. Derf ich Sa mol korz störn?“
„Wos gibbds denn?“, wollte die ältere Dame nun wissen, die sich nun von ihrer gebeugten Arbeitshaltung wieder aufgerichtet hatte und ihn mit neugierigen Blicken musterte.
„Hom Sie die ehemolich´n Bewohner des Hauses dord gekannd, oder die Maria Heulein?“
„No freilich hob ich die gekannd. A schwer´s Schiksol, des arma Madla, erschd die Eldern dud und dann su wos!“
„Wos is´n bassierd?“, wollte Fritz Lux nun weiter von der fleißigen Gärtnerin wissen.
„Des arma Ding hod sich mid Dabledd´n umgebrochd. Wor scho länger in der Psychadrie. Ganz genau waß ich´s ned, obber hier im Dorf sochd mer, sie hädd Drog´n genumma, so a unglücklicha Liebesg´schichd oder so in der Ord.“
„Und ihr Dande, die Frau Hübner. Kanna Sa die a?“
„No freilich. Hod sich doch noch dem Dod der Eldern um des arma Kind gekümmerd. Sie hod´s dann midgenumma noch Kulmboch, wu sa gewohnd hod, obber sie schaud regelmäßich noch´m Haus. Erschd gesdern wor sa widder do.“
„Gesdern?“
„Ja, sie sochd, sie will des Haus ned verkumma loss´n und es als Aldersruhesitz nehma, wenn sa

nimmer ärberd. Sie is ja scho über 60 und ärberd nuch für die Theaterleud in Bareuth. Sie sochd immer, sie brauchd des, hod Theaderblud in den Adern wie ihra Eldern."
„Ich dank Ihna. Sie hom´mer sehr g´holf´n."
„Obber des hob ich doch gern gemachd. Sin Sie ned der Fritz vom Luxhuf in Danndorf?"
„Ja. Doch das bin ich."
„Dann grüß mol dei Mudder schö, mir sin zam zer Hauswärdschafdsschul ganga bis ich hier auf Kerleus g´heierd hob. Wenn sa moch, sie konn gern amol bei mir verbei schaua und mir blaudern a weng über die ald´n Zeid´n."
„Ich richd ihr die Grüß aus. Ade."
Fritz Lux hatte genug erfahren. Die Wahrscheinlichkeit war recht groß, dass er weitere Hinweise in dem Haus finden würde. Vielleicht gab es ja irgendwo ein offenes Fenster?
Er entschloss sich, zunächst einmal ganz ums Haus herum zu gehen um die Lage zu sondieren.
Fast konnte er Sabines warnende Stimme schon wieder hören: Keine Alleingänge, warte auf den Durchsuchungsbeschluss und, und, und…
Doch was, wenn Reifenberg hier festgehalten wurde? Eine weitere Leiche war nicht gefunden worden, was den naheliegenden Schluss zuließ, dass er noch am Leben war? Nein, er müsste jetzt handeln! Vielleicht ließ sich ja diese Hintertür leicht öffnen? Sie war alt und die Scharniere der altmodischen Türe waren stark verrostet. Sollte er es wagen? Fritz Lux

entschied sich dafür, es an dieser Stelle zu versuchen. Mit einem heftigen Ruck seines ganzen Oberkörpers und mit dem Druck seiner Schulter gab die Türe nach.

Er bemerkte sofort diesen Duft. Ja, Hübner hatte auch hier ihren unverkennbaren Blumenduft hinterlassen. Sie konnte noch nicht lange fort sein, denn frische Blumen konnte er nicht sehen. Es musste das Parfüm der Haushälterin sein, welches noch in den Räumen lag. Er hatte sofort das Gefühl, dass er auf der richtigen Spur war. Wenn er jetzt noch Reifenberg lebend finden könnte?

Vorsichtig und langsam tastete er sich durchs Haus. Wenn hier jemand war, musste er durch den Lärm, den er beim Öffnen der Türe verursacht hatte, gehört worden sein. Zur Sicherheit hatte er seine Pistole entsichert und hielt sie im Anschlag, immer dann, wenn er um eine Ecke bog oder in einen weiteren Raum hinein blickte. Noch einmal wollte er sich nicht überrumpeln lassen, denn wenn er Recht hatte, dann musste es ja die Haushälterin gewesen sein, die ihn an der Sägemühle überrumpelt hatte. Oder gab es gar einen Komplizen, irgendwen aus der Theatertruppe, der mit der Frau gemeinsame Sache machte? Eigentlich traute er der älteren Dame den heftigen Schlag gar nicht zu, den er durch die Kleiderschranktür bei seiner Suche nach den Fotos erfahren hatte.

War da ein Geräusch? Nein, alles ruhig! Das Erdgeschoss und die erste Etage hatte er bereits durchsucht und nichts als Möbel entdeckt. Hier und da hingen noch Bilder an den Wänden, Fotos von besseren Zeiten, als die Familie noch beisammen und alle glücklich waren. Es musste furchtbar für das Mädchen gewesen sein, seine Eltern zu verlieren. Ein leichtes Ziehen in der Magengegend zeigte ihm an, dass er an etwas erinnert wurde, was er immer wieder zu verdrängen suchte. Auch er hatte einmal den Tod eines geliebten Menschen hinnehmen müssen. Er studierte die Fotos an den Wänden. Auch die Tante war auf ihnen zu sehen, jünger und in einer Art Poncho, vielleicht ein Mitbringsel aus Südamerika. Vielleicht würde er hier sogar das Blasrohr finden. Eine verzierte alte Aussteuertruhe aus schwerem Eichenholz weckte sein Interesse. Gerade als er den Deckel öffnen wollte, nahm er einen Schatten in der Tür des Schlafzimmers in dem er sich gerade befand, wahr.

„Suchen Sie das hier, Herr Kommissar?“, wollte die Haushälterin Reifenbergs nun von ihm wissen und hielt das gesuchte Objekt direkt vor ihren Mund.

„Frau Hübner, legen Sie das Rohr nieder. Sehen Sie, ich bin bewaffnet! Ich will nicht auf Sie schießen“, versuchte er, die Frau zu beschwichtigen.

„Glauben Sie mir, Sie merken nicht mehr, wie Sie zu Boden gehen. Der Pfeil wirkt schneller als Ihre Kugel. Wollen sie das Risiko eingehen? Ich bin geübt im Blasrohrschießen. Ich habe es als kleines Mädchen von den Kindern der Einheimischen gelernt, mit denen ich mich den ganzen Tag herum getollt

habe, während meine Eltern auf Abenteuertour am Amazonas mit mir waren. Sie waren befreundet mit einem Forscherehepaar, die das Leben der Ureinwohner studierten und wir haben sie immer wieder mal besucht. Meine Eltern hatten viele Kontakte nach Südamerika."
„Lebt Reifenberg noch?"
„Mehr oder weniger. Auch er trägt Schuld am Tod meiner Nichte, die nicht mehr von dieser schrecklichen Droge lassen konnte, dieses Crystal Meth, wurde immer depressiver und magerte immer mehr ab. Aber ich glaube, das Schlimmste war für sie das Gefühl, nur ein Partyspaß für den Herrn Schauspieler gewesen zu sein, nur ein Partyspaß, doch alles, was das Mädchen gesucht hat, war ein bisschen Liebe und Bestätigung. Vielleicht hat sie aber auch nur eine Art Vertrauensperson gesucht, einen Vaterersatz, ich weiß es nicht, was in ihr vorging."
„Und die Engelhardt?"
„Diese Frau hat zugesehen, stellen Sie sich das mal vor, hat zugesehen wie er ihr das Dreckszeug verpasst hat. Ich frage Sie, wie kann eine Frau so etwas tun und dann zur Party zurückgehen, als ob nichts geschehen wäre."
In Fritz Lux kreisten die Gedanken. Sollte er es wagen und die Frau angreifen? Andererseits, gegen das Gift hätte er vermutlich nicht die geringste Chance. Er entschloss sich, sich zunächst ruhig zu verhalten und senkte die Waffe. Stell eine Beziehung zu der Person her, rede mit ihr, mach dich ihr bekannt, sei

kein gesichtsloses Opfer, los, erzähl was…, hämmerte es in seinem Kopf.
„Frau Hübner, ich habe Ihrer Nichte nichts getan. Also warum wollen Sie mir etwas tun? Ich bin selbst Familienvater. Ich verrichte nur meine Arbeit und das gewissenhaft. Ich kämpfe als Polizist jeden Tag gegen die Drogenkuriere aus Tschechien. Wir werden alles tun, um die Geschehnisse jener Nacht aufzudecken. Warum sind sie nicht früher zu uns gekommen? Es hätte auch den legalen Weg gegeben, all das Schreckliche aufzudecken."
„Was hätte das schon gebracht! Der bekannte Herr Schauspieler hätte doch nur eine Bewährungsstrafe bekommen, dem Reifenberg und der Engelhardt wäre nicht wirklich etwas nachzuweisen gewesen, doch es gibt eine moralische Schuld, es gibt diese Schuld! Das Mädchen hat sich so geschämt. Sie hat den Fehler zunächst bei sich selber gesucht. Hinterher war mit ihr gar nicht mehr zu reden. Während sie immer weiter zugrunde ging, hat Reifenberg sich ein schönes Leben gemacht, hat die Mühle geerbt, hat berufliche Erfolge verbucht, ein schönes Leben mit seinen Verrückten geführt.
Er konnte nicht wiederstehen, der Dummkopf, ich habe ihn nach Sanspareil gelockt unter dem Vorwand, er solle dort spontan und überraschend auftreten, jemand vom Fernsehen wünsche eine Art Experiment unter freiem Himmel und dann habe ich für seinen Bühnentod gesorgt. Er wirkte so lächerlich in seinem Odysseuskostüm. So lächerlich. Es war

mir eine Genugtuung. So, und jetzt legen Sie ihre Waffe nieder. Kommen Sie. Dort die Treppe hinunter. Wir werden Reifenberg besuchen."
Fritz Lux tastete sich vorsichtig die Treppe hinunter in dem Wissen, dass hinter ihm diese Frau mit dem tödlichen Gift im Anschlag auf seinen Nacken zielte.

23

Johanna war irgendwie unruhig. Fritz wollte doch eigentlich schon längst zu Hause sein! Sein Cousin aus Schimmendorf hatte sich angekündigt, ihm bei der Reparatur seines Schleppers zu helfen, doch wie so oft, war ihr Sohn anscheinend wieder einmal mit seiner Polizeiarbeit beschäftigt. Manchmal fragte sie sich, ob es nicht doch ein bisschen unglücklich war, dass seine Freundin ebenfalls Polizistin war. Irgendwie kamen die beiden nie so richtig von der Arbeit los. Das hatte man ja schon an dem Tag des Ausfluges gemerkt.
„Lisa, hosd du wos vo deim Vodder g´hörd? Die wolldn doch eigendlich den Bulldog rebarieren. Soll ich dem Helmud jetz obsong?"
„Na ward amol, ich versuch na mol auf´m Handy zer erreing."
Lisa wählte die Nummer ihres Vaters. Es klingelte, doch niemand ging dran.

„Seldsam. Er gidd doch immer soford no, wenn´er siehd, dass ich onruf. Du, ich glaab ich ruf mol lieber die Sabine on."
Johanna fühlte sich noch mehr in ihrer Unruhe bestätigt. Obwohl sie hoffte, dass Lisa noch etwas über den Aufenthalt ihres Vaters erfahren könnte, war sie sich nun fast sicher, dass irgendetwas mit Fritz nicht in Ordnung war.
„Oma, ich konnd Sabine ned sprech´n. Ich hob ihr Kollegin om Abbarad g´hobd. Sie is wull midd´n im Verhör. Es dauerd nuch a boor Minud´n, bis sa zurückruf´n konn."
„Ich ruf jetz die Ebersch Frieda on. Vielleichd waß die wos. Fritz wolld do nuch hie."
Es dauerte ein paar Minuten, dann kam die Bäuerin zurück ins Wohnzimmer, wo Lisa gespannt wartete, ob es irgendetwas Hilf-reiches zu berichten gäbe.
„Die Frieda sochd, der Fritz wolld zer dem Haus der junga Fraa die sich umgebrochd hod, a Haus in Kerlaus. Wos soll´mer mach´n? Den Ernsd in der Wache in Kulmboch onruf´n?"
„Mach des Oma. Er soll uns die genaua Adress geb´m. Ich fahr dann schnell nüber auf Schimmendorf, hul den John ob und dann schau´mer in Kerleus bei dem Haus verbei. Mir könnd´n in aner Verdelstund dord sa."
Es dauerte nur wenige Minuten und Johanna Bär hatte telefonisch die Auskunft vom Stellvertreter ihres Sohnes erhalten, die sie benötigte.

„Gud Kind. Der Ernsd machd sich a auf´m Wech. Obber sei vorsichdich. Bring dich ned in Gefahr. Und wenn wos is, warded auf den Ernsd, der werd bestimmd soford kumma. Vielleichd rufd ja die Sabine a gleich zerrück."
Lisa hatte keine Zeit mehr zu verlieren. So schnell sie es vermochte, lenkte sie ihren VW-Polo in Richtung Schimmendorf und fuhr den Spitzberg hinauf. Ihr Herz pochte. Hoffentlich war John daheim! Es war auch zu blöd, dass es hier oben nicht überall Handy-Empfang gab. Ausgerechnet jetzt, in dieser Gefahrensituation, hätte sie es gut gebrauchen können. Für einen Moment wünschte sie sich den jungen Kollegen ihres Vaters an ihrer Seite.
Schon von weitem konnte sie sehen, dass John nicht allein war. Er und Marga waren gerade dabei, ihre schweren und verschmutzen Wanderschuhe vor dem Haus auf einer alten Holzbank sitzend auszuziehen.
„John, schnell, ich mach mer Sorng um den Papa. Er is ned zer erreing und mir glaub´n, er wolld zer dem Haus in Kerleus, wo des verstobena Madla und die Haushälderin gelebd hom. Sabine wor grod ned zer erreich´n und Oma versuchd, den Ernst Obermeier in der Diensdstell in Kulmbach onzeruf´n, obber mir sin näher dron, kummsd du?", sprudelte es aus Lisa heraus, noch bevor sie begrüßt worden war.
„Du bleibst hier bei Marga. Ich nehm Connor mit!", entschied John Heusinger bestimmt und ließ sich von Lisa noch den Zettel mit der Adresse in die Hand

drücken, bevor er in ihren Wagen stieg, der noch mit laufendem Motor direkt in der Hofeinfahrt stand. Mit mulmigem Gefühl und doch froh, überhaupt die Initiative ergriffen zu haben, ließ sich Lisa von Marga ins Haus führen.

„Komm setz dich, ich mach uns einen guten Kräutertee. Dem Fritz wird schon nichts passiert sein. Der hat bestimmt nur Probleme mit dem Handy. Der John ist in ein paar Minuten in Kirchleus. Du wirst sehen, alles wird gut werden."

„Obber der hod die Verabredung mit dem Helmud vergess´n, die wolld´n doch den Bulldog rebarieren und der Papa is sonsd immer su bünkdlich bei solchen Sach´n…"

„Na, da wird ihm was dazwischen gekommen sein. Komm, ich zeig dir ein schönes altes Buch, was ich in einem Antiquariat in Bayreuth entdeckt habe. Ein über hundert Jahre altes Buch mit guten alten fränkischen Rezepten und Hausmitteln", versuchte Marga Scherzer die junge Frau zu beruhigen.

Marga hoffte, Lisa für eine Weile ablenken zu können. Doch wenn sie ihrem Bauchgefühl glauben wollte, war tatsächlich etwas mit Fritz geschehen. Für einen Moment kroch diese Angst in ihr hoch, beide Männer könnten nun in großer Gefahr sein. John und Fritz waren im letzten Jahr wirklich gute Freunde geworden und hatten so einiges miteinander erlebt. Sie wusste, jeder würde eine Menge für den anderen riskieren. Nur gut, dass Connor dabei war. Durch seine Größe allein vermochte er es oft, je-

manden zu beeindrucken. Und auch hatte der Landseer einen untrüglichen Instinkt für Gefahren. Er würde John zur Seite stehen und ihn notfalls verteidigen. Die beiden waren ein gutes Team. Nicht nur im Wald.
Ein wenig beruhigter widmete sie sich wieder der Tochter des Kulmbacher Kommissars.

Sabine Hopfner hatte Glück gehabt. Ruth Taurich hatte noch weitere Informationen zu der Nichte der Haushälterin über eine Suchtklinik bekommen können. Auch die Aussagen der Schauspieler zu der besagten Party auf der Sägemühle ergaben nun langsam ein etwas genaueres Bild von den Vorgängen des damaligen Abends. Sie hatte sich nach und nach noch einmal die Schauspieler-WG vorgenommen, deren Mitglieder wohl alle auf der Party dabei gewesen waren. Keiner hatte zunächst auf die junge Frau geachtet, die die Getränke und Häppchen herum gereicht hatte. Es war hoch her gegangen und soweit sie es verstanden hatte, waren auch Drogen im Spiel gewesen. Jeder hatte von Fuggmann die Aufgabe bekommen, eine Figur aus seinem Lieblingstheaterstück, dem Sommernachtstraum von Shakespeare, darzustellen und Szenen daraus zu interpretieren.
Mit der entsprechenden Deko und den ausgeliehenen Kostümen musste das Ganze wirklich sehenswert gewesen sein.
Eine laue warme Sommernacht hatte ihr übriges dazu beigetragen. Max‘ Mutter, die Schwester der

Frieda Eber, hatte sich nur kurz zur Begrüßung blicken lassen und sich dann in ihre Räume zurückgezogen. Zu exotisch musste ihr der ganze Trubel vorgekommen sein. Von dem Zwischenfall mit der jungen Maria Heulein hatten die übrigen Gäste nichts bemerkt. Nur einem Schauspieler war aufgefallen, dass die junge Frau mit Reifenberg irgendwann verschwunden war. Anscheinend hatte es ihm Anlass gegeben, einige eindeutige Witze zu reißen. Fuggmann war anscheinend während der Party in Höchstform. Allen war bekannt, dass er hin und wieder Drogen konsumierte und Sabine Hopfner vermutete, dass er nicht der Einzige in der Truppe war. Tschechien war nah, dort konnte man sich hinter der Grenze leicht und kostengünstig Drogen verschaffen. Ein kurzes Telefonat mit der Abteilung für Drogendelikte bestätigte ihr, dass der ein oder andere schon mal mit einer unerlaubten Menge Cannabis erwischt worden war. Doch harte Drogen waren nicht darunter gewesen und die zerstörerische neue Droge Crystal Meth, von der die Selbstmörderin abhängig gewesen war, war bei keinen, auch bei Fuggmann, nicht gefunden worden. Vielleicht hatte die junge Frau dem ermordeten Schauspieler nur als eine Art Versuchskaninchen gedient? Sabine Hopfner war noch mit der Auswertung der Befragung beschäftigt und machte sich noch einige Notizen zu ihren Überlegungen, als Ruth Taurich den Raum betrat.

„Ich weiß, du hörst es bestimmt nicht gern, aber Lisa Lux hatte vorhin angerufen, als du mitten im Verhör warst. Ein Kollege hat das Gespräch angenommen. Jetzt hat sich Johanna Lux erneut gemeldet. Anscheinend hat ihr Sohn einen Termin mit seinem Cousin nicht wahrgenommen und jetzt macht sie sich halt Sorgen um seinen Verbleib. Ein Anruf bei der Eber-Bäuerin in Höferänger hat ergeben, dass er nach Kirchleus in das Haus des verstorbenen Mädchens wollte. Anscheinend sind Lisa und Heusinger schon auf dem Weg dorthin um Lux zu suchen. Die Dienststelle in Kulmbach ist auch schon alarmiert. Soweit ich weiß, ist der stellvertretende Leiter schon auf dem Weg. Sollen wir auch dorthin? Vielleicht geht nur sein Handy nicht? Hier gibt's doch überall Funklöcher, das weißt du doch", versuchte Ruth Taurich ihre Vorgesetzte etwas zu beruhigen.
Sabine Hopfner war sofort aufgesprungen, ohne ein Wort zu sagen. Ihre Mitarbeiterin konnte sehen, dass ihre Vorgesetzte sich Sorgen machte aber auch wütend war, dass Lux wieder einmal einer seiner Alleingänge gestartet hatte. Ohne auf weitere Anweisungen zu warten, folgte Taurich ihrer Chefin und informierte noch rasch im Hinauslaufen Schmidt, der den beiden nur noch verwundert nachstarrte.
Ruth Taurich wusste, es war eine Frage der Zeit, wann sich Hopfners Wut lautstark entladen würde. Und richtig. Kurz nachdem sie Bayreuth verlassen hatten und die Bundesstraße in Richtung Kulmach befuhren, entglitt der Leiterin der SOKO Sanspareil

ein lautes „Verdammt! Dieser Sturkopf!“ Mit einer kräftigen Handbewegung hatte sie auf das Lenkrad geschlagen. Ruth Taurich konnte sehen, dass ihre Chefin in großer Sorge war. Hoffentlich war Fritz Lux nichts passiert.

Reifenberg fühlte sich wohl. Alles schien leicht und unbeschwert. Eine Art Euphorie hatte ihn erfasst und er empfand den Raum, in den er eingesperrt war, nun nicht mehr als klein und beengt. Wie eine offene Bühne kam er ihm nun vor. Er konnte sein Lachen nicht mehr unterdrücken. Immer wieder kamen ihm diese Worte in den Sinn, diese Worte des Telemachs, oder waren es die des Hermes?
Fritz Lux konnte Reifenbergs Lachen und Gestammel schon vor der schweren Stahltüre hören. Gott sei Dank, der Mann war am Leben!
„Nun Herr Kommissar, öffnen Sie die Tür, der Schlüssel steckt. Dann gehen Sie in den Raum hinein bis zur Wand, den Rücken zu mir und bleiben stehen.“
„Was haben Sie mit uns vor? Meine Kollegen werden nach mir suchen. Sie haben keine Chance.“
„Welche Chance? Mein Leben ist gelebt. Meine geliebte Nichte tot. Es gibt nichts mehr für mich hier in diesem Leben. Los jetzt. Öffnen Sie die Tür!“
Fritz Lux hatte keinen Zweifel daran, dass die Frau nicht fliehen, sondern ihrem Leben ein vorzeitiges Ende setzen würde. Mit Gift kannte sie sich ja nur allzu gut aus. Noch während er in den dunklen Kel-

lerraum hinein schritt, wagte er einen weiteren Versuch.
„Sie könnten es publik machen, Sie hätten alle Aufmerksamkeit der Medien, Sie könnten über die verheerenden Folgen dieser Droge sprechen und andere junge Menschen warnen“, versuchte es Fritz Lux erneut und wäre fast über Reifenberg gestolpert, der nun kichernd auf dem Boden saß und ihn als Göttervater Zeus begrüßte.
„Das brauche ich nicht. Dafür werden Reifenberg und sein Schicksal schon sorgen. Ich denke, das, was er bekommen hat, wird reichen. Das Zeug macht schon beim ersten Mal abhängig, wussten Sie das? Die Zeitungen werden sich um die Story reißen : Millionärserbe und Schauspieler den Drogen verfallen. Die ganze Geschichte wird so oder so ans Licht kommen. Sie werden auch über Fuggmann berichten, ich habe bereits alles gesammelt und an die Zeitungen weiter gegeben. So und jetzt, leben Sie wohl Herr Kommissar!“
Fritz Lux hatte nichts hören können, doch den Eintritt des Pfeiles in seinen Hals versetzte ihn für eine Sekunde in eine Art Schockstarre. Ohne groß nachzudenken griff er instinktiv nach dem Geschoss. Als er auf den Boden sackte bemerkte er schon nicht mehr, dass er diesen in seiner verkrampften Hand hielt. Alles um ihn herum verschwand in einem grauen Nebel.

Heusinger gab Gas. Es waren nur wenige Minuten über die Kirchleuser Platte hinunter nach Kirchleus, das von der Bundestraße zwischen Kulmbach und Kronach zerschnitten wurde und beiderseits der großen Straße etwas in die Höhe stieg.
Das Dorf war klein. Er würde das Haus schnell finden.
Da, jetzt konnte er bereits den Wagen seines Freundes sehen. So schnell es ihm möglich war, parkte er und lief mit Connor an der Leine zu dem kleinen, alten Häuschen. Alles war ruhig. In der Nachbarschaft war eine Frau mit Gartenarbeit beschäftigt. Er entschloss sich dort nachzufragen.
„Entschuldigung, haben Sie einen großen breitschultrigen blonden Mann Mitte Vierzig gesehen? Fritz Lux, ein Kommissar aus Kulmbach?“
„Ja, der wor do. Der wolld zum Haus drüb´n. Is wos bassierd?“
„Haben Sie ihn hineingehen sehen?“
„Ich waß ned rechd. Er is wull ums Haus, auf amol wor´er nimmer zer seng. Die Dande, Frau Hübner is wull do, schaua sa, do stidd ja des Audo.“
Heusinger bedankte sich und näherte sich wieder dem Haus. Wenn diese Frau vielleicht sogar die Mörderin war, konnte sie auch ihm und Fritz gefährlich werden. Er hatte ja selbst mit eigenen Augen gesehen, was so ein Giftpfeil anrichten konnte. Dennoch! Er konnte nicht länger auf die Polizei warten. Sein Freund Fritz war vielleicht in Schwierigkeiten und brauchte seine Hilfe. Ohne weiter zu zögern,

versuchte er die Haustüre leise zu öffnen. Zu seiner Verwunderung gab die Türe nach. Vorsichtig betrat er die Wohnung. Alles war ruhig. Nichts zu hören. Sollte er sich mit Connor weiter leise voran schleichen oder vielleicht nach seinem Freund rufen? Er entschloss sich für Ersteres. Gerade, als er mit Connor, den er dicht bei sich an der Leine hielt, das Wohnzimmer schon verlassen wollte, sah er einen ihm bekannten Gegenstand auf dem Boden liegen. Fritz Dienstpistole! Jemand musste seinen Freund entwaffnet haben! Zögerlich und unsicher griff er nach der Waffe. Er kannte sich mit solchen Sachen nicht aus. Dennoch wusste er, dass man die Pistole vor Gebrauch entsichern musste. Das Herz schlug ihm nun bis zum Hals. Auch Connor wurde zunehmend nervös. Er hatte Fritz Spur aufgenommen und begann nun an der Leine zu ziehen. Heusinger löste diese: „Los such, Connor, such den Fritz!“ Heusinger wusste, dass Connor ihn zu seinem Freund führen würde. Doch wie würde er ihn vorfinden?

Ernst Obermeier war in Begleitung von Sven Maßberger in Richtung Kirchleus unterwegs. Kurz zuvor hatte er Anweisung der Kripo aus Bayreuth bekommen, dass er, wenn möglich, Sabine Hopfner warten und kein unnötiges Risiko eingehen sollte. Doch was zu tun war, das würde er nun ganz alleine entscheiden. Wenn irgendetwas auf eine Gefahrensituation hindeutete, würde er auch ohne Sabine Hopfner handeln, denn Fritz war nicht nur sein

Vorgesetzter sondern auch ein guter Freund und das schon seit Kindertagen. Als sie das kleine Dorf erreicht hatten, sahen sie, dass einige Anwohner in ihre Vorgärten oder auf die Straße gekommen waren, nachdem sich in Windeseile wohl die Nachricht verbreitet hatte, dass etwas in dem Haus da vorne nicht stimmen würde. Ernst Obermeier hatte schnell alle Informationen bekommen, die er benötigte: Fritz Lux war dort drüben in dem Haus und ebenso der Schriftsteller Heusinger.
„Sven, du häldsd die Leud zerück. Ich geh nei. Wos der Schrifdsteller konn, konn ich scho lang. Ich ward ka Minud´n mehr.“

Heusinger hatte etwas gehört, dort, ganz in der Nähe. War da nicht jemand direkt vor ihm? Noch bevor er sich entscheiden konnte, was zu tun sei, wurde die Tür direkt vor ihm mit aller Wucht gegen den Körper geschleudert. Ein wahnsinniger Schmerz durchzuckte ihn und er wußte sofort, dass etwas in seiner Hand gebrochen sein musste. Die Pistole, er hatte die Pistole verloren! So schnell er es konnte, warf er sich auf den Boden, um mit seiner unverletzten Hand nach der Waffe zu greifen, doch zu spät. Schon hatte sein Gegner danach gegriffen und hielt sie nun im Anschlag.
„Verloren, du hosd verloren. Los steh auf und ob nein Keller. Los. Dord is die Drepp´n.“

Heusinger musterte sein Gegenüber. Nein, er kannte den Mann nicht. Schnell, er musste sich etwas einfallen lassen.
„Ich kann nicht, mein Bein. Die Tür, ich glaube es ist was gebrochen!“
„Dann kriech halt, los!“ Heusinger zuckte zusammen, als er den Tritt verspürte, den der Mann ihn nun versetzte.
„Los…“, drängte sein Peiniger erneut, doch ehe Heusinger sich in Bewegung setzen konnte, spürte er diesen Schatten über sich: Connor!
Als der Schuss sich löste hielt John Heusinger den Atem an. Für einen Sekunde schloss er die Augen. Nein, bitte nicht, Connor darf nichts passiert sein! Es dauerte einen Moment, bis er begriff, dass der Schuss die Decke des Raumes und nicht Connors Körper getroffen hatte. Eine Welle der Erleichterung überflutete ihn. Connor war nun über dem am Boden liegenden Mann, der nun wild mit den Armen fuchtelnd versuchte, den Landseer von einem Biss in seinen Hals abzuhalten.
„Hald des Viech fern, ruf na zerrück, Hilfe…!“
Heusinger wollte gerade seinen treuen Hund zurückrufen, als er seinen Namen hörte:
„Heusinger, wu sinn Sie?“
Ernst Obermeier, Gott sei Dank! Heusinger atmete auf. Jetzt würde er Hilfe bekommen. Doch wo war Fritz?
„Dich kenn ich doch! Du bisd doch der Ebersch Matthias! Los red, wu is der Fritz, wos hobd´er mid na

gemachd?“, versuchte der Kulmbacher Polizist nun aus seinem Gefangenen heraus zu bekommen, nachdem er ihn Handschellen angelegt und ihn damit an ein Heizungsrohr gekettet hatte.
„Such na doch selber…“ krächzte der Mann.
„Soll ich den Hund widder lus loss´n, los red, wu is der Lux?“
„Na, ned den Hund. Do und´n im Keller.“
Heusinger wollte keine Minute mehr vergeuden. Ohne auf seine schmerzende Hand zu achten, preschte er los.
„Los Connor, such Fritz, …“
„Heusinger ward´n sa, loss´n sa mich vorgeh“, rief Obermeier ihm hinterher, doch Connor und er hatten bereits die Treppe zum Keller erreicht.
Connor war der erste, der Fritz Lux erreichte. Seine gute Spürnase hatte ihn geführt. Sie hatten Fritz gefunden! Doch er schien bewußtlos, oder war er vielleicht sogar..., war er vielleicht sogar tot? Heusinger konnte kaum atmen. Er spürte seinen eigenen Herzschlag bis in den Hals. Mit etwas zittriger Stimme versuchte er nun, die am Boden liegende Gestalt ins Hier und Jetzt zurück zu rufen: „Fritz, Fritz, hörst du mich? Fritz, komm, wach auf! Nicht schlafen Fritz, komm, Hilfe ist gleich da,…“
Atmete sein Freund überhaupt noch? War da noch Leben in ihm?
Voller Angst fühlte Heusinger den Puls. Gott sei Dank! Er lebte! Doch anscheinend war er betäubt worden. Er musste sofort ins Krankenhaus. Sofort!

Wer weiß, was ihm verabreicht worden war? Etwa das tödliche Gift eines Frosches? War da noch genug Zeit, Fritz‘ Leben zu retten? Für einen Moment sah er wieder die Bilder des von der Bühne in Sanspareil stürzenden ersten Opfers vor sich. Das Gift, es hatte in Sekunden gewirkt! Dies musste etwas anderes sein! Ja, es musste einfach etwas Harmloseres sein! Heusinger sprach sich Mut und Zuversicht zu.
Auch Reifenberg war am Leben und saß gekauert in einer Ecke vor sich hin dösend und irgendwelche Wörter murmelnd.
Plötzlich stand Obermeier hinter ihm.
„Fritz und Reifenberg sie leben, beide betäubt, sofort einen Arzt...“, stammelte John Heusinger nun atemlos. Obermeier reagierte sofort und informierte seinen jungen Kollegen per Funk.
„Und die Fraa?“, wollte nun Obermeier wissen.
„Weiß ich nicht. Habe ich nicht gesehen.“
„Sie ward´n sulang bis Hilfe kummd. Loss´n Sa Fritz ned allaa. Ich geh derweil nauf und schau mich um. Die Kribo werd gleich do sa.“ Obermeier hatte zwar geflüstert, doch Heusinger war klar, dass sie in jedem Fall von der Täterin gehört worden sein mussten, wenn sich diese noch im Haus aufhielt. Womöglich war diese schon längst geflohen!
Doch bevor der Kulmbacher Polizist die alte Holztreppe zu den oberen Räumen wieder hinauf steigen konnte, hörten sie Connor von draußen her bellen. Heusinger wollte schon in Richtung des Hundegebells laufen als Obermeier ihn zurückhielt.

„Bleib´m Sa hinder mir. Ich zererschd…“, gab der Kulmbacher Polizist seine Anweisungen. Doch Heusinger ließ sich nicht beirren und eilte voraus.

Eine Türe nach draußen war geöffnet worden. Ein Lichtstrahl drang nun in den zuvor dunklen und feuchten Kellerflur. Genau dort musste der Hund nach draußen gelangt sein.
„Connor!“, Heusinger brauchte nur einmal rufen und er konnte seinen treuen Gefährten erneut bellen hören. Er musste sich irgendwo draußen im Garten des Hauses aufhalten.
Für einen Moment war Heusinger geblendet, als er mit dem grellen Tageslicht konfrontiert wurde. Doch dann konnte er Connor erkennen, der vor einer zusammengesunkenen Gestalt saß, die an einen der alten schönen Obstbäume gelehnt mit gebrochenen Augen in den Himmel zu starren schien.

24

Sabine Hopfner hatte sich zur Feier des Tages ein leichtes und luftig wirkendes Sommerkleid angelegt. Der Tag versprach, schön zu werden. Alle hatten gemeinsam ein gutes Mittagessen hinter sich gebracht. Christian war wieder daheim, und so war die Familie wieder komplett. Sein Vater hatte sich in der Klinik gut erholt und gönnte sich erst einmal ein paar Tage Urlaub. Zur Erleichterung aller war er nicht mit dem

tödlichen Pfeilgift, sondern mit einer harmloseren Substanz narkotisiert worden. Auch Reifenberg hatte überlebt, wenngleich er sich momentan noch dem Drogenentzug in einer Spezialklinik stellen musste.
„Weißt du was, wir machen jetzt einen schönen Spaziergang vorbei am Patersberg hinüber nach Veitlahm ins Café und trinken dort Kaffee! Du schuldest mir noch ein schönes Stück Torte."
„Obber gern doch. Ich bin fruh, wenn ich amol widder frischa Woldlufd riech´n konn. Ich hob des im Krankenhaus dodal vermissd. Außerdem würd ich a gern amol aweng mid dir allaa sa. Ich maan mol so ohne Kollegn, Freunde, Familie…"
Der Sommer hatte Oberfranken nun endlich mit all seiner Wärme und Fülle erreicht. Alles im Wald und auf den Wiesen schien voller Kraft zu sein. Überall summte und brummte es, die Insekten schwirrten herum und eine guttuende Ruhe lag über dem Land. Der Kreislauf der Jahreszeiten drehte sich unaufhörlich weiter und das Getreide, welches nun der wärmenden Sonne entgegen wuchs, würde bereits im Herbst wieder seiner Bestimmung zugeführt werden.
„Bald konn ich zerm erschdn Mol mäh´n, schau, wie des Gros gewachs´n is", hielt Fritz Lux für einen Moment inne und schaute hinunter über seine Wiesen und Felder, hinunter auf seinen Hof, als sie die erste Anhöhe über Danndorf in Richtung Patersberg erreicht hatten.

„Ich mag's immer so, wenn das frisch gemähte Gras so gut duftet. Es ist wirklich schön hier", antwortete Sabine Hopfner ebenfalls innehaltend.
„Ja, des hier bedeuded mir vill. Des is mein Dahaam. Eigendlich wolld ich dich des scho auf deim Geburtsdochausfluch fragen, soch amol, konnsd du dir ned vorstell´n hierher zer zieh´n, auf unsern Huf? Dann könnd´mer a mol mehr Zeid midananner verbringa."
„Du weißt, ich bin eine äußerst unabhängige Frau. Meine eigenen vier Wände möchte ich nicht vermissen."
„Neja, du könnersd des da unden ja als deina eigenen zukünfdigen vier Wänd bedrochd´n, ich maan langfrisdich eb´n…", meinte nun der Kulmbacher Hauptkommissar mit einem verschmitzten Lächeln auf den Lippen. Den einen Arm um die Schulter seiner Begleiterin gelegt, hielt er ihr nun mit der freien Hand etwas rundes, silbrig Glänzendes vors Gesicht.
„Ein Ring, du bist verrückt…", konnte sie nur noch flüstern. Damit hatte sie nun gar nicht gerechnet. Es dauerte einige Sekunden, bis sie begriff, was das zu bedeuten hatte. Kurz blitzten viele „Wenn" und „Aber" in ihrem Kopf auf, doch dann, ganz instinktiv und mit einem unglaublich guten Gefühl, ließ sie sich den Ring über ihren Finger streifen.

Heusinger hatte die Ruhe der letzten Tag genossen. Der Fall war so gut wie abgeschlossen, Fritz war wieder genesen, und auch seine Hand schmerzte

nicht mehr so, wenngleich er für einige Zeit noch einen Gips würde tragen müssen. Manche Dinge waren noch immer unklar, insbesondere die Beteiligung des Matthias Eber war noch nicht hinreichend aufgedeckt. So wie es schien war dieser nicht an den Morden direkt beteiligt gewesen, sondern er hatte der Haushälterin aus Loyalität zu seinem alten Freund und dessen Tochter als Handlanger gedient. Ob er letztendlich vielleicht auch auf das Erbe, die alte Sägemühle und die dazu gehörigen Ländereien, aus gewesen war, hatte bisher nicht geklärt werden können.
In jedem Fall schien die Bäuerin Frieda Eber völlig ahnungslos gewesen zu sein. Auch sie hatte mit den Folgen des Falles nun schwer zu kämpfen. Heusinger war froh, dass die Sache glimpflich verlaufen war und er und Marga nicht mehr verdächtigt wurden. Darüber war er sehr erleichter und auch das Ergebnis der DNA - Untersuchung war eindeutig zu seinen Gunsten ausgegangen: Er hatte die Nacht tatsächlich in seinem Lieblingssessel neben dem Kachelofen verbracht und nicht mit der Engelhardt droben in seiner Schlafkammer. Das Ganze war ihm eine Lehre und er beschloß, seinen Alkoholkonsum zukünftig zu reduzieren. So etwas durfte einfach nicht mehr passieren. Kein Rückfall in die Münchener Tage. Nein, das konnte und wollte er nicht mehr durchleben. Schon allein Margas wegen. Diese hatte sich ein paar Tage Auszeit erbe-

ten, doch ihm ganz klar signalisiert, er würde sie so schnell nicht loswerden.
Connor hatte es sich neben seinen momentanen Sitzplatz, dieser schönen alten, grün gestrichenen Bank vor seinem Waldbauernhäuschen bequem gemacht. Noch lag die Wärme des Tages über dem Land, doch in wenigen Stunden, und er hatte es schon irgendwie instinktiv vermerkt, würde der Mond in wolkenloser Nacht den Wald wieder in ein großes Mysterium tauchen.
Dann würde er sich wieder seine alte Wachsjacke greifen, seine alten ausgetretenen Wanderschuhe überziehen und mit Connor über seinen Berg ziehen, der, und davon war er innerlich immer fester überzeugt, schon in vergangenen Zeiten den Menschen nicht nur als Wohnort gedient hatte, sondern ihnen auch ein besonderer, vielleicht heiliger Ort gewesen war.
Für einen Moment schloss er die Augen. Dort draußen warteten sie, die Wesen der Nacht. Bald schon würde er eintauchen in die Dunkelheit des Waldes, die er so liebte. Dann, wenn es ihm vergönnt war, dürfte er vielleicht wieder einmal den Flügelschlag einer Eule über sich spüren, diesen leichten Windhauch, den dieser verursachte und der ihn ein jedes Mal erschauern ließ.
Alles war dort, direkt vor ihm. Für einen Moment hatte er das Gefühl, den Arm nur ausstrecken zu müssen, ja fast greifbar war dieses Glück. Ein leichter, lauwarmer Wind streifte über seine Haut. Bei-

nahe kam es ihm vor, als könnte er ihn flüstern hören, den Wind: Komm!

Liebe Leser,

Oberfranken ist immer eine Reise wert und so ist Kulmbach, die heimliche Hauptstadt des Bieres, mir in den letzten Jahren sehr ans Herz gewachsen. Auch Mainleus und der kleine Ort Danndorf, welche Hauptschauplätze vieler Ereignisse um unseren Kulmbacher Hauptkommissar Fritz Lux geworden sind, sind mir eine zweite Heimat geworden. Ich fühle mich dort wohl und genieße die landschaftliche Schönheit der Region mit ihren Burgen, Schlössern und Museen ganz in der Nähe.
In Lux drittem Fall führen uns die Ermittlungen diesmal auch in die Fränkische Schweiz. Der Felsengarten Sanspareil, die Burg Zwernitz, die Sophien- und Teufelshöhle, die Burg Rabenstein, das wunderbare Fränkische Schweiz-Museum in Tüchersfeld, um nur einige der Attraktionen dieser Landschaft zu nennen, sind sehens- und besuchenswerte Orte. Aber auch Bayreuth, welches ein weiterer Schauplatz unserer Geschichte ist, ist immer einen Besuch wert.
Genießen Sie also die wunderschöne Landschaft, die mystischen und unberührten Wälder, die kleinen versteckten Dörfchen, die besonders gute Küche und natürlich das gute Bier in der Region.
Doch vor allem sind es natürlich die Menschen mit ihrer besonderen Gastfreundschaft, die diese Region so liebenswert machen. Genießen Sie die Begegnungen in den Biergärten, in den gemütlichen

Gaststätten, auf den Kerwas oder auf dem Bierfest in Kulmbach. Es gibt sie noch, die unwiederbringlichen Momente, in denen man interessanten Menschen begegnet, in denen Menschen nicht nur wortlos aneinander vorbei gehen, wie es leider in unserer schnellebigen Zeit oft üblich ist.
Legen Sie doch einmal Ihr Handy zur Seite, Ihren Laptop und sonstige technischen Wunderwerke unserer modernen Welt. Warum nicht einfach mal wieder einen Waldspaziergang machen?
Oder warum nicht mal wieder ein handwerklich wirklich gut nach alter Tradition gebackenes Brot aufschneiden und dieses mit echter oberfränkischer Wurst darauf genießen?
Auf den folgenden Seiten habe ich, wie auch schon in den letzten zwei Bänden, wieder einige Rezepte zusammengestellt, auf die Sie vielleicht während des Lesens Appetit bekommen haben.
Mein Dank an dieser Stelle gilt insbesondere den lieben Menschen, die mir ihre wohlgehüteten Rezepte zur Veröffentlichung überlassen haben.
Doch auch hier mein Rat: Fahren Sie doch einfach mal hin ins schöne Oberfranken und begegnen Sie den guten Dingen direkt vor Ort.
Bis zum nächsd´n Mol!

Ihre Jacqueline Reese

Das Veitlahmer Patersbergcaférezept Nr. 1:

Haselnuss-Preiselbeertorte

Biskuitteig:

180 g Zucker
160 g Dinkelmehl (Typ 630)
1 Teelöffel Backpulver (gestrichen)
60 g gemahlene Haselnüsse
4 Eier, getrennt

Die Eiweiß mit 4 Esslöffel kaltem Wasser steif schlagen, Zucker einrieseln lassen und dann kurz das Eigelb unterrühren.Gesiebtes Mehl mit Backpulver und die gemahlenen Haselnüsse auf den Teig geben, alles vorsichtig unterheben. In eine mit Backpapier ausgelegte Springform füllen. Bei 170 Grad im vorgeheizten Backofen mit Ober- und Unterhitze (keine Umluft!) 35 Minuten backen. Über Nacht abkühlen lassen. Am nächsten Tag 2 x durchschneiden.

Füllung:

1 Glas Preiselbeermarmelade
1 l Sahne
4 Päckchen Sahnesteif
Haselnüsse zum Verzieren

Die Sahne mit dem Sahnesteif steifschlagen, die unteren 2 Tortenböden je mit Preiselbeeren bestreichen und mit Sahne zusammensetzen (die Hälfte der Sahne ist für die Füllung). Die Torte außen mit der restlichen Sahne bestreichen und mit Sahnetupfen und den Nüssen verzieren. Erst am nächsten Tag anschneiden, da die Torte durchgezogen viel besser schmeckt.

Das Veitlahmer Patersbergcaférezept Nr. 2:

Rhabarbersahnetorte

Biskuitboden:

90 g Zucker
90 g Dinkelmehl (Typ 630)
1/2 Teelöffel Backpulver
2 Eier, getrennt

Die Eiweiß mit 2 Esslöffel kaltem Wasser steif schlagen, Zucker einrieseln lassen und dann kurz das Eigelb unterrühren.Gesiebtes Mehl mit Backpulver auf den Teig geben und vorsichtig unterheben. In eine mit Backpapier ausgelegte Form füllen und bei 170 Grad im vorgeheiztem Backofen mit Ober -und Unterhitze 30 Minuten backen. Abkühlen lassen.

Belag:

1 kg Rhabarber (gewaschen, geschält und in 1 cm Stücke geschnitten)
200 g Zucker
2 Päckchen gemahlene Gelantine
700 ml Sahne

Rhabarber mit dem Zucker mischen und ca. 2 Stunden stehen lassen. Gelantine nach Packungsanweisung einweichen. Rhabarber weichkochen und kurz abkühlen lassen, dann die Gelantine zugeben und gut verrühren. Auf Zimmertemperatur abkühlen lassen. 500 ml Sahne steif schlagen und unter die Rhabarbermasse heben. Einen Tortenring um den Biskuitboden legen und die Rhabarbermasse einfüllen. Über Nacht im Kühlschrank fest werden lassen. Am nächsten Tag den Tortenring mit einem Messer lösen, die restliche Sahne steif schlagen und Torte damit verzieren.

Bäckerei Müllers Kasendorfer Original

Fränkisches Sauerteigbrot

Zutaten für den Vorteig:

Zirka 300 g Sauerteig
300 g Roggenmehl (1150)
300 ml Wasser

Alle Zutaten vermengen und mindestens drei Stunden stehen lassen. Den Sauerteig kann man bereits vorgefertigt in Reformhäusern oder Bioläden etc. erstehen oder selber herstellen, was bis zu drei Tagen dauern kann. Rezepte hierzu finden Sie auch im Internet.

Weitere Zutaten:

750 g Roggenmehl (1150)
500 g Weizenmehl
35 g Salz
10 g gemahlener Koriander
900 g Wasser

Aus den weiteren Zutaten zusammen mit dem Vorteig einen Teig herstellen. Diesen in einen Garkorb oder in eine andere Backform geben. Möglich ist es auch, den Teig auf ein Backpapier zu legen, dann wird er jedoch flacher. Zirka 1 Stunde ruhen lassen.

Backzeit mindestens zwei Stunden bei Unter– und Oberhitze. Bei der Einstellung der Temperatur muss man ein wenig mit seinem eigenen Herd experimentieren. Ich empfehle die größtmögliche Einstellung zum Vorheizen des Herdes auf 250 Grad und dann eine Reduktion der Temperatur nach 15 Minuten auf zirka 200 Grad.
Das Backen ist ein altes Handwerk und gerade in Oberfranken finden sich noch viele gute Bäckereien, in denen Sie vorzügliches Brot nach alten Rezepten ohne Zusatzstoffe bekommen können. Und der ein oder andere verfügt sogar noch über ein altes Backhäusla. Wie schön, wenn man so etwas sein Eigen nennen darf!

Irischer Guinness oder Bierkuchen

nach Teresa O´Grady, Cloonlara, Co. Mayo

Zutaten:

450 g Weizenmehl
220 g Butter
220 g Rohrzucker
200g - 400 g Rosinen, je nach Geschmack
¼ l Guinness oder Kellerbier
1 Teelöffel Backpulver
50 g Orangeat und Zitronat, gemischt
½ Teelöffel Muskatnuss

eine Prise Nelken und Zimt
eine Prise Salz
1 Eßlöffel Rübenkraut

Zucker, Rübenkraut, Butter, Guinness, Rosinen, Orangeat und Zitronat in einem Topf erwärmen und gut durchrühren. Gewürze hinzu geben. Etwas abkühlen lassen. Die Eier unterrühren und das Mehl mit dem Backpulver vermengt eingeben. Alles erneut gut umrühren. Den Teig in eine Rundform geben.
Bei zirka 180-200 Grad etwa 90 Minuten backen. Damit die Rosinen an der Oberfläche nicht verbrennen, den Kuchen in der letzten halben Stunde mit einer Alufolie abdecken.
Den Kuchen am besten einen Tag stehen lassen und vor dem Servieren nicht in Stücke sondern wie ein Brot in zirka ein Zentimeter dicke Scheiben schneiden und mit goldgelber irischer Butter großzügig bestreichen. Der Guinness Kuchen hält sich lange in einer Blechdose oder in Aluminiumfolie eingewickelt und eignet sich auch hervorragend als vorweihnachtliches Gebäck oder auch als ein Mitbringsel. In diesem Fall kann er auch noch schön mit einer festen, harten Puderzuckerglasur überzogen und dekoriert werden.

Mia´s Mischbrot

Eine Empfehlung der Müllerin Barbara Mense aus Dorsten

Zutaten:

600 g Weizenmehl
oder Dinkelmehl
400 g Roggenvollkornmehl
100 g feine Haferflocken
1 ½ Päckchen frische Hefe
1 Teelöffel Salz
500 ml warme Buttermilch
Eventuell etwas Wasser, falls der Teig zu trocken ist.

Hefe in der Mehlmulde mit Zucker und warmen Wasser anrühren, bis die Hefe Blasen wirft. Aus allen Zutaten einen Brotteig kneten und zirka 45 Minuten gehen lassen. Erneut durchkneten und in einen Brotlaib formen. Bei 190 bis 200 Grad zirka 1 Stunde backen.

Fränkische Schnitzla

Zutaten:

Gemüse der Saison, diese können variieren, z.B.:
6-7 Kartoffeln
4-5 Möhren
1 Kohlrabi
1 Stück Sellerie
1 Petersilienwurzel
1-2 Stangen Lauch
einige Buschbohnen
1 Bund Petersilie
1 Lorbeerblatt
etwas Liebstöckl, Majoran,
Salz, Pfeffer, Kümmel
500 g Rindsknochen
500 g Suppenfleisch

Die Rindsknochen in kaltes Wasser legen und ungefähr eine halbe Stunde kochen lassen. Schaum abseien und nun das Suppenfleisch mitköcheln bis es gar ist. Das Fleisch entnehmen und das Gemüse, welches zuvor in „Schnitze" geschnitten wurde, hinzugeben. Das Gemüse sollte noch etwas bissfest sein und nicht ganz weich gekocht werden. Das Fleisch vor dem Servieren klein schneiden und wieder in die Suppe geben. Dazu passen hervorragend:

Gertis fleischlose „Markklößchen“:

Zutaten:

2 alte Brötchen
Paniermehl
1 Bund Petersilie
Salz, Pfeffer, Muskat, Maggie
2-3 Eier

2 Brötchen einweichen, ausdrücken und zerkleinern. Petersilie fein hacken und darüber streuen. 2 Eßlöffel Margarine heiß darüber gießen. Mit Salz, Pfeffer, Muskat und Maggiwürze nach Geschmack würzen. Zwei große oder drei kleine Eier darüber geben und mit etwas Paniermehl zu einem festen Teig kneten. Einen Probekloß in kochender Brühe oder Suppe geben bis er oben schwimmt. Dann mit dem restlichen Teig ebenfalls so verfahren.
Dieses Rezept verzichtet auf Fleisch und ist damit gut geeignet für die vegetarische Küche.

Ich wünsche allen Lesern einen guten Appetit und viel Spaß beim Nachkochen.

Quellen:

Zitat auf S. 19 aus: Odyssee, Übersetzung Roland Hampe, Reclams Universal-Bibliothek Nr. 280, S.80/81, 1979 Philipp Reclam jun., Stuttgart, Printed 2012.

Mit freundlicher Genehmigung des Philipp Reclam jun. Verlages

Jacqueline Reese,

geb. 1961 im Ruhrgebiet, studierte in Irland und an den Universitäten Dortmund und Münster die Fächer Kunst, Kunstgeschichte, Germanistik und Anglistik. Sie ist heute als Lehrerin im Ruhrgebiet tätig und lebt am Rande des Münsterlandes in Nordrhein-Westfalen.

Sie liebt das Landleben, die Natur und ganz besonders die wunderschöne Waldlandschaft des Frankenwaldes. Diese Region ist es insbesondere, welche die Autorin immer wieder zu Kurzgeschichten aber auch zu ihrem ersten Kriminalroman animiert hat. So reist sie gerne, um neue Eindrücke von den unterschiedlichsten, von Mensch und Naturgewalt geprägten Kulturlandschaften zu erfahren, die Bewohner und ihre Eigenarten zu studieren und auch, um zu wandern. Für mehrere Wochen im Jahr, wann immer es ihr möglich ist, zieht sie sich in die inspirierende Einsamkeit auf einen Bauernhof in Franken zurück, wo auch dieses Buch, mit viel Lokalkolorit, unter besonderer Berücksichtigung der charakteristischen Merkmale der Landschaft, der kulinarischen Besonderheiten, des fränkischen Dialektes und der Lebensart der Menschen, entstand.

Die Autorin kann bereits mit einer Reihe von literarischen Auszeichnungen aufwarten. So belegte sie im Jahr 2009 in ihrer Heimatstadt mit der Kurzgeschichte ***Der Schleusenwärter oder die Sehnsucht nach Anderswo*** den 1. Platz des Literaturwettbewerbs ***Wasserwerke***, durchgeführt u. a. vom Literaturbüro Unna und einigen Städten im Ruhrgebiet. Im September 2011 errang sie die Zweitplatzierung im Kurzkrimiwettbewerb des Odenwaldkreises, im Rahmen des Kultursommers Südhessen. Hier mit ihrem Beitrag ***Waldgeist,*** der im selben Jahr in der Krimianthologie ***Mordsspur*** erschien. Bei einem weiteren Literaturwettbewerb im Jahr 2011 und der damit verbundenen Vergabe des fränkischen Schaeff-Scheefen-Literaturpreises, wurde ihre Kurzgeschichte ***Wilde Rodach*** für eine Anthologie mit dem Titel ***Fließen*** ausgewählt.

Die Autorin engagiert sich ferner in der Theaterarbeit mit Kindern und Jugendlichen in ihrer Heimatstadt Dorsten, wo im November 2012 ihr erstes Kindertheaterstück ‚Schneewittchen und die 7 Picolinos' uraufgeführt wurde.

Jacqueline Reese ist Mitglied im fränkischen Autorenverband.

Jacqueline Reese

Spitzberch

Frankenkrimi

210 Seiten • 12,80 € • ISBN 978-3-943160-03-1

Kulmbacher Bierfest: Wie jeden Sommer strömen tausende Besucher in die Biermetropole Oberfrankens. Doch die Festtagsstimmung wird getrübt. Eine brutale Mordserie an jungen Frauen erschüttert die Gegend. Der Täter scheint immer wieder magisch vom Spitzberg und einem kleinen Dorf angezogen zu werden. Dort legt er seine Opfer nahe eines Waldbauernhäuschens ab.
John Heusinger, ein zurückgezogen lebender Schriftsteller, findet die Leichen und gerät selbst in Verdacht.

Kommissar Lux, Leiter der Kulmbacher Polizeidienststelle, will den Mörder unbedingt dingfest machen. Ihm zur Seite steht die ambitionierte und sympathische Kollegin der Bayreuther Kripo Hopfner.

Susanne Preusker

Die Verwahrten

300 Seiten • 12,80 € • ISBN 978-3-943160-08-6

Einige Sicherungsverwahrte werden aus der Maßregel entlassen und verschwinden aus unerklärlichen Gründen von der Bildfläche. Politik, Polizei und Justizvollzug sind zunächst wenig beeindruckt, dann ratlos. Im Spannungsfeld zwischen politischen, juristischen und sehr persönlichen Interessen beginnt eine halbherzige Suche und mündet in einem Wettlauf mit der Zeit. „Die Verwahrten" erzählt vor dem Hintergrund der aktuellen Diskussion um die Sicherungsverwahrung eine Geschichte, in der es keine Gewinner geben kann. Und kein Happy End.

„Die Verwahrten" erzählt eine Geschichte, die uns hoffentlich erspart bleiben wird.

Antje Haugg

Blutige Kufen

Ein Bayreuther Eishockeykrimi

208 Seiten • 12,80 € • ISBN 978-3-943160-05-5

Ein grausiger Fund in der Mannschaftskabine der Bayreuth Tigers:

Dort liegt der tote Torhüter Markus Jensen, in seiner Schläfe steckt eine Schlittschuhkufe. Sein lockerer Lebenswandel hat dafür gesorgt, dass es einen ganzen Schwung Tatverdächtiger gibt – von denen jeder ein schlüssiges Motiv hätte.

Keine leichte Aufgabe für die ermittelnde Kommissarin Julia Lehmann, die sich noch dazu in einen der Verdächtigen verliebt. Die Spur führt Julia zurück zu einem Fall, den sie schon längst für abgeschlossen gehalten hatte.

Aber ist sie da wirklich auf der richtigen Fährte?